GEADA

• O TRONO DA RAINHA SEELIE •

GEADA

◆ O TRONO DA RAINHA SEELIE ◆

C.N. CRAWFORD

Tradução de **Nathalia Marques**

ALTA BOOKS
GRUPO EDITORIAL
Rio de Janeiro, 2024

Geada

Copyright © **2024** ALTA NOVEL
ALTA NOVEL é um selo da EDITORA ALTA BOOKS do Grupo Editorial Alta Books (Starlin Alta e Consultoria Ltda.)
Copyright © **2022** C.N. CRAWFORD
ISBN: 978-85-508-2322-5

Translated from original Frost. Copyright © 2022 by C. N. Crawford as per the original edition. The moral rights of the author have been asserted. ISBN 9781956290103. PORTUGUESE language edition published by Starlin Alta Editora e Consultoria Ltda., Copyright © 2024 by Starlin Alta Editora e Consultoria Ltda.

Impresso no Brasil — 1ª Edição, 2024 — Edição revisada conforme o Acordo Ortográfico da Língua Portuguesa de 2009.

```
Dados Internacionais de Catalogação na Publicação (CIP)
           (Câmara Brasileira do Livro, SP, Brasil)

    Crawford, C. N.
      Geada : o trono da rainha Seelie / C. N. Crawford;
    [tradução Nathalia Marques]. -- 1. ed. -- Rio de
    Janeiro : Alta Books, 2024.

      Título original: Frost
      ISBN 978-85-508-2322-5

      1. Romance norte-americano I. Título.

    24-194229                                      CDD-813.5
              Índices para catálogo sistemático:

      1. Romances : Literatura norte-americana    813.5

    Eliane de Freitas Leite - Bibliotecária - CRB 8/8415
```

Todos os direitos estão reservados e protegidos por Lei. Nenhuma parte deste livro, sem autorização prévia por escrito da editora, poderá ser reproduzida ou transmitida. A violação dos Direitos Autorais é crime estabelecido na Lei nº 9.610/98 e com punição de acordo com o artigo 184 do Código Penal.

O conteúdo desta obra fora formulado exclusivamente pelo(s) autor(es).

Marcas Registradas: Todos os termos mencionados e reconhecidos como Marca Registrada e/ou Comercial são de responsabilidade de seus proprietários. A editora informa não estar associada a nenhum produto e/ou fornecedor apresentado no livro.

Material de apoio e erratas: Se parte integrante da obra e/ou por real necessidade, no site da editora o leitor encontrará os materiais de apoio (download), errata e/ou quaisquer outros conteúdos aplicáveis à obra. Acesse o site www.altabooks.com.br e procure pelo título do livro desejado para ter acesso ao conteúdo.

Suporte Técnico: A obra é comercializada na forma em que está, sem direito a suporte técnico ou orientação pessoal/exclusiva ao leitor.

A editora não se responsabiliza pela manutenção, atualização e idioma dos sites, programas, materiais complementares ou similares referidos pelos autores nesta obra.

Produção Editorial: Grupo Editorial Alta Books
Diretor Editorial: Anderson Vieira
Vendas Governamentais: Cristiane Mutüs
Gerência Comercial: Claudio Lima
Gerência Marketing: Andréa Guatiello

Coordenadora Editorial: Illysabelle Trajano
Produtora Editorial: Beatriz de Assis
Tradução: Nathalia Marques
Copidesque: Andrea Vidal
Revisão: Alessandro Thomé & Mariana Naime
Diagramação: Rita Motta

Rua Viúva Cláudio, 291 — Bairro Industrial do Jacaré
CEP: 20.970-031 — Rio de Janeiro (RJ)
Tels.: (21) 3278-8069 / 3278-8419
www.altabooks.com.br — altabooks@altabooks.com.br
Ouvidoria: ouvidoria@altabooks.com.br

Editora
afiliada à:

Prólogo

É uma triste verdade que a maioria dos relacionamentos está fadada ao fracasso.

Houve um tempo em que eu pensava que o meu seria uma exceção, que havia encontrado *o escolhido*. Que, ao contrário dos outros amores ardentes, a chama do meu jamais se apagaria.

Andrew era um humano, ao contrário de mim. Eu nasci feérica, mas permaneci o mais longe possível do restante deles. A maioria dos feéricos era violenta, caprichosa e *incrivelmente* arrogante. Andrew, por outro lado, fazia-me coroas de flores silvestres e escrevia poemas sobre sicômoros para mim.

Sua beleza foi o que me atraiu primeiro: olhos azuis salpicados de ouro e cabelos castanhos e ondulados. Quando ele sorria, seus lábios se curvavam nos cantos de um jeito que sempre me dava vontade de beijá-lo. Andrew tinha um cheiro de lar, de sabonete e de chá preto.

Mas não foi isso que fez com que eu me apaixonasse. Foi sua bondade.

Quando eu tinha uma semana exaustiva, ele me preparava chá ou coquetéis, e eu adormecia com a cabeça em seu peito. Com Andrew, realmente me sentia segura. Ele era humano, e eu era feérica, mas isso nunca pareceu importar para nós.

Ele sempre me ouvia, respondia minhas mensagens imediatamente, perguntava sobre meu dia. Ele tinha um cachorro salsicha chamado Ralphie e levava sua mãe às consultas médicas. Passávamos os domingos em seu condomínio suburbano bem organizado e líamos os mesmos livros enquanto tomávamos um café.

Ele realmente acreditava que nada era mais importante do que o amor. Que o sentimento deveria ser celebrado. Ele me dizia que eu era sua alma gêmea.

Ao contrário dos outros de minha espécie, Andrew fazia com que eu me sentisse segura.

Tínhamos planejado um futuro juntos. A ideia principal era a seguinte: eu ajudaria com as finanças, pagando sua hipoteca enquanto ele terminava a pós-graduação. Quando ele começasse a ganhar dinheiro, investiríamos no meu sonho: abrir um bar de coquetéis chamado "Chloe's", em homenagem à minha mãe. Andrew me ajudaria a financiá-lo. Viveríamos uma vida alegre entre os humanos, em um subúrbio arborizado com vários churrascos no quintal e construindo fortes de travesseiros com nossos filhos. E com viagens à praia no verão. Uma vida humana *normal*.

O problema foi que, na noite do meu vigésimo sexto aniversário, descobri que era tudo uma mentira.

E foi aí que parei totalmente de acreditar no amor.

Ava

De pé em uma calçada de paralelepípedos, agarrei a sacola de comida, já salivando com a ideia do frango *vindaloo* e do *Peshwari naan*, o pãozinho indiano. O Royal Bistrô fez o *naan* deliciosamente amanteigado e o curry tão quente que eu estava suando de euforia.

Como era meu aniversário, o gerente me deixou sair do bar mais cedo. Eu não tinha grandes planos. Depois de algumas horas misturando bebidas para a multidão do pessoal das finanças naquela sexta-feira à noite, eu só queria me entupir de comida e assistir comédias com Andrew.

Enquanto caminhava até nossa casa, sentia o cheiro de pimenta em pó, cominho e alho que emanava do saco de papel debaixo de meu braço. Foi a primeira coisa que nos conectou quando fomos apresentados um ao outro por amigos: um desejo em comum pela comida mais apimentada possível.

Com o estômago roncando, girei a chave na fechadura e entrei na casa dele.

Meus ouvidos captaram sons vindos do andar de cima. Andrew claramente estava assistindo alguns vídeos de sacanagem, a julgar pelos gemidos e suspiros exageradamente altos, do tipo realmente falso e agudo direcionado aos homens. As mulheres perceberiam a falsidade imediatamente.

Interessante. Bem, ele pensou que ainda tinha algumas horas até eu chegar em casa. Ele pode assistir a pornografia que quiser. Mas por que estaria vendo naquele volume, quando as paredes do condomínio eram tão finas quanto papel?

Tirei os sapatos. Ao entrar na cozinha, bati o dedo do pé na quina de uma cadeira de madeira e gritei "Ai", irracionalmente irritada com a existência da cadeira. De cara feia, tirei o *vindaloo* da sacola. Naquele momento, percebi que o vídeo pornô havia sido pausado. Andrew estava envergonhado por ter sido pego. O pensamento me fez esboçar um sorriso. Ele certamente deveria saber que eu não me importo.

— Olá? — A voz de Andrew veio do andar de cima. Havia uma pitada de pânico nela. — Acho que não é nada — continuou ele baixinho, e eu me virei em direção ao som.

Prendi a respiração. Ele estava falando com outra pessoa?

Agora meu coração estava disparado. Apenas parcialmente ciente da embalagem de curry quente em minha mão, subi as escadas na ponta dos pés. Os gemidos agudos recomeçaram enquanto o colchão rangia.

O pavor tomou conta de meu coração. Cheguei ao quarto e encontrei a porta entreaberta.

Com muito cuidado, eu a abri.

Senti um aperto tão grande no estômago que quase vomitei.

Andrew estava deitado no meio da cama, seus membros intimamente entrelaçados com os de uma mulher loira que eu nunca tinha visto. Devo ter gritado, porque eles quase caíram da cama quando se viraram para me encarar. Por um momento interminável, todos nós nos encaramos, tomados pelo horror.

— Ava, o que você está fazendo aqui? — O rosto de Andrew assumiu um tom brilhante de vermelho.

— Que porra *você* está fazendo?

GEADA

— Você deveria estar no trabalho. — Ele estava deitado sob uma mulher nua, mas disse isso como se fosse uma explicação perfeitamente razoável.

— É meu aniversário. Fui liberada mais cedo.

Andrew tirou a mulher de cima dele, e eles se esparramaram na cama, na *nossa* cama, suados e corados. Eu os encarei, quase incapaz de acreditar no que estava vendo, mas ciente de que era meu futuro se desintegrando diante de meus olhos.

— Eu queria te contar... — Ele engoliu em seco. — Não queria que acontecesse desse jeito. É só que... Ashley e eu nos apaixonamos.

— Sem ofensas — acrescentou Ashley, cobrindo-se com um lençol. — Mas ele já cansou de experimentar. Ele quer uma família. Uma família normal. Tipo... uma família humana.

Andrew engoliu em seco, todo seu corpo rígido de tensão.

— Ashley e eu... simplesmente temos coisas em comum, Ava. Temos um futuro.

Eu não conseguia respirar. Como não previ isso? Meus pensamentos ficaram em silêncio, e tudo o que senti foi meu coração se partindo.

Joguei o *vindaloo* nele, e o recipiente atingiu a colcha, explodindo instantaneamente. Frango quente e pimentões respingaram neles. Andrew e a garota gritaram, e eu me perguntei se tinha feito algo ilegal. Era possível ser preso por jogar curry quente em alguém?

— O que você está fazendo? — gritou Andrew.

— Não sei! O que *você* está fazendo? — gritei de volta para ele.

Meu olhar vagou pelo quarto, pausando no cesto de roupa suja onde nossas roupas estavam misturadas. Por alguma razão, a ideia de separar minha roupa da dele era mais deprimente do que qualquer outra coisa. Eu sempre lavava a roupa e a dobrava cuidadosamente para ele... Eu teria que catar minhas roupas do cesto e lavá-las em uma lavanderia?

Maldição, onde eu moraria agora?

Andrew estava limpando o curry com o lençol.

— Você disse que eu tinha passe livre quando saí de férias. E quanto mais Ashley e eu nos conhecíamos, mais eu percebia que era para ser.

— Passe livre? — Eu o encarei, e os dois eram borrões através das lágrimas em meus olhos. — Eu disse que sabia o que era um passe livre, e não que você tinha um. E você não está de férias.

— Eu conheci a Ashley nas férias e não consegui evitar. A beleza dela me atraiu.

Pisquei e senti uma lágrima escorrendo pelo meu rosto.

— A última vez que você saiu de férias foi há quase três anos.

Andrew balançou a cabeça.

— Não, Ava. Você e eu fomos para a Costa Rica no inverno passado, e você ficou no quarto o tempo todo, com infecção urinária. Lembra?

— Você a conheceu quando *nós* saímos de férias?

Andrew engoliu em seco novamente.

— Bem, você não estava sendo a pessoa mais divertida do mundo naquela viagem.

Ao lado dele, Ashley estava tentando freneticamente limpar o curry quente com uma de minhas toalhas.

— Isso está realmente irritando minha pele.

Andrew olhou para mim com olhos de cachorrinho.

— Ava. Eu sinto muito. Obviamente, tudo isso é apenas uma falha de comunicação. Eu nunca quis te machucar. Mas o coração é teimoso.

Senti um aperto na garganta e uma dor no peito.

— Qual o seu *problema*?

— E-eu ia te contar... — gaguejou ele. — Nós nos apaixonamos. E o amor é lindo, não é? O amor sempre deveria ser celebrado. Sinceramente, Ava, você deveria estar feliz por mim. Encontrei minha alma gêmea. — Ele suspirou de forma dramática. — Será que você poderia parar de ser egoísta por um minuto e pensar sobre isso a partir da minha perspectiva?

O mundo inteiro estava se inclinando em seu eixo.

— Você dizia que *eu* era sua alma gêmea. Suponho que você também escreva poesias para ela. — Eu me virei e já tinha cruzado o corredor quando algo passou por minha cabeça. — O poema sobre o álamo era para ela ou para mim?

— Era para mim — interveio Ashley.

Um pensamento horrível me atingiu. Este não era apenas o fim de meu relacionamento. Este era o fim de meus planos para o futuro.

— Andrew, e o bar? Você ia me ajudar a financiá-lo.

Ele deu de ombros, dirigindo-me um pequeno sorriso.

— Ah, Ava! Você vai dar um jeito. Vá para a faculdade ou algo assim. Você seria uma aluna brilhante.

Pensamentos aterrorizantes passaram pela minha mente como folhas de outono em uma tempestade. Eu havia permitido que Andrew fosse minha vida inteira, e agora tudo estava acabado.

Lágrimas arderam em meus olhos.

— Você estava esperando até se formar, não é mesmo? — falei. — Porque Ashley não estava pagando suas contas. Eu estava.

Ela jogou o cabelo sobre o ombro.

— Sou atriz. É necessário tempo para construir uma carreira.

— E talento. E considerando quão falsos aqueles gemidos soaram, eu não vejo muita esperança para você — retruquei.

Ashley arrancou o *vindaloo* da cama e jogou-o em mim. Curry vermelho espirrou em minha camisa.

Eu já era a mulher amarga. A rejeitada. A bruxa malvada que conspira para derrubar a bela jovem.

— Saia! — gritou ela.

— Ele é todo seu! — gritei de volta. — Vocês dois *realmente* combinam perfeitamente.

Eu precisava ir embora antes que fizesse algo que me colocasse na prisão por vinte anos. Peguei minha bolsa de ginástica do chão e desci as escadas.

E lá estava ele — o momento em que eu decidi que nunca mais amaria alguém.

Contos de fada? Eles não são reais.

2

Ava

Uma hora depois, eu estava com os cotovelos apoiados na bancada de madeira pegajosa do Trevo Dourado, bebendo uma cerveja Guinness enquanto assistia *Atadas e Costuradas* na TV, um *reality show* sobre mulheres que competiam para conseguir um noivo e uma cirurgia plástica para o grande dia. Terrível, sim, mas isso não me impedia de assistir toda semana.

Talvez esse tipo de coisa fosse um prenúncio do declínio da civilização ou algo do tipo, mas nada disso realmente me incomodava agora. Eu tinha 26 anos e...

O que eu tinha? Nada, na verdade. Nada em meu nome.

Esta noite, eu só queria um lugar onde ninguém desse a mínima para as manchas de curry na minha camisa, um lugar onde pudesse beber além da conta, no meio da semana, e ninguém me julgasse.

O Trevo Dourado era o lugar perfeito.

O problema não era apenas o coração partido, embora isso me desse vontade de ficar deitada em posição fetal. O problema era que mais um de meus sonhos havia sido arruinado, pelo menos temporariamente — o do Chloe's. Eu estava trabalhando dia e noite no planejamento, tentando obter autorizações.

Deixei a cabeça cair em minhas mãos. Eu ganhava cerca de trinta mil por ano como *bartender*, e boa parte disso tinha ido para a hipoteca de Andrew. Antes de conhecê-lo, eu dividia um apartamento apertado com um alcoólatra que sempre adormecia no chão do banheiro. Não era o fim do mundo, mas o jeito que Andrew disse "vá para a faculdade", como se de repente eu pudesse pagar por isso, realmente me deu nos nervos.

Andrew sempre foi rico, seus pais tinham milhões de dólares em imóveis. Ele decidiu se virar sozinho por um tempo, o que acho que significou que eu pagaria por suas coisas, em vez de seus pais. Como ele realmente nunca soube como é estar sem dinheiro, cultivou o tipo de despreocupação alegre que o levaria a dizer coisas como "você deveria estar feliz por eu estar apaixonado" ao mesmo tempo em que destruía vários de meus sonhos.

Dei um gole na minha Guinness, lambendo a espuma de meus lábios. Eu daria um jeito.

Uma voz familiar me tirou de minha angústia.

— Ava!

Quando olhei para cima, vi minha melhor amiga, Shalini, vindo em minha direção. Seu cabelo escuro e ondulado caía em cascata sobre um vestido vermelho justo que combinava com seu batom. Ela estava usando um blush cintilante sobre sua pele acobreada, e seu estilo contrastava com meu uniforme de trabalho manchado de comida.

Shalini imediatamente se sentou ao meu lado e passou um braço em volta de meus ombros.

— Meu Deus, Ava! O que aconteceu?

Nesse momento, todas as emoções que eu estava reprimindo vieram à tona, e novamente deixei a cabeça cair em minhas mãos.

— Peguei Andrew na nossa cama fazendo sexo com uma *atriz* loira.

Quando olhei para ela novamente, minha visão estava embaçada.

Os olhos castanhos de Shalini estavam arregalados, e sua mandíbula, rígida.

— Tá de sacanagem comigo?

Dei um gole na minha cerveja, sentindo-me dormente agora.

— Ele disse que tinha passe livre.

— Passe livre? O que é isso?

Respirei fundo e expliquei a Shalini tudo o que tinha acontecido: chegar em casa mais cedo, os gemidos falsos, e então a parte de como eu deveria estar feliz por ele. Quando terminei, a expressão de desgosto absoluto de Shalini refletia meus próprios sentimentos. Então ela deu um pequeno sorriso.

— Você realmente jogou *vindaloo* neles?

— Por toda parte.

— Espero que tenha caído pimenta nas bolas dele... — Shalini parou por um instante, e então fez uma careta. Ela provavelmente estava tentando não imaginar o curry no corpo nu de Andrew e então balançou a cabeça. — É inacreditável. Quer dizer, ele realmente achava que não seria pego? — disse ela.

— Não sei. Acho que sim. Eu deveria estar trabalhando até tarde, mas é meu aniversário. — Minhas bochechas estavam molhadas, e eu limpei as lágrimas com as mãos. — Sei que a maioria dos relacionamentos não dura, mas pensei que éramos diferentes.

Ela me deu um tapinha gentil no ombro.

— A cura para um coração partido é um homem mais gostoso. Já tem uma conta no Tinder?

Eu a encarei.

— Isso tudo aconteceu há uma hora e meia.

— Tá bom. Bem, vou te ajudar quando estiver pronta. Tô basicamente desesperada por uma aventura. Talvez devêssemos fazer um cruzeiro! Não tem uns cruzeiros para solteiros?

Olhei para meu copo quase vazio. Era minha segunda ou terceira cerveja? Eu estava começando a perder a conta.

— De jeito nenhum. Cansei de homens. Posso ser perfeitamente feliz com rosquinhas e filmes sobre rainhas da dinastia Tudor.

— Calma aí. Ele não deveria financiar seu bar? — A voz de Shalini ficou mais alta. — Você estava pagando a porra da hipoteca dele. Ele te *deve* isso.

Assenti com a cabeça.

— E é provavelmente por isso que ele estava esperando para me contar.

— E se eu investisse no seu bar?

Era uma coisa adorável de se dizer, mas eu não queria estragar uma amizade perfeita ao adicionar um grande risco financeiro no meio.

— Não, mas obrigada. Eu dou um jeito.

— Poderíamos abrir um bar juntas. Um daqueles onde as pessoas podem lançar machados. E talvez devêssemos convidar Andrew para a inauguração, tomar uns *shots* e ver aonde as lâminas nos levariam.

Balancei a cabeça enquanto bebia minha cerveja.

— Poderíamos chamá-lo de "Cervejas e Machados".

— Lembra de quando Andrew levou aquela machadinha para acampar e quase decapitou um esquilo? Que idiota do caralho — disse Shalini. — Você precisa de um macho alfa. Tipo, alguém capaz de te proteger.

Eu me mexi no meu assento, inquieta.

— Ai, credo! Não, eu não preciso de um idiota alfa. Só preciso descobrir como conseguir o dinheiro do aluguel. — Agarrei a borda da mesa. — Que burra eu sou por ter confiado nele!

Ela deu de ombros.

— Você não é burra. Foi ele quem estragou algo bom.

Eu me inclinei para trás na minha cadeira.

— Como anda o aluguel hoje em dia no centro da cidade?

Ela pigarreou.

— Não vamos falar sobre isso agora. Você pode ficar comigo.

— Tudo bem. — Assenti com a cabeça. — Isso até que parece divertido.

Um cara magro com cabelo castanho se aproximou de nós. Ele estava vestindo tênis pretos, calças jeans e um moletom cinza. Sua atenção estava voltada totalmente para Shalini — o que sempre acontecia quando saíamos juntas.

— Tendo uma boa noite? — perguntou ele, erguendo as sobrancelhas. Claramente pretendia que a expressão fosse sedutora.

— Na verdade, não — disse Shalini.

— Talvez eu possa fazer você se sentir melhor — respondeu ele, seu comentário inteiramente direcionado a Shalini. — De onde você é? Eu falo três línguas.

— Arlington, Massachusetts.

— Não, quis dizer tipo... de onde você *realmente* é? Originalmente.

— Arlington. — Os olhos de Shalini se estreitaram. — Que tal um pouco de francês? *Foutre le camp!*

O homem riu com nervosismo.

— Essa não é uma das línguas que eu falo.

— Você conhece linguagens de programação? Então que tal você *sudo kill traço nove menos um*?

Os olhos do homem brilharam de animação.

— Farei isso se você me disser a senha do administrador. — Seu tom soou levemente lascivo, e eu não entendi mais o que estava acontecendo.

Meu olhar se desviou para *Atadas e Costuradas*. O noivo havia forçado suas potenciais noivas a uma luta de boxe. Aparentemente, a melhor maneira de escolher uma esposa era fazê-las socar umas às outras enquanto usavam biquínis. Franzi a testa para a tela enquanto me perguntava sobre quantas delas precisariam de verdade de um nariz novo depois desse episódio.

Quando me virei para Shalini e o cara aleatório, eles estavam discutindo sobre alguma linguagem de programação.

Shalini era totalmente brilhante com computadores. Ela estava trabalhando para alguma startup sofisticada que tinha aberto seu capital havia um mês. Eu não tinha certeza de quanto dinheiro ela havia ganhado com suas compras de ações, mas, fosse o que fosse, ela não precisava mais de um emprego. Em outro momento de sua vida, ela tinha sido uma acadêmica obsessiva, insanamente motivada, mas agora estava esgotada e só queria se divertir.

Shalini ergueu a mão.

— Steve, Ava teve uma noite ruim. Ela não é muito fã de homens neste momento. Vamos precisar de um pouco de espaço.

E foi aí que cometi um erro crucial.

— É só que peguei meu namorado transando com uma tal de Ashley.

Steve mordeu o lábio.

— Se por acaso vocês quiserem sexo a três, ou...

— Não! — dissemos Shalini e eu, em uníssono.

— Tanto faz. — O rosto de Steve endureceu quando ele olhou para mim. — Sem querer ser babaca, mas você nem é tão bonita assim. Não com as orelhas de elfo. — Ele se afastou, cantarolando para si mesmo.

— Feérica! — Eu me virei para Shalini, tocando minhas orelhas feéricas delicadamente pontudas. — Merda. Isso não foi bom para minha autoestima.

— Você sabe que muitos homens dizem coisas assim quando são rejeitados, certo? Em um segundo, você é a pessoa mais bonita que eles já viram. No próximo, você é uma cadela arrogante com joelhos esquisitos. Todo mundo sabe que orelhas feéricas são algo sexy, e você também. Você só é intimidadora.

Eu vivi entre os humanos, tentei me misturar. Gostaria de dizer que foi por escolha, mas a verdade era que os feéricos haviam me expulsado há muito tempo. E eu não fazia ideia do porquê.

— É isso que todos os homens pensam quando me veem? — perguntei.

Shalini balançou a cabeça.

— Você é linda pra caralho. Cabelo castanho-escuro, olhos grandes, lábios sensuais. Você é como uma Angelina Jolie dos anos 1990, só que feérica. E suas orelhas são sensuais pra caralho. Sabe de uma coisa? Agora minha missão de vida vai ser arrumar um namorado feérico. Homens humanos são uma bagunça.

Fiz uma careta.

— E homens feéricos são aterrorizantes.

— Como você sabe disso?

Uma memória sombria surgiu no fundo de minha mente, mas era intangível, indescritível, um fantasma tênue em meus pensamentos.

— Não sei. Há alguns feéricos comuns como eu por aqui, mas não os vejo com frequência. Todos os Feéricos Superiores vivem em Feéria, e acho que todos têm poderes mágicos. Mas, de qualquer forma, só é possível entrar no mundo deles através de um portal, e isso requer um convite, que eu certamente não receberei.

— Mas como você imagina que os homens feéricos seriam na cama?

— Eu literalmente nunca pensei sobre isso.

Ela apontou um dedo para mim.

— Você já percebeu que as melhores transas são com os homens mais desastrosos possíveis? O melhor sexo que eu já tive foi com um cara que acreditava que alienígenas viviam no núcleo da Terra. Ele vivia em uma tenda no quintal da casa dos pais e seu único trabalho era tentar fazer kombucha. O que ele nunca conseguiu, aliás. Ele tinha fita adesiva nos sapatos para impedir que se desintegrassem. Sexo alucinante na tenda, e é assim que sei que Deus não existe. E qual foi o seu?

— Meu melhor sexo? — Meu primeiro instinto foi dizer Andrew, mas não, não era verdade. E eu não precisava mais ser leal a ele. — O nome dele era Dennis. No nosso primeiro encontro, ele me serviu sopa enlatada fria e tentou fazer *beatbox* por uns bons quinze minutos. Ele comia brownies de maconha no café da manhã e queria ser mágico profissional. Mas o corpo dele era a definição de perfeição, e ele era enlouquecido na cama. No bom sentido.

Shalini assentiu compreensivamente.

— Exatamente. É cruel demais. É possível que homens feéricos sejam bons de cama *e também* normais?

— Só Deus sabe. Tenho certeza de que todos eles são arrogantes e talvez um pouco assassinos. Mas eu não tenho nem mesmo *permissão* para entrar no mundo feérico. — Isso era algo sobre o qual eu nunca falava, mas toda aquela cerveja tinha me deixado relaxada.

— Por que não? Você nunca me explicou isso.

Inclinei-me para a frente.

— O mundo feérico é sobre sua linhagem familiar. E, levando em consideração que meus pais me entregaram para a adoção no meu nascimento, ninguém sabe qual é minha linhagem. Sou uma pária. — Olhei para mim mesma com desprezo, vendo o que os outros provavelmente viam. — Shalini, não estou muito melhor do que Dennis, não é? Estou sem dinheiro e, no momento, vestindo um moletom de gato coberto de manchas de comida. — Estendi as mãos para tocar meu cabelo, percebendo que eu estava com um daqueles coques frouxos de quem já desistiu de tudo. — Ai meu Deus! Era assim que eu estava quando encontrei Ashley.

— Você está mais sexy do que nunca. Está parecendo que alguém te manteve acordada a noite inteira porque você é gostosa demais. — Seus olhos se moveram para meu copo vazio. — Mais uma rodada?

Assenti com a cabeça, apesar de já estar me sentindo tonta. Eu ainda conseguia ouvir os guinchos agudos da voz de Ashley, e isso tinha que parar.

— Sim — falei lentamente e suspirei. — Obrigada. Andrew era bonito demais. Perfeito demais. Eu deveria ter sido mais esperta antes de confiar em um homem tão bonito.

Shalini gritou para o *bartender*:

— Pode nos trazer uma jarra de margarita? E será que dá para aumentar o volume de *Atadas e Costuradas*? Alguma delas vai ser mandada pra casa hoje.

— Espero que seja a Amberlee — falei. — Não, calma. Espero que ela fique. Ela é totalmente maluca, e isso a torna minha favorita. Ela tentou amaldiçoar Jennica com uma vela.

Enquanto o *bartender* enchia a jarra, um anúncio de "últimas notícias" apareceu na TV acima do balcão do bar, interrompendo o vídeo de uma participante de *Atadas e Costuradas* chorando bêbada. Um repórter estava de pé em uma esquina.

Olhei para a tela.

— Acabou de ser anunciado — disse o repórter sorridente — que Torin, rei dos Feéricos, vai se casar este ano.

Um silêncio tomou conta do bar. O rei Torin era o líder dos Feéricos Superiores, um grupo letal de feéricos que governava nosso mundo à distância. Exatamente o tipo de feérico que jamais teria alguma coisa a ver com uma plebeia como eu.

Ainda assim, eu me peguei olhando para a TV, extasiada como todos os outros.

3

Ava

— Um grandioso torneio de mulheres feéricas será realizado para escolher a noiva — continuou o repórter. — Nem toda mulher feérica será escolhida para participar. Apenas cem serão selecionadas entre milhares de possíveis competidoras, escolhidas a dedo pelo próprio rei. Sua noiva deverá demonstrar força, graça...

Revirei os olhos.

— Isso é tão ultrapassado! Ele não pode simplesmente decidir se gosta de alguém que acabou de conhecer e...

— Shh! — Shalini praticamente colocou a mão sobre minha boca. — Você sabe que eu te amo, mas vou *literalmente* te matar se continuar falando.

Shalini, minha amiga totalmente humana, era obcecada pelos feéricos. Eu, por outro lado, estava perfeitamente feliz mantendo distância.

Os feéricos só se revelaram ao mundo humano uns trinta anos antes. A princípio, os humanos reagiram com horror e repulsa — e, infelizmente, essa atitude durou a *maior* parte de minha infância. Mas agora? Os humanos estavam obcecados pelos feéricos. Em algum momento, os de minha espécie haviam criado uma imagem de riqueza e glamour.

Eu tinha uma leve suspeita de que eles ainda eram bastante assustadores por trás da fachada de sofisticação.

— O rei Torin — disse o repórter, radiante — nasceu há 26 anos. Já vinha sendo previsto há algum tempo que ele escolheria uma rainha, de acordo com a antiga tradição do torneio...

Eu já tinha visto a foto dele uma centena de vezes antes — pálido, uma mandíbula bem definida, cabelos escuros e curtos. Nesta foto, ele estava vestindo um terno preto que acentuava seus ombros largos, tinha um sorriso malicioso, e uma de suas sobrancelhas estava arqueada.

Talvez fosse a cerveja ou o coração partido, mas eu me senti irritada só de olhar para ele. Era *perceptível* que ele era convencido.

Confessadamente, era difícil tirar os olhos da imagem.

— Idiota arrogante — murmurei. Ah, sim. Eu estava bêbada.

Shalini suspirou.

— Ouvi dizer que ele é muito misterioso. Ele tem todo esse ar trágico e ninguém sabe por quê.

Isso não fazia o menor sentido.

— O que tem de trágico em ser o homem mais rico do mundo? Você sabe quantos bares ele poderia abrir se quisesse? Ou escolas, aliás? Quantos diplomas universitários ele poderia conseguir? — Percebi que eu estava gritando.

Os olhos dela se desviaram para a direita.

— Ouvi dizer que ele tem a consciência pesada. Supostamente, ele assassinou pessoas... Mas se sente culpado por isso. Ele é todo taciturno e torturado.

— Que partidão! Sabe, se ele fosse feio, ninguém iria querer nada com ele, certo? Ser um assassino geralmente não é considerado uma característica positiva. — Dei o último gole na minha margarita. Acabou rápido. — Esse é o problema dos ricos e poderosos, não é? E dos ridiculamente belos. Nunca aprendem a ter limites ou a empatia de uma pessoa normal, e então, quando você se dá conta, eles estão *enfiando o pau* em atrizes chamadas Ashley. — Eu estava vagamente ciente de que havia gritado a última parte.

— Esqueça Andrew, Ava. Pense nos braços musculosos do rei Torin. Você é feérica! Por que não participa do torneio?

Eu bufei.

— Quem, eu? Não. Em primeiro lugar, não teria permissão. E em segundo lugar, eu perderia nossas divertidas festas do pijama e maratonas dos *Tudors*. E vou começar a aprender panificação. Mas talvez eu aprenda algo do tipo panificação durante a era Tudor.

Ela estreitou os olhos.

— Já fizemos duas maratonas dos *Tudors*.

— Então podemos assistir *A Rainha Virgem*. Tanto faz. — Eu sorri. — Vou fazer pãezinhos quentes.

Olhei para a tela, que estava mostrando um vídeo do rei Torin filmado de longe. Ele havia administrado sua persona pública com bastante cuidado — bem-arrumado, bem-vestido, nem uma única mecha de cabelo fora do lugar —, mas houve um vazamento há cerca de um ano. Uma fotografia de Torin surgiu de algum canto obscuro da internet. Na imagem, ele estava emergindo do meio das ondas do oceano como um deus do mar, gotículas reluzindo em seus músculos firmes. Com seu sorriso malicioso e traços perfeitos, sua aparência geral era uma mistura de Henry Cavill em *Os Tudors* e Poseidon.

Quer dizer, se você *gosta* desse tipo de coisa.

A imagem na tela da TV mudou novamente. Agora o vídeo parecia ser uma transmissão ao vivo de um helicóptero. Na rua abaixo, um Lamborghini prateado cercado por um conjunto de motocicletas pretas deslizava pelo tráfego.

— O rei e seu anfitrião deixaram Feéria para notificar pessoalmente cada uma das vencedoras do concurso — explicou o locutor. — De acordo com a antiga tradição do torneio.

— Essa é a Rodovia 8? — perguntou alguém do outro lado do bar.

— Uau — disse outro cliente —, eles estão perto!

Olhei para Shalini. Ela estava encarando a TV, paralisada e com a boca entreaberta.

— Meu Deus! — gritou alguém. — Eles estão se aproximando da saída 13.

— Isso é, tipo, a dois quarteirões daqui — disse Shalini baixinho.

Do que todo mundo estava falando?

Ah, do espetáculo do rei feérico e sua noiva.

Ouvi a voz de Shalini ao meu lado, ofegante de empolgação.

— Você já viu o rei Torin pessoalmente?

— Não. Tenho certeza de que ele tem uma aparência perfeitamente aceitável, mas... — Interrompi minha fala no momento em que uma sensação gelada de mal-estar começou a se espalhar pelo meu peito.

Parei de prestar atenção no que ela estava dizendo quando a mesa pareceu balançar diante de mim. Eu estava com uma sensação úmida e desagradável na boca. As margaritas haviam sido uma má ideia.

Deixei a cabeça cair em minhas mãos, e os traços perfeitos de Andrew surgiram em minha mente.

— Nós íamos plantar macieiras.

— O quê? Do que você está falando? — perguntou Shalini.

O som de motocicletas chamou minha atenção para o ambiente novamente. Do lado de fora das janelas, a primeira das motocicletas do séquito do rei Torin passou rugindo. O ronco dos motores era como o de um pequeno avião decolando, mas o barulho não pareceu incomodar os clientes do Trevo Dourado. Eles pressionavam o rosto contra as janelas enquanto uma, duas, três motocicletas passavam.

Fiquei chocada ao perceber que ainda estava claro lá fora, porque parecia que ainda estávamos no meio da noite. Quem fica tão bêbado assim à luz do dia?

— Ai meu Deus! — A voz de Shalini se elevou sobre o barulho ensurdecedor. — Ele acabou de passar... Calma aí, ele está *parando*? — A voz dela se tornou perturbadoramente aguda.

O bar inteiro se amontoou em volta do vidro, a respiração coletiva embaçando-o e os dedos manchando a janela.

— Ai meu Deus! — disse Shalini novamente. — Aí está ele!

Quando dei por mim, eu estava cambaleando do banquinho e me aproximando da janela para tentar dar uma olhada. Eu me enfiei entre o idiota que queria sexo a três e uma mulher que cheirava a desinfetante.

— Uau! — disse Shalini, completamente pasma. — Uau...

Lentamente, a porta do Lamborghini se abriu, e o rei feérico deu um passo para fora. Na luz do final da tarde, seus cabelos pretos assumiram um brilho dourado. Ele era alto e bem constituído, usando uma jaqueta de couro escura e calças pretas. Parecia um modelo da Calvin Klein de outro mundo, envolto por um brilho dourado à luz do sol, sua pele bronzeada contrastando com o azul gélido de seus olhos. Um leve indício de barba por fazer escurecia seu queixo quadrado. Seu cabelo havia crescido desde as últimas fotos. Não estava mais curto, e sim escuro e ondulado.

Com uma pontada de constrangimento, percebi que eu estava boquiaberta e com o nariz enfiado no vidro, assim como todos os outros.

Ele examinou a fachada do Trevo Dourado, seus pálidos olhos azuis brilhando na luz. O que ele estava fazendo aqui? Não poderia estar atrás de mim, já que nenhum dos feéricos sabia quem eu era.

Ele se encostou na lateral do Lamborghini, de braços cruzados. Levei um instante para perceber que ele estava esperando o resto de seu séquito chegar.

O rei Torin gesticulou em direção ao bar, e dois de seus guardas desceram de suas motocicletas para entrar.

Ao meu lado, Shalini sussurrou:

— Você acha que eles estão vindo atrás de você, Ava?

— De jeito nenhum. Deve haver alguma outra feérica aqui.

Passei os olhos pelo bar, procurando por outra garota feérica como eu. Geralmente, não éramos difíceis de detectar. Nossas orelhas ligeiramente alongadas e as cores de cabelo incomuns quase sempre nos entregavam, mas até onde eu havia percebido, todos no bar eram humanos.

Um dos motoqueiros do séquito do rei Torin abriu a porta, um homem de longos cabelos pretos e pele bronzeada. Ele era robusto como uma fortaleza. No silêncio que se instaurou, até o som de um alfinete caindo poderia ser ouvido.

— O rei feérico deseja fazer uma pausa para uma bebida.

Eu reprimi uma risadinha. O rei feérico provavelmente estava acostumado com vinhos centenários dos melhores vinhedos de Bordeaux. Ele estava prestes a ter uma surpresa no Trevo Dourado, onde as únicas coisas envelhecidas eram a comida e a clientela.

Eu estava prestes a comentar isso com Shalini quando o rei Torin entrou pela porta do bar, e imediatamente senti meu queixo cair.

Eu sabia que ele era lindo, mas, pessoalmente, sua beleza me atingiu como um soco. Claro, eu já tinha visto seu rosto em milhares de revistas de fofoca. O maxilar quadrado, o sorriso malicioso, os olhos de um azul glacial que pareciam cintilar com um segredo obsceno. Mas essas características deixavam de fora alguns detalhes que só consegui ver de perto: os cílios pretos como carvão, a leve covinha no queixo.

Adônis em carne e osso? Um ser divino? Isso era algum tipo de magia feérica?

Eu sempre pensei que Andrew era um dez. Mas se Andrew era um dez, eu teria que inventar uma escala completamente nova, porque ele não se comparava ao rei feérico.

O olhar do rei se demorou no meu, e eu parei de respirar completamente enquanto um calafrio percorria minha espinha. De repente, eu senti como se o gelo estivesse se espalhando de dentro para fora através de minhas vértebras.

Sombras pareciam se reunir ao redor dele enquanto ele se dirigia até o balcão e os clientes abriam caminho instintivamente. Eu já tinha ouvido falar que ele tinha esse efeito nas pessoas, que sua mera presença era suficiente para curvar os humanos à sua vontade.

A mão do *bartender* tremia enquanto ele servia um uísque ao rei Torin.

— Rei Torin — sussurravam os humanos com reverência. — Rei Torin.

Alguns deles se ajoelharam. Steve Sexo a Três estava com a testa pressionada no chão sujo de cerveja.

— Ai, meu Deus! — ofegou Shalini, segurando meu braço com tanta força que eu sabia que deixaria um hematoma.

Talvez porque eu era feérica, ou talvez por causa das cinco cervejas que corriam pelo meu corpo pequeno, mas eu não estava disposta a cair de joelhos. Mesmo que pudesse sentir o poder de um Feérico Superior deslizando pelos meus ossos, exigindo reverência, eu continuaria de pé, mesmo que isso custasse minha vida.

Torin aceitou seu uísque do *bartender*, seus olhos perfurando os meus. Quando ele começou a se aproximar, o desejo de cair de joelhos era quase insuportável.

Um músculo se contraiu em sua mandíbula.

— Espera-se que os feéricos se curvem para o seu rei.

Sua voz baixa e aveludada percorreu toda minha pele como uma carícia.

Dei um sorriso tão charmoso quanto possível.

— Mas eu não sou realmente uma de vocês. Isso foi deixado bem claro por vocês há muito tempo. — O álcool estava mascarando o medo que eu deveria estar sentindo. — Então eu vivo de acordo com as regras humanas agora. E os humanos não precisam se curvar.

O aperto forte e doloroso de Shalini em meu braço me alertou para ficar quieta.

Eu estremeci e levantei minha mão.

— E, na verdade, eu não gosto mais de homens depois que encontrei Ashley em cima de Andrew.

O silêncio preencheu o ambiente, pesado e espesso.

O lábio do rei se curvou levemente.

— Quem é Ashley?

Suspirei.

— Eu acho que ela não é o problema. O problema é que não estou me curvando para um homem bonito e rico. Tive um dia um *pouquiiiiinho* difícil — falei com a voz arrastada.

Ele me olhou dos pés à cabeça, observando as manchas no meu moletom de gato e o copo vazio que eu estava segurando com os nós dos dedos brancos.

— Consigo perceber.

Mais uma vez, nossos olhares se encontraram. Eu tive a impressão de que, por trás dele, a escuridão se acumulava e as sombras chegavam mais perto. Um arrepio percorreu meus ossos, e meus dentes começaram a bater.

Honre seu rei. Honre seu rei. Uma voz na minha cabeça ordenava que eu me humilhasse diante dele, e o medo reverberou em minha espinha.

A testa do rei Torin franziu ligeiramente, como se ele estivesse surpreso com minha resistência. Mas ele não ouviu quando falei que eu não era um deles?

O canto de sua boca se contraiu.

— Ainda bem que não estou aqui para convidá-la a competir pela minha mão. Sua falta de respeito a desqualificaria imediatamente.

Olhei em seus olhos árticos. O rei Torin havia acabado de me rejeitar explicitamente em um concurso do qual eu não tinha o menor desejo de participar.

— Ah, não se preocupe, não tenho interesse em seu torneio. Na verdade, acho tudo isso meio constrangedor.

Os olhos dele se arregalaram e, pela primeira vez, uma expressão que lembrava uma emoção real tomou conta de suas feições.

— Você sabe quem eu sou?

— Ah, sim, você é o rei Torin. Eu sei que você é da realeza, da antiga linhagem Seelie e blá blá blá... — Eu estava vagamente ciente de que minha fala arrastada havia tirado parte da seriedade de meu discurso, mas o rei estava simplesmente no lugar errado, na hora errada, e ele ia ter que ouvir. — Eu realmente não sei muito sobre você ou os feéricos, já que todos vocês acharam que eu não era boa o suficiente para estar por perto. E tudo bem. Porque existem coisas incríveis aqui no mundo mortal. Mas eu sei que vocês acham que são melhores do que os humanos. E sabe de uma coisa, rei? — Eu estava ignorando as unhas de Shalini cravadas no meu braço. — Toda essa ceri... cerimônia que você está fazendo não tem nada de diferente da parte mais *idiota* da cultura humana. Seu torneio de noivado? Eu sei que ele é antigo e remonta ao velho mundo, quando vivíamos nas florestas, tínhamos chifres e trepávamos como animais nos bosques de carvalho...

Sua mandíbula enrijeceu, e senti minhas bochechas corarem. De onde veio isso? O que eu estava dizendo?

Fechei os olhos por um momento, tentando recuperar minha linha de raciocínio.

— Mas como todo esse conceito é diferente de *Atadas e Costuradas*? — Fiz um gesto amplo para a tela. — Sua vida é basicamente o *nadir* da civilização humana. O torneio de noivado é até televisionado hoje em dia. É tudo falso, não é? E você não é diferente de Chad, o piloto com dentes absurdamente brancos em *Atadas e Costuradas*. Só mais um idiota rico e bonito. Qualquer uma que queira participar desse torneio está atrás de duas coisas: fama e poder.

Shalini sibilou:

— Ava, pare de falar.

Sob minha embriaguez, eu sabia que estava fazendo algo aterrorizante.

— Tá bem, fama, poder e seu... você sabe. — Fiz um gesto de mão em direção a ele. — Seu rosto e abdômen. Nunca confiem em alguém tão gostoso, garotas. De qualquer forma, vou passar a reverência. Tenha uma boa noite.

O álcool havia liberado uma enxurrada de palavras de dentro de mim, e eu não consegui contê-las.

Atrás de mim, os clientes do Trevo Dourado me encaravam, olhos tão arregalados que mais pareciam pratos de jantar. As sombras em torno de Torin se tornavam cada vez mais densas, quase sólidas, confirmando o que eu sempre soube sobre os feéricos: eles eram perigosos. E provavelmente era por isso que eu deveria ter simplesmente caído de joelhos e ficado de boca fechada.

O brilho nos olhos do rei pareceu se intensificar, e o gelo tomou conta de minhas veias. Eu me sentia congelada e quebradiça. E não conseguia me mexer nem que quisesse.

Quando o rei Torin falou, sua voz era suave como seda, e uma centelha de divertimento brilhou em seus olhos.

— Como quiser. Você claramente tem sua vida sob controle. — Seu olhar percorreu meu corpo novamente, observando o moletom de gato mal-humorado. — Eu não gostaria de arruiná-la.

Então, antes que eu pudesse dizer qualquer coisa, ele se virou e saiu do bar.

Por um instante interminável, os clientes permaneceram imóveis. Então o feitiço se dissipou, e o bar explodiu em uma cacofonia de vozes.

— Ela rejeitou o rei feérico!
— O que ela quis dizer com *nadir*?

Shalini agarrou meu ombro.

— Qual o seu *problema*?
— Contos de fada não são reais, Shalini — respondi, estremecendo sob seu aperto. — E os feéricos? Eles não são tão legais quanto você pensa.

4
Torin

Era quase meia-noite, tanto em Feéria quanto na cidade mortal, quando voltei para meus aposentos depois de um dia na estrada.

Soltei um suspiro quando entrei em meu apartamento. As paredes eram de um verde floresta com detalhes dourados, e o ar úmido ganhava vida com o cheiro de dedaleiras e a doce fragrância da macieira que crescia em meu quarto. O luar se derramava sobre a árvore e as plantas através de uma claraboia no teto.

Caí na cama, ainda vestido.

Hoje, eu havia convidado pessoalmente cem mulheres feéricas para competir por minha mão em casamento. Uma princesa de cada clã nobre e mais 94 feéricas comuns. Nenhuma plebeia jamais havia vencido o torneio, mas convidá-las fazia com que se sentissem incluídas e impedia que suas famílias se rebelassem.

Nas próximas semanas, essas mulheres competiriam pelo trono de rainha Seelie e pela chance de reinar ao meu lado como minha esposa. E aquela mulher bêbada provavelmente tinha razão — o que elas realmente queriam era poder e fama.

Não importava.

Mesmo que eu não desejasse me casar, uma rainha no trono era crucial para manter nossa magia fluindo. Era a única maneira de proteger o reino. E, mais importante, isso me daria a magia que eu desejava.

Se eu não me casasse, Feéria e todos os feéricos estariam condenados. Era simples assim, e o que eu queria não tinha nenhuma importância.

Meus olhos estavam quase se fechando quando a porta se abriu e uma fresta de luz do corredor iluminou o quarto.

— Torin? — Era a voz de minha irmã. — Você está acordado?

— Sim, Orla.

— Posso entrar?

— Claro.

Orla empurrou a porta e entrou no quarto. Minha irmã tinha 23 anos, apenas três a menos do que eu, mas parecia ainda mais jovem. Magra e com grandes olhos, ela mal parecia ter 17 anos, especialmente agora, em seu vestido de cetim claro e chinelos de seda. Seu cabelo loiro repousava livremente sobre seus ombros magros.

Ela ficou parada na porta, olhando mais ou menos em minha direção, esperando desajeitadamente que eu falasse. Orla era cega, seus olhos danificados na infância. Como permaneci em silêncio, ela falou primeiro:

— Como foi hoje?

— Fiz o que tinha que fazer.

A cabeça de Orla se moveu levemente em minha direção enquanto ela seguia o som de minha voz.

— Então não teve nenhum problema?

Senti que ela sabia a resposta para essa pergunta. Apesar de sua cegueira, ou talvez por causa dela, minha irmã era muito perspicaz, e eu nunca conseguiria mentir para ela.

— O único problema que encontrei foi uma feérica comum, bêbada, que disse que o torneio era algo constrangedor, além de o ter colocado em pé de igualdade com o pior da civilização humana.

Os ombros estreitos de Orla enrijeceram.

— Ouvi falar.

— Ela tinha a aparência desleixada de um mendigo, as maneiras de uma vendedora de peixes. E ainda assim... ela não está totalmente errada sobre o torneio, não é? — Por que eu ainda estava pensando nela? Possivelmente porque suas palavras continham um número doloroso de verdades. — Não tem importância.

Orla parecia qualquer coisa, menos convencida.

— Irmão, sua reputação é muito importante. Nossos inimigos precisam ter medo de você. Se os seis reis dos clãs descobrirem a verdade...

— Não se preocupe — falei rapidamente. — Está tudo sob controle. Em um mês, terei uma rainha.

— E você tem certeza de que quer fazer isso agora? — Eu podia ouvir a preocupação na voz de Orla.

Assenti com a cabeça, sentindo o grande peso de minha posição.

— Um rei precisa se sacrificar por seu povo. O trono da rainha está vazio há tempo demais. Você sabe que as pessoas estão sofrendo. O inverno continua, há relatos de magia maligna retornando à terra. Sem uma rainha no trono, a magia de Feéria está desaparecendo. Incluindo a minha.

— Sabe, há outro jeito. — Os olhos claros de Orla pareciam analisar meu rosto. — Recebi uma proposta do príncipe Narr. Eu poderia me casar com ele, e então você poderia abdicar. Nossa linhagem ainda governaria Feéria. Eu poderia me sentar no trono.

O medo tomou conta de meu coração. Orla jamais poderia ser a rainha Seelie. Ela era cega e doente, às vezes permanecia na cama por semanas. Para ela, a pressão do cargo seria uma sentença de morte. Mas eu não podia dizer isso em voz alta.

Então, em vez disso, fingi raiva.

— Casar com o príncipe Narr? De jeito nenhum. Como rei Seelie, é meu dever, e somente meu, defender o reino. O torneio selecionará minha esposa. O trono da rainha será preenchido novamente. A magia fluirá mais uma vez para o reino.

Orla caiu rigidamente na minha cama.

— Mas e se você tiver que se casar com uma mulher linda, como Moria dos Dearg-Due, ou Cleena dos Banshees? Ou Etain dos Leannán Sídhe? Ouvi dizer que nenhum homem consegue resistir a seus encantos. Se você se descuidar e se apaixonar, se matar uma princesa, será desastroso para nós. Torin, uma fissura dentro dos clãs pode iniciar uma guerra civil. Os clãs nem sempre foram unidos, você sabe...

— Eu não vou me apaixonar — falei, interrompendo-a. — Meu coração é impassível. Quem vencer o torneio desfrutará de todos os benefícios e luxos da posição, mas não será amaldiçoada com meu amor. Ela será a rainha do nosso povo.

O que eu não disse foi que Orla estava absolutamente certa. Qualquer mulher perto de mim estaria em um perigo terrível se eu me apaixonasse por ela.

Orla se levantou de minha cama e andou lentamente até a porta. Ela já estivera em meu quarto milhares de vezes e conhecia cada centímetro do chão de pedra, mas ainda assim me deixava nervoso vê-la caminhar sozinha. Eu me levantei, segurando-a pelo cotovelo.

— Torin, você sabe que eu consigo andar sem sua ajuda.

— Faça isso por mim, pode ser? — falei, apertando seu braço de leve enquanto a conduzia pelo resto do caminho até a porta.

Meu lacaio estava esperando por ela no corredor de mármore.

— Aeron — falei —, leve a princesa de volta para o quarto dela. Está tarde.

Fechei a porta atrás de Orla, e então me virei para apoiar as costas contra a peça, respirando o ar primaveril. Minhas mãos estavam cerradas. Eu odiava admitir, mas Orla tinha razão.

Eu era amaldiçoado, e tinha sido assim minha vida inteira. Se eu me apaixonasse por minha noiva, ela morreria. E seria meu próprio toque que a mataria, congelando-a até a medula, como a paisagem desolada ao nosso redor.

Essa era a minha maldição.

Teias gélidas de dor se espalharam pelo meu peito como uma geada de inverno. Eu já me apaixonei antes, uma vez. No antigo templo de Ostara, segurei o corpo congelado de Milisandia em meus braços enquanto minha alma se partia ao meio.

Minha culpa.

E toda vez que começava a fraquejar em minha determinação, eu voltava para o mesmo templo e me lembrava da aparência exata de Milisandia enquanto seu corpo se tornava branco e azul...

Meus dedos se fecharam em punhos.

Como parte de minha maldição, eu nunca poderia falar sobre isso com ninguém. Não fui capaz de avisá-la, de dizer a ela para manter distância. As palavras ficariam presas em minha língua. Amaldiçoada pelos mesmos demônios, Orla também nunca poderia falar sobre isso. Apenas nós dois conhecíamos os segredos um do outro, e esse conhecimento morreria conosco.

Meu amor — meu toque — significa morte.

Servi-me de um copo de uísque e tomei um longo gole. Eu tentei terminar tudo, mas ela me seguiu até o velho templo naquela noite. E eu não consegui resistir a ela...

Eu nunca mais amaria. Nunca mais *poderia* amar novamente. Eu tinha apenas um propósito agora — uma maneira de me redimir pelo sangue em minhas mãos —, e era salvar meu povo.

E isso não apenas me arruinaria completamente, mas também poderia significar o fim de meu reino.

Sim, princesas poderiam morrer nos torneios. Isso sempre foi um risco. Mas uma princesa morta em *minhas* mãos? Assassinada pelo próprio rei?

Os seis clãs Seelie poderiam se voltar contra um rei assassino, como fizeram há mil anos, quando o rei Caerleon perdeu a cabeça durante um período conhecido em Feéria como a Anarquia. Já haviam se espalhado rumores suficientes pelo reino sobre as coisas que fiz com as mulheres que amei.

Rumores não totalmente falsos...

Se os clãs se voltassem contra nós, seria o fim de uma Feéria unificada. O primeiro rei em milhares de anos a deixá-la se desintegrar.

A não ser que... eu escolha alguém por quem nunca poderia me apaixonar.

Fechei os olhos. O que eu precisava era de uma mulher disposta a fazer um acordo e pensar que era isso e nada mais. Alguém com maneiras repulsivas e nenhuma sofisticação. Alguém que me odiasse tanto quanto eu a odiava. Alguém de nascimento inferior e sem senso de moralidade, que poderia simplesmente ser comprada...

Meus olhos se abriram enquanto a mais gloriosa ideia me ocorria.

Ava

P ara mim, a pior parte de ficar bêbada não é a ressaca, mas o fato de que sempre acabo acordando de madrugada. Alguém me disse uma vez que é porque, quando o corpo metaboliza o álcool, ele redefine seus ciclos de sono. Tudo o que eu sabia era que sempre me sentia uma merda.

Nesta manhã não foi diferente. Eu estava deitada no sofá de Shalini, olhando para o relógio digital piscando no aparelhinho da TV. Marcava 4h58 da manhã. Cedo demais para estar acordada.

Fechei os olhos, desejando voltar a dormir. Quando os abri novamente, um minuto havia se passado.

Soltei um gemido. *O que eu fiz na noite passada?*

Ah, sim! Eu decidi que se ficasse realmente bêbada, esqueceria sobre Ashley e Andrew. Por mais que parecesse uma boa ideia naquele momento, eu queria voltar no tempo e dar um soco na cara do meu eu do passado.

Peguei o celular, e meu estômago deu um nó quando vi uma mensagem do meu chefe, Bobby:

AVA, SINTO MUITO, MAS VOCÊ ESTÁ DESMENTIDA. TEMOS RECEBIDO AMEIXAS DOS FÃS DO TELEFÉRICO.

Encarei a mensagem por um tempo, tentando descobrir o que ele estava querendo dizer. Mas as mensagens de Bobby eram sempre assim porque ele ditava o texto no celular e nunca se preocupava em corrigir nada. Depois de alguns minutos, finalmente entendi. Eles estavam recebendo ameaças dos fãs do rei feérico, e eu havia sido demitida.

Tombei a cabeça nas mãos.

Nenhuma mensagem de Andrew. Nenhum pedido de desculpas ou apelo desesperado para eu voltar.

Senti um arrepio quando entrei no perfil de Andrew no Instagram. Para meu horror, ele já tinha deletado todas as minhas fotos artisticamente enquadradas, assim como as melancólicas legendas poéticas. Em vez disso, postou uma foto nova de Ashley de pé em um campo de flores silvestres sob a luz dourada do sol poente. Abaixo, ele havia escrito: *Quando uma pessoa é tão bonita que você se esquece de respirar...*

Durante todo o horror de ontem, eu não tinha percebido quão linda ela era. *Porra!*

Minhas mãos tremiam enquanto encarava a imagem. Quando ele havia tirado essa foto? Nós só terminamos ontem à noite!

Rolei de lado, esperando conseguir dormir ao esconder meu rosto nas almofadas do sofá. Eu sabia que este sofá se transformava em uma cama pois já havia dormido aqui antes, mas não consegui lidar com ele na noite passada. No entanto, consegui me cobrir com um cobertor.

A ideia funcionou por alguns minutos, até que meu estômago revirou e fui tomada por uma onda desagradável de náusea. Eu não tinha certeza se era o álcool ou minha vida desmoronando. Provavelmente ambos.

Eu me sentei, esperando que uma posição mais vertical pudesse acalmar meu estômago. Enquanto fazia o movimento, mais memórias da noite passada lentamente se infiltraram em meu cérebro.

Depois de cinco canecas de cerveja, uma jarra de margarita e uma versão em karaokê de "I Will Survive", eu tinha certeza de que alguém tinha beijado Steve Sexo a Três. E eu tinha a sensação perturbadora de que esse alguém pode ter sido eu.

Tantas decisões ruins!

Mesmo assim, nada era tão horrível quanto a lembrança de minha conversa com o rei Torin. Eu realmente disse que o feérico mais poderoso do mundo não era nada além de um idiota rico e bonito? Que ele era uma versão feérica do Chad de *Atadas e Costuradas*?

Meu estômago revirou novamente, e me levantei para ir cambaleando até o banheiro de Shalini. Curvei-me sobre seu vaso branco e limpo, minha boca cheia de água. Como não saiu nada, eu me levantei e lavei o rosto na pia. Olhei para meu reflexo — cabelos emaranhados, olheiras, pele estranhamente pálida.

Às 5h03, voltei para a sala de estar cuidadosamente decorada de Shalini. Uma caixa de *donuts* havia sido deixada na bancada da cozinha, mas a simples visão deles fez meu estômago revirar.

Estava claro. Com a cabeça latejando, o estômago embrulhado e as lembranças horríveis da noite anterior, eu não adormeceria novamente, nem tão cedo.

Fui até o quarto de Shalini e dei uma espiada. Ela estava dormindo sob o edredom, seus cabelos escuros espalhados no travesseiro. Apagada, dormindo profundamente.

Esfregando os olhos, voltei na ponta dos pés para a sala de estar. Não consegui encontrar o controle remoto da TV, e meu celular estava completamente descarregado. Olhei para a luz do sol que já estava entrando pelas persianas. A névoa turva de memórias da noite passada estava me deixando nervosa.

Talvez fosse hora de encontrar uma cafeteria, tomar um pouco de ar fresco, voltar para casa...

Ah, certo. Eu não tinha mais uma casa. Virei-me, examinando a sala onde tudo estava em seu devido lugar, lindamente decorada em tons de caramelo e creme.

Tudo, exceto minha bolsa de ginástica, que estava no chão, perto do sofá. Sorri. Parece que a Ava Bêbada realmente havia tomado uma boa decisão. Talvez o suor pudesse fazer o álcool ir embora mais rápido. Antes de conhecer Andrew, eu costumava passar meses seguidos em depressão, deitada na cama, sem tomar banho e mal comendo. Não queria me permitir voltar para aquele tipo de escuridão. E sempre que as nuvens começavam a se elevar, fazer exercícios ao ar livre — correr, futuramente — era o que me trazia de volta à vida.

Peguei minha bolsa e voltei ao banheiro para vestir minhas roupas de corrida. Então, o mais silenciosamente que pude, enfiei o molho extra de chaves de Shalini no bolso e saí para o ar fresco.

Desci as escadas correndo, passando por uma fileira de caixas de correio e entrando em um pequeno pátio. Mesmo em meu estado de ressaca abissal, tive que admitir que era uma manhã absolutamente gloriosa. Não muito quente, o amanhecer estava rosa-perolado, quase sem nuvens. Na grama do pátio, um tordo caçava minhocas. *Foque as coisas positivas, Ava.* Eu estava viva e era um dia perfeito para uma corrida.

E eu não me deixaria afundar em uma grande depressão por causa de um idiota qualquer.

Foi só quando eu estava quase alcançando o portão da rua que percebi uma van branca com as letras "CTY-TV" estampada na lateral em letras azuis. No momento em que percebi o que era, um homem de olhos claros com um microfone em punho surgiu na minha frente.

Era o repórter que eu tinha visto na TV na noite passada. Ah, *porra*!

— Srta. Jones — disse ele energicamente. — Gostaria de lhe fazer algumas perguntas.

Balancei a cabeça.

— Você não precisa de consentimento ou algo do tipo para isso? Eu não consinto.

O repórter agiu como se não tivesse me ouvido.

— Você estava no Trevo Dourado ontem à noite?

— Talvez. — Tentei passar por ele, mas ele bloqueou meu caminho. Atrás dele, apareceu uma mulher com uma grande câmera de TV apoiada no ombro.

Eu estava na televisão?

— Você é funcionária do Bar de Coquetéis Pedra Vermelha no Extremo Sul?

Senti uma náusea, e não apenas por causa da ressaca. Eles já haviam descoberto onde eu trabalhava. O que mais eles sabiam sobre mim? Passei pelo repórter bruscamente e tentei correr em direção ao portão, mas a cinegrafista bloqueou meu caminho.

— Srta. Jones. — O repórter estava tentando soar agradável e cordial, mesmo enquanto sua colega me encurralava. — Você poderia nos contar sobre o que disse ao rei feérico?

Talvez, se não fossem cinco da manhã e eles não estivessem tentando me encurralar, eu teria feito um esforço para pensar em uma boa resposta. Mas naquele momento, minha mente ainda estava totalmente nebulosa, e eu não conseguia pensar em uma única coisa coerente.

— S-sinto muito — gaguejei. — Eu realmente não tenho tempo para falar com você agora.

A cinegrafista não se moveu para sair da frente do portão, e agora o repórter estava ao lado dela. Mais uma vez, ele empurrou o microfone na minha cara.

— É verdade que você insultou o rei feérico? Com palavras que não podemos dizer ao vivo?

— É que eu estava prestes a sair para uma corrida. — No fundo da minha mente, um horror estava surgindo ao perceber que Ashley e Andrew estariam assistindo isso. Eu tendo um colapso bêbada e em público, revivido em todos os lares dos

Estados Unidos. Fechei os olhos, desejando que a terra me engolisse por inteira.

O locutor de TV ergueu seu celular para que eu pudesse ver a tela.

— É você?

Antes que eu pudesse responder, o vídeo começou. Mesmo com a baixa qualidade, reconheci imediatamente o interior do Trevo Dourado.

— *Espera-se que os feéricos se curvem para o seu rei.* — A voz aveludada de Torin ressoou através do aparelho, e sem a névoa da cerveja barata, senti o peso denso de sua voz se abater sobre mim.

Encarei o celular enquanto eu o insultava, divagando sobre *Atadas e Costuradas*. Pior ainda, o ângulo em que eu aparecia no vídeo era profundamente desfavorável. Eu estava desgrenhada, com o rosto vermelho e a fala arrastada. Suando. No vídeo, meus olhos estavam quase se fechando, e meu cabelo, uma bagunça. As manchas vermelhas em meu moletom brilhavam sob a iluminação quente do bar.

— É *você*, não é? — Eu ouvi o repórter, mas minha reação de luta ou fuga havia tomado conta, e ele parecia estar falando à distância.

Qual seria a melhor maneira de lidar com isso?

Fugindo.

Passando por ele, empurrei a cinegrafista para fora do caminho e praticamente mergulhei através do portão do complexo de apartamentos. Virei à direita. Eu esperava sair correndo pela calçada, mas outra equipe de filmagem estava de prontidão lá.

Ai, maldição!

Alguém gritou meu nome, e me virei novamente, pronta para disparar na direção oposta. O primeiro repórter e a cinegrafista já estavam bloqueando meu caminho. Em retrospectiva, eu provavelmente deveria ter tentado voltar correndo para o apartamento de Shalini, mas meus pensamentos estavam emaranhados em uma turva confusão. Percebi um vão entre a frente da van da CTY-TV e o carro na frente dela.

Meu primeiro pensamento foi o de atravessar a rua, mas, assim que pisei na estrada, uma buzina soou. Em um segundo aterrorizante, percebi que eu estava prestes a ser atropelada.

Tudo pareceu se mover em câmera lenta. A forma escura do SUV, o som dos pneus cantando, os olhos horrorizados do motorista. Era o meu *fim*.

Em uma fração de segundo, minha vida passou diante dos meus olhos. Os primeiros anos sombrios de que eu não conseguia me lembrar, a não ser por uma sensação fria de medo. Então o rosto de minha mãe entrou em foco — o sorriso gentil de Chloe enquanto ela assava um bolo de cenoura para mim. Fragmentos de nossos dias mais felizes juntas piscaram diante de mim: Natais, aniversários, a época em que fomos à Disney World. A empolgação dela quando terminei meu curso de *bartender* e fui contratada em um dos melhores bares da cidade...

As memórias se tornaram mais sombrias.

Houve uma ligação no meio da noite — aquela que todos temem. Um médico me dizendo que ela havia tido um ataque cardíaco e que não tinha sobrevivido.

Um estalo agudo como um tiro me trouxe de volta à realidade.

Um pilar de vidro surgiu do concreto, e o SUV se chocou contra ele.

No momento seguinte, mais um pilar surgiu da calçada sob a van do noticiário. O veículo balançou e, então, caiu de lado. Fiquei olhando, tentando entender o que eu estava vendo.

Não, os pilares não eram de vidro. Eram de gelo. Meu queixo caiu. Aquela certamente não era a corrida relaxante que eu estava esperando.

O que diabos estava acontecendo?

Um braço poderoso envolveu minha cintura e me puxou para a calçada.

— Ava, isso foi terrivelmente insensato. — O tom suave e grave da voz do rei Torin vindo de trás de mim percorreu minha pele inteira.

Eu me virei e dei de cara com seus olhos azuis gélidos, mas ele não estava se afastando de mim. Sua mão ainda estava na minha cintura, como se eu fosse correr para a rua de novo só por diversão.

— O que você está fazendo aqui?

Seus lábios se curvaram em um meio sorriso.

— Aparentemente, impedindo você de se matar.

— Eu estava prestes a me esquivar para fora do caminho. Os repórteres estavam me perseguindo porque, aparentemente, quando alguém insulta você, mesmo que minimamente, isso se torna uma notícia bombástica.

Seus olhos azuis brilharam com uma luz gélida.

— Minimamente?

A lente de uma câmera brilhava no sol atrás dele.

— O pessoal da TV. Eles estão atrás de você.

— Hum. — Sombras se reuniram sobre ele, e senti um frio percorrer minha pele. Torin estava me protegendo da visão das câmeras. Quando o repórter chamou seu nome, suas sombras mágicas se adensaram como uma névoa espessa, engolindo a luz e o calor ao nosso redor.

A voz do repórter vacilou.

— Minhas mais sinceras desculpas...

O rei Torin não se preocupou em olhar para ele. Seus olhos estavam fixos em mim enquanto ele emitia um comando por cima do ombro.

— Destrua a câmera.

Através da névoa escura, observei por cima do ombro de Torin enquanto o âncora pegava a câmera de TV de sua assistente e a jogava no chão. Eu estremeci. Não tinha como isso ter sido barato.

— Será que você poderia me dizer o que está acontecendo? — sussurrei.

— Estou me livrando de todas as testemunhas. As notícias de hoje já são ruins o suficiente sem você tentando se jogar na frente de um SUV.

Os olhos do rei Torin ainda estavam me perfurando. Atrás dele, a cinegrafista e o repórter estavam partindo a câmera em pedaços.

— Como você conseguiu que eles fizessem isso?

Ele ergueu uma sobrancelha.

— Você não sabe o que é glamour?

— Deveria?

— Sim.

Meti um dedo no peito dele, e foi como pressionar uma parede de tijolos.

— Se vocês quisessem que eu soubesse coisas sobre os feéricos, talvez não devessem ter me exilado. E, a propósito, fui demitida por sua causa.

— Por minha causa?

— Seus fãs enlouquecidos estavam ameaçando meu chefe.

— E como isso pode ser culpa minha? — Ele inclinou a cabeça, a curiosidade brilhando em seus olhos. — Estamos fugindo do assunto. Você sabe alguma coisa sobre magia?

Seu corpo poderoso exalava um frio ameaçador, e dei um passo para trás, a respiração formando uma névoa sobre minha cabeça.

— Não. Por que eu deveria? Eu nem me lembro de Feéria.

As feições de Torin se suavizaram de forma quase imperceptível.

— Glamour — disse ele calmamente — é um tipo especial de magia que usamos para influenciar humanos e alguns feéricos de mente fraca. Isso nos permite ajudá-los a esquecer as coisas.

— Tipo controle mental?

— Não exatamente. Mais como um forte sugestionamento.
— Ele se virou para a equipe de TV, e o miasma gelado ao seu redor começou a diminuir. O repórter e a cinegrafista estavam parados entre os destroços da câmera, de olhos vidrados.

Os cantos da boca do rei se curvaram.

— Se eles realmente amassem o trabalho deles, minha magia não funcionaria. Eles iriam querer proteger a câmera. Em vez disso, o glamour os ajuda a superar suas inibições. Encoraja-os a satisfazer seus desejos mais sombrios. Eles queriam destruí-la.

Engoli em seco.

— Como sei que você não está me glamourizando agora?

Torin dirigiu toda a força de seu olhar ártico para mim, e a curiosidade era ardente em sua expressão.

— Por quê? Você está pensando em satisfazer seus desejos sombrios?

Dada a sua aparência, não era de se estranhar que ele poderia pensar isso. Mas eu não o queria mais do que quis aqueles *donuts*.

— Não. É só que o poder parece levar ao abuso.

— Você certamente está preparada para pensar o pior das pessoas, não é? — Os olhos do rei Torin se estreitaram. — Acredite em mim quando digo que qualquer feérico que abusa de seu glamour é julgado com bastante severidade. Foi o que nos permitiu permanecer escondidos do mundo humano por tantos anos. Mas não vemos nenhuma razão para causar problemas desnecessários com os humanos ao usá-lo em excesso.

O repórter e a cinegrafista se entreolharam como se tivessem acabado de se conhecer.

— Sou Dave — disse o repórter, sorrindo levemente.

Ela corou.

— Bárbara.

O rei Torin me pegou pelo braço, puxando-me para longe deles.

— Preciso falar com você sobre o casamento.

GEADA 43

— Você *o quê*? Acabei de rever o vídeo de ontem à noite. Eu disse a você que não quero participar do seu torneio, e você disse que eu seria desqualificada de qualquer jeito, caso participasse.
Um lampejo de luz gélida brilhou em seus olhos.
— É exatamente isso. Eu também não quero me casar.
Eu o encarei.
— Então por que você está aqui?
— Precisamos ir a algum lugar mais privado.
Mesmo que eu odiasse sua arrogância, como poderia dizer não ao rei Torin? Eu estava com a sensação de que ele não aceitaria um não como resposta. E supunha que ele tinha acabado de salvar minha vida.
— Certo. Podemos usar a casa da minha amiga Shalini.
— Leve-me até lá.
Tive vontade de dizer que eu não era súdita dele e que ele deveria parar de usar aquela voz de comando comigo. Mas, em vez disso, comecei a guiá-lo até o prédio de apartamentos de Shalini. Quando me virei de volta para olhar os repórteres, eu os vi se agarrando ao lado da van capotada. Vidro quebrado brilhava ao redor deles.
Um arrepio de medo percorreu meu corpo. A magia de Torin parecia de fato muito perigosa.

Ava

Conduzi o rei Torin escada acima até o apartamento de Shalini. Era estranho estar tão perto dele. Com sua constituição esguia e musculosa, seus olhos penetrantes e a mandíbula como vidro esculpido, era difícil desviar o olhar. O rei Torin estava em outro nível de beleza masculina, com seus olhos gélidos e sua pele bronzeada. A beleza feérica podia ser sobrenatural, de um poder quase vertiginoso, e ele parecia incorporar tais características perfeitamente.

Se eu não tivesse acabado de ter meu coração incinerado depois de ter sido arrancado do peito, sua aparência poderia causar algum tipo de efeito em mim.

Em vez disso, ele apenas me irritava com sua confiança absurda. Não havia cautela nem hesitação quando ele falava. Ele simplesmente declarava seus pensamentos e esperava ser obedecido. Movia-se com uma graça calculada.

Quando cheguei à porta de Shalini, dei uma olhada para ele. Seus olhos reluziram na escuridão da escada, e eu senti meus músculos enrijecerem. Minha respiração ficou presa em meus pulmões, e eu hesitei, meu corpo relutante em deslizar a chave na fechadura.

Levei alguns minutos para reconhecer a sensação. Da última vez que fui ao zoológico, parei na parte dos tigres. A enorme besta estava na área exterior, andando pelo perímetro de sua jaula. Quando fiz contato visual, a criatura olhou de volta para mim, enviando uma pontada de medo através de meus ossos. Seu olhar não era faminto, mas estava claro: o tigre não hesitaria em rasgar minha garganta se sentisse vontade.

Tive a mesma sensação quando fiz contato visual com o rei Torin. Os pelos da parte de trás de meus braços se arrepiaram.

Shalini não dissera que ele havia assassinado alguém? Honestamente, não era difícil de acreditar.

— Algum problema? — sussurrou ele.

Afastei-me dele, enfiei a chave na fechadura e abri a porta. Torin entrou primeiro, como se fosse o dono do lugar.

Fechei a porta atrás dele silenciosamente, meu coração disparado, e me virei para encará-lo.

— Rei Torin? Perdão, como devo me dirigir a você?

Uma faísca brilhou nos olhos do rei.

— Pode me chamar de Torin.

— Muito bem, Torin. Este é o apartamento da minha amiga Shalini. Ela está dormindo no outro cômodo, então precisamos fazer silêncio. O que exatamente você quer me dizer?

O rei Torin fez uma pausa, esfregando a mão sobre a tênue barba por fazer em sua mandíbula. Pela primeira vez desde que o conheci, ele pareceu hesitante. Quando falou, sua voz era baixa, pouco mais que um sussurro.

— Feéria está morrendo.

— O quê? — Isso era, com certeza, a última coisa que eu esperava ouvir.

Eu achava que o rei Torin e seu séquito feérico eram imensamente poderosos. Eles reprimiram toda e qualquer oposição humana em nosso reino. Dizia-se que, dentro de Feéria, o rei Torin emanava o poder de um deus. E foi basicamente essa a impressão que deu quando ele evocou pilares de gelo da estrada.

Ele franziu a testa, olhando para a janela.

— Quando um rei Seelie se senta no trono feérico, ele utiliza a magia do reino para defendê-lo e conquistar novos territórios. A rainha, por outro lado, repõe essa magia. A magia dela é vernal, trazendo crescimento e fertilidade. Levará meses para repor totalmente a magia em nosso reino, e depois disso, ocasionalmente precisaremos de uma rainha para se sentar no trono.

— Então você precisa da magia de outra pessoa para repor a sua?

— Sim. — Seus olhos encontraram os meus. — Há 23 anos, minha mãe morreu. Ela foi a última rainha de Feéria. Desde então, tenho feito uso da magia do reino. Tive que lutar contra os humanos e manter o restante dos clãs Seelie na linha. Drenei uma boa parte da magia do reino. E agora um inverno frio se abateu sobre a terra. Somente uma rainha no trono seria capaz de repor nossa magia e trazer de volta a primavera. E é aí que você entra.

Soltei um suspiro.

— Muito bem. Então você quer que eu seja sua esposa para que seu reino possa drenar minha magia? Sem ofensas, mas dispenso a oferta. Por que você não pergunta a uma das muitas mulheres feéricas que realmente gostariam de fazer isso? Há muitas delas implorando por uma chance.

— Também não quero que você seja minha esposa — disse o rei Torin. — Esse é o plano. Por isso você é tão perfeita.

Eu olhei para ele, surpresa.

— Perdão, como é?

— Você só precisa ficar casada comigo por alguns meses. Não por muito tempo. E você não precisaria consumar nada. Apenas se sentar no trono da rainha e canalizar seu poder. Reponha a magia de Feéria. Ajude-me a salvar o reino. Assim que as coisas voltarem ao normal, nós nos divorciaremos. E você poderá voltar para — ele examinou a pequena sala de estar — este lugar. E tudo poderá acabar sem que nenhuma emoção confusa atrapalhe, porque não gostamos um do outro. Nem um pouco.

Ele fez uma pausa, cruzando os braços sobre o peito como se tivesse acabado de fechar o negócio de sua vida.

Eu o encarei.

— Por que eu faria isso? Você quer que eu me torne sua esposa e que nos divorciemos alguns meses depois! Você tem ideia do impacto que isso teria na minha vida? Odeio ser o centro das atenções, e eu estaria em todos os noticiários como "a feérica comum interesseira". Só aqueles dez minutos lá fora me fizeram ter uma das piores experiências da minha vida. E depois que eu deixasse Feéria? Eu estaria em todos os tabloides. Eu não preciso disso. Tenho meus próprios problemas aqui, Torin. Preciso dar um jeito de conseguir minha própria casa. Coisas normais, como aluguel, que você provavelmente nem sabe o que é. Você simplesmente não pode encontrar alguém que realmente ame?

Por um momento, pensei tê-lo visto estremecer. Então, sua expressão se tornou ilegível novamente.

— Eu estava pensando em pagá-la generosamente por seu papel. Trinta milhões de dólares por seu tempo e possíveis problemas futuros. Você teria o suficiente para uma vida inteira. Poderia optar por permanecer em Feéria, sabendo que não seria um casamento de verdade. Devo acrescentar que há uma boa chance de você morrer durante os torneios.

Eu congelei, meus olhos arregalados.

— Trinta... perdão, acho que você disse... você disse trinta milhões? — Assim que as palavras saíram de minha boca, ocorreu-me que eu era uma péssima negociadora. Se ele estava disposto a me dar trinta milhões, até quanto eu conseguiria fazê-lo aumentar esse valor?

Apoiei minhas mãos no quadril.

— Não permitirei que meu nome respeitável seja jogado na lama. E você mencionou que eu poderia morrer.

Ele bufou.

— Nome respeitável? Seu colapso está em toda e qualquer rede social do mundo mortal. Como poderia piorar?

Fechei os olhos, tentando não imaginar como eram os memes. Arrepios de horror percorreram meu corpo ao imaginar todo mundo compartilhando o vídeo. Um áudio de minha voz falando mal do Chad de *Atadas e Costuradas* viralizando no TikTok...

Isso quase tornou a ideia de fugir para Feéria atraente.

— Cinquenta milhões — falei.

— Muito bem. Cinquenta milhões, se você ganhar. Farei o meu melhor para mantê-la viva.

— De qual nível de perigo exatamente estamos falando?

— Os torneios sempre terminam com uma partida de esgrima, que costumam ser bastante sangrentas. Mas vou ajudá-la a treinar.

Deixei escapar um suspiro longo e lento.

— Além de *bartender*, esgrima é a única coisa em que sou realmente boa. — Mordi meu lábio. — Mas quais são as chances de eu ganhar?

— Supondo que você sobreviva, isso é quase certo, já que sou eu quem escolhe a noiva. Só precisamos ter certeza de que pareça crível que eu escolha você, o que não será exatamente fácil depois...

— Do meu colapso enquanto estava bêbada, sim.

— Você deve evitar ser o centro de outro espetáculo público em Feéria. Minha pesquisa superficial me diz que, até ontem à noite, não houve nenhuma outra evidência de desgraça pública ou escândalo. Você acha que pode se comportar com um mínimo de decoro? Não estou esperando muito, mas meu casamento com você deve ser pelo menos *minimamente* crível. E a ideia de me casar com uma feérica comum, de origem humilde, com aparência desleixada e problema de alcoolismo já ultrapassa os limites da credulidade.

Seus insultos não estavam me afetando agora porque... *cinquenta milhões*? Eu provavelmente poderia simplesmente *pagar* por minha própria privacidade. Poderia pagar pessoas para me elogiar. Eu poderia pegar curry para viagem todas as noites. Era uma quantia vertiginosamente alta de dinheiro; eu quase não conseguia conceber o que fazer com ele.

Abri os olhos novamente e dei de cara com o rei Torin me encarando em silêncio. Um fogo gélido tremulava em seus olhos. Tive a sensação de que ele estava me analisando. Não no sentido sexual, mas sim que ele estava finalmente me aceitando como pessoa. Avaliando minha roupa de corrida. As olheiras escuras sob meus olhos. Meu cabelo, que estava parecendo um ninho de rato. Medindo minhas fraquezas.

— Quem são seus pais? — perguntou ele, finalmente.

— O nome da minha mãe era Chloe Jones.

— Não ela. — Ele se inclinou para mais perto. — Quem era sua mãe biológica? Sua família verdadeira?

Uma sensação intensa de cansaço se abateu sobre mim, e eu só queria me jogar no sofá novamente. Uma memória de minha infância que estava enterrada arranhou as reentrâncias de minha mente: eu, parada diante do portal, segurando uma mochila do Mickey Mouse, soluçando incontrolavelmente porque eles não me deixaram entrar.

— Sinceramente, não faço a menor ideia. Tentei voltar para Feéria uma vez, mas não me permitiram.

Ele inclinou a cabeça.

— Por que você estava tentando entrar? A mulher humana maltratava você?

Eu me senti instantaneamente na defensiva com a pergunta dele, e também irritada por ele ter se referido a ela como *a mulher humana*.

— Não. Minha mãe era incrível. Mas as crianças na escola achavam que eu era uma aberração de orelhas esquisitas e cabelo azul ridículo, e elas não eram nada gentis. Elas me amarraram a um poste uma vez, como um cachorro preso do lado de fora de uma padaria. Eu só queria ver outras pessoas como eu.

Um olhar sombrio surgiu rapidamente em seus olhos.

— Bem, agora você vai. Se você aceitar minha proposta, vou ajudá-la a encontrar sua família feérica.

— Tenho certeza de que estão mortos. Por que eles me deixariam ser expulsa se não estivessem?

Mas eu já estava decidida. Afinal, que tipo de idiota recusaria cinquenta milhões de dólares?

Especialmente uma pessoa sem um teto e desempregada, como era minha situação atual. Com cinquenta milhões de dólares, eu poderia abrir uma franquia inteira de bares — isso se eu decidisse voltar a trabalhar um dia.

E a verdade era que, mesmo que eles estivessem mortos, eu estava desesperada para saber mais sobre meus pais biológicos. O que exatamente tinha acontecido com eles? Feéricos quase sempre viviam mais do que os humanos. Quais eram as chances de *ambos* terem morrido jovens?

Respirei fundo.

— Tudo bem, eu topo. Mas deveríamos assinar algum tipo de contrato.

Ele enfiou a mão no seu bolso de trás e tirou um formulário. Observei enquanto ele o segurava contra a parede e riscava algumas coisas e, então, assinava seu nome com uma caligrafia elegante na parte inferior.

Ele me entregou o formulário, e eu o examinei.

Geralmente, em relação a qualquer papelada, meus olhos ficam vidrados e as palavras parecem borradas. Então eu só presumo que está tudo bem e rabisco minha assinatura. Mas isso era importante demais para receber só uma olhada qualquer, então me forcei a prestar atenção. Ele havia acrescentado o valor que eu receberia e rubricou ao lado. Havia uma cláusula sobre sigilo e uma que dizia que eu perderia o dinheiro caso contasse a qualquer outro feérico sobre meu papel. E se eu perdesse o torneio, não ganharia nada.

Lambi os lábios, percebendo que talvez não fizesse sentido a existência de um contrato com a pessoa mais poderosa do mundo.

— Quem, exatamente, iria impor isso?

A surpresa cintilou em suas feições.

— Se um rei feérico quebrar um contrato, ele ficará doente e morrerá. Eu não posso quebrá-lo. Só você pode.

— Certo. Tudo bem. Acho que é válido, então. — Assinei e entreguei o documento a ele.

— Está pronta? — perguntou ele. — Começará em breve.

— *Agora*? Eu nem tomei banho.

Ele esfregou a mão no queixo.

— Infelizmente, não temos tempo. Mas tentaremos torná-la apresentável em Feéria.

— Eu me ofereço como tributo! — Shalini estava na porta de seu quarto vestindo um roupão rosa-choque. — Me levem para Feéria. Quero competir.

Torin deu um suspiro impaciente.

— Você não é feérica. E Ava já concordou.

— Algumas das mulheres não tem assessores? — perguntou Shalini. — Alguém para dar conselhos? No caso de Ava, alguém para impedi-la de protagonizar mais episódios ultrajantes de embriaguez?

Eu deveria ter perguntado sobre um assessor, mas fui pega de surpresa.

— Shalini, o que você está fazendo? — gaguejei.

— Ajudando você. — Ela sorriu. — Não vou deixar você ir sozinha. Quem sabe como essas pessoas são em sua própria terra? Ouvi ele dizer que é perigoso.

Torin deu de ombros.

— O seu mundo também é.

É claro... Shalini estava desesperada por uma aventura.

Torin se virou, já indo em direção à porta.

— Eu realmente não tenho tempo para discutir isso, mas talvez não seja a pior ideia do mundo. Você pode precisar de apoio emocional para evitar que saia do controle e de alguém para ajudá-la a negociar os duelos. Vamos. Agora.

Senti um nó no estômago.

Duelos. Ótimo.

Mas se tinha uma coisa capaz de afastar minha mente da decepção da noite anterior, essa coisa era uma ameaça de morte iminente.

Ava

O rei Torin insistiu que eu não tinha tempo para tomar banho. Mas, sem sombra de dúvidas, Feéria inteira tinha visto o vídeo em que eu estava coberta de comida e cerveja, e suponho que suas impressões sobre mim só poderiam melhorar a partir daí. Peguei minha bolsa de ginástica e segui Torin para fora do apartamento.

Enquanto descíamos as escadas, Shalini agarrou meu braço, sussurrando:

— Ava, serei um dos primeiros humanos a ir para Feéria. Isso é tão melhor que um cruzeiro!

Minha ressaca latejante acrescentou uma camada extra de surrealidade à situação. Mordi o lábio, tentando pensar com clareza. Essa *era* a decisão correta, não era? Na verdade, não parecia que eu tinha muita escolha. Uma pessoa falida não recusa cinquenta milhões.

Quando pisamos do lado de fora, a luz do sol ofuscou meus olhos. Os repórteres deixaram a câmera quebrada e a van capotada para trás, e ouvi sirenes de polícia soando à distância — sem dúvidas, a caminho dali. Percebi que eu estava tremendo enquanto caminhava pela calçada. Será que eu deveria comer alguma coisa?

— Você acha que vai aprender magia? — perguntou Shalini.

— Feéricos comuns não podem fazer magia — falei. — Quer dizer, acho que o trono pode até sugar algum tipo de energia de rainha de mim, mas não posso praticar magia por contra própria.

— Como você sabe que é uma feérica comum? E se você for a filha há muito perdida do rei Feérico Superior?

Torci o nariz.

— Então este casamento seria muito estranho, porque Torin seria meu irmão. E eu sei que não sou uma Feérica Superior porque nunca permitiriam que um de nós desaparecesse. Já um feérico comum poderia ser facilmente expulso para o mundo humano.

Torin nos conduziu para um Hummer cinza, em vez de para seu Lamborghini. Com um sorriso largo, abriu as portas para nós. Por um momento, imaginei que ele era realmente heroico e honrado e que não havia acabado de subornar uma mulher que odiava.

Não que eu pudesse realmente falar alguma coisa, levando em consideração que eu aceitei o suborno de bom grado.

Assumi o banco do carona, meu olhar percorrendo o estofamento de couro fino. Passei meus dedos sobre ele, atordoada pelo pensamento de que eu seria capaz de comprar algo assim. Supondo que ele cumpriria sua parte no trato.

Torin assumiu o banco do motorista. Eu mal havia colocado o cinto de segurança quando ele girou a chave e pisou no acelerador. A náusea subiu pela minha garganta quando começamos a acelerar pela estrada.

De todos os dias possíveis para conseguir um convite para Feéria, logo esse?!

Engoli em seco, ainda tentando entender o que estava acontecendo.

— O que exatamente esse torneio envolve?

Shalini se inclinou para a frente.

— Posso responder? Venho acompanhando esse assunto há meses.

— Por favor — disse Torin.

— Certo. Há uma centena de mulheres...

— Cento e uma, neste caso — interrompeu Torin.

— Certo, e todas elas têm que competir pela mão de Torin. Essa tem sido uma tradição há milhares de anos. Então, existem várias competições diferentes. Após cada competição, algumas competidoras são forçadas a sair. E este ano, pela primeira vez, tudo será televisionado.

Franzi a testa, tentando não imaginar todas as pessoas que estariam me analisando de suas salas de estar.

Do lado de fora das janelas do Hummer, o mundo passava rapidamente enquanto entrávamos na rodovia.

No bar, ele estava cercado por seu séquito, com um helicóptero seguindo de cima, filmando tudo. Agora eu via apenas o tráfego matinal comum. Eu tinha uma forte suspeita de que Torin tinha feito essa visita em segredo.

O motor do Hummer roncou quando ele pressionou ainda mais o acelerador, meu estômago embrulhando enquanto ele cortava o trânsito.

Minha boca estava seca e cheia de saliva ao mesmo tempo. Dei uma olhada para Shalini, e sua expressão me informou que ela se sentia igualmente enjoada.

Eu agarrei a alça de segurança do carro.

— Torin, você precisa ir tão rápido assim?

— Sim.

— Faria alguma diferença se eu dissesse que esse tipo negligente de direção é uma quebra de decoro? — perguntei, desesperada.

— Não. Não neste momento.

O carro agora parecia um foguete, disparando sobre o asfalto. Do lado de fora, os prédios passavam rapidamente em um borrão cinza. Qual era o problema dele?

— Torin! — gritei. — Você vai nos matar.

Shalini agarrou meu ombro.

— Veja!

Olhei para a direção de seu dedo estendido. Do lado de fora, o borrão de concreto havia desaparecido, sendo substituído por uma vastidão pálida. Torin começou a desacelerar o Hummer, e o exterior entrou em foco.

Não estávamos mais na Rodovia 8. Em vez disso, estávamos em uma via estreita que parecia ter saído diretamente do século XVI. Casas de madeira com telhado de palha estavam agrupadas de um lado da estrada. Do outro, o Sol brilhava forte nos campos cobertos de neve, até que começamos a passar por um pequeno bosque. Fumaça saía das chaminés em direção ao céu gelado.

Minha respiração ficou presa em meus pulmões com a estranha sensação de já ter visto aquele lugar em um sonho.

— Ai, meu Deus! — disse Shalini, ofegante. — Ava.

Ao nosso redor, o próprio Hummer começou a se transformar, me deixando tonta. Os cintos de segurança desapareceram, e me vi sentada em veludo, de frente para Shalini. Cortinas brancas surgiram nas janelas. Quando me virei para olhar à frente, vi de relance as costas de Torin, que estava segurando as rédeas de meia dúzia de cavalos.

Agarrei a lateral da carruagem, tentando me orientar. Estávamos viajando em uma carruagem puxada por cavalos, e eu estava com uma ressaca infernal.

Os olhos de Shalini pareciam vidrados.

— É real, não é?

— Acho que sim — sussurrei.

— Esta é a coisa mais empolgante que já me aconteceu — murmurou ela.

Nós percorremos a paisagem invernal de Feéria, passando por aldeias geladas repletas de casas de telhados íngremes que quase obstruíam a estrada e lojas com vitrines calorosamente iluminadas. A carruagem cruzou florestas e campos congelados. Ao longe, fumaça subia de chaminés e flocos de neve brilhavam no ar.

Mas aquela nuvem densa de tristeza estava começando a se abater sobre mim, e quando fechei meus olhos, eu estava de volta em casa, nos braços de Andrew. Meu peito parecia estar se partindo ao meio.

Fechei os olhos com um suspiro, pensando em algumas das lindas fotos que eu havia tirado de Andrew, fotos que não podia mais ver agora. Ele deitado na cama. Sua pele dourada, as mãos cruzadas atrás da cabeça, e ele sorrindo para mim. Sempre amei essa foto.

Tinha também a foto que Shalini havia tirado de nós em uma festa... Eu me lembrava daquela noite. Ele me disse que eu estava linda, que todos os outros caras sentiriam inveja. E, ainda assim, entre noites como aquelas, ele estava tirando fotos de Ashley em campos de flores vermelhas... A solidão estava me despedaçando, e uma onda de cansaço se abateu sobre mim. Queria me encolher na minha cama, me cobrir com os lençóis e nunca mais sair de lá.

Shalini me encarou.

— Não.

— Não o quê?

— Não vou permitir que você fique se lamentando por causa daquele perdedor enquanto estamos em Feéria. — A mandíbula dela estava rígida, e ela apontou para o vidro. — Dê uma olhada pela janela, Ava. Você está perdendo. E ele não vale a pena. — A respiração de Shalini embaçou o vidro enquanto ela olhava para fora. — Quer dizer, sempre ouvi dizer que era incrível, mas nunca esperei que fosse tão bonita.

Felizmente, eu sabia como disfarçar um coração partido para não arrastar todo mundo para a fossa junto comigo. Coloquei um sorriso no rosto e olhei para fora.

— É realmente incrível. Temos muita sorte de estar aqui.

Shalini se inclinou, sussurrando:

— Acabei ouvindo o que Torin disse... sobre Feéria estar morrendo. Parece difícil de acreditar.

Senti um aperto no peito.

— Acho que, com uma rainha no trono, a neve deve derreter e a primavera voltará. — Dei de ombros. — E então eu volto para o mundo humano, onde poderei pedir comida toda noite e *cappuccinos* toda manhã.

Ela me encarou, franzindo a testa.

— Cinquenta milhões de dólares, e a melhor coisa que você consegue pensar é em pedir comida e em café?

— Está ficando bem caro. De qualquer forma, eu realmente não sei o que fazer com todo esse dinheiro.

— Querida, você vai sair de férias. Para as Maldivas ou...

Shalini se calou abruptamente quando a carruagem começou a desacelerar. Saímos da estrada para uma via particular. Enormes árvores assomavam de ambos os lados, e seus troncos escuros se erguiam até muito acima de nós.

Entre os troncos, pude distinguir vastos campos cobertos de neve e os picos nevados de uma cordilheira ao longe. Abracei a mim mesma, batendo os dentes por causa do frio. Eu tinha vestido roupas de corrida apropriadas para uma temperatura de vinte graus ou mais, e o frio machucava minha pele.

Virei-me para olhar para a frente e prendi a respiração ao ver um castelo em uma colina. O lugar parecia exalar uma presença maligna — todo construído com pedras escuras, torres pontiagudas e janelas em estilo gótico que brilhavam sob o sol de inverno. Minha respiração formou uma névoa ao redor de minha cabeça enquanto eu olhava para o castelo. Eu já tinha visto aquele lugar antes?

Nós nos aproximamos mais, e meu coração começou a bater mais rápido. Seria possível que o rei estivesse me levando até ali para uma execução pública pelo crime de insolência? Traição? O castelo pairava sobre nós conforme nos aproximávamos.

Paramos devagar, o cascalho estalando sob as rodas da carruagem. Um dos cavalos relinchou quando finalmente paramos. Do lado de fora de minha janela, guardas feéricos em uniformes brancos imaculados se aproximaram. Um deles se apressou para a porta.

Quando os lacaios abriram a porta para nós, seus olhos se arregalaram de surpresa — provavelmente porque eu estava aparecendo em um castelo gótico em um reino invernal vestindo uma regata e shorts de corrida, e com o cabelo de alguém que havia desistido da vida há muito tempo.

O ar gelado que me atingiu penetrou até meus ossos.

Shalini não estava muito melhor do que eu, com uma camiseta folgada, uma cueca samba-canção masculina e sandálias com meias. Ainda assim, seu sorriso era bonito o suficiente para desviar a atenção de suas roupas.

— Senhorita? — disse o lacaio.

— Ava — falei rapidamente. — Ava Jones.

— Muito bem, Srta. Jones. Posso ajudá-la a descer?

Peguei a mão dele, sentindo-me desnecessariamente constrangida, já que eu estava de tênis e não precisava de ajuda.

Quando desci, avistei o rei Torin. A magia daquele lugar também havia mudado suas vestimentas. Agora ele estava vestido como uma espécie de guerreiro medieval, com uma armadura de couro preto cravejada de metais. Um manto escuro pendia sobre seus ombros, e havia uma espada em sua cintura com um cabo de obsidiana.

Ele não parecia nada com o Chad de *Atadas e Costuradas* agora. Parecia mais uma espécie de deus guerreiro, mais intimidador do que nunca. Difícil não pensar nele dizendo sem rodeios que não gostava nem um pouco de mim.

Quando seus olhos sobrenaturalmente brilhantes encontraram os meus, reluzindo como uma lâmina mortal, um arrepio percorreu meu corpo. Cruzei os braços enquanto tremia por causa do vento gelado. Uma hora antes, isso parecia uma ótima ideia, mas agora eu me sentia completamente vulnerável.

Desviei os olhos dele, forçando-me a olhar ao meu redor. Um grande toldo de pedra se estendia acima de nossa cabeça — eu tinha certeza de que se chamava *porte cochère*, apesar de não fazer ideia de como se pronunciava isso. Gárgulas nos olhavam de soslaio do alto.

— Nós esperaremos aqui — ordenou ele. — Preciso falar com alguém sobre sua adição ao torneio.

Lacaios se alinhavam nos largos degraus do castelo, que levavam a um par de portas de madeira com pequenas estacas de metal escuro. Com um rangido, elas se abriram para revelar um deslumbrante salão de pedra. Arcos pontiagudos se elevavam acima de nós, e velas tremeluziam em altos candelabros de ferro. Escultores habilidosos haviam esculpido criaturas de aparência perversa sob os arcos — demônios e dragões talhados na rocha de tal forma que, à luz bruxuleante das velas, pareciam quase estar se movendo. Mas a coisa mais perturbadora naquele lugar era um par de chifres de cervo de marfim que se projetavam sobre a porta de entrada, brilhando cobertos de gelo. Eu não conseguia explicar por quê, mas assim que meus olhos pousaram neles, uma sensação de pavor tomou conta de meu corpo. Em algum lugar no fundo da minha mente, eu sabia que o castelo não me queria ali.

Ali, eu era uma abominação. Desviei o olhar, me perguntando se aquilo se devia à ressaca.

Mas não era, né? Eu *realmente* não pertencia àquele lugar e tive o mais desesperado desejo de correr de volta para o lado de

GEADA 61

fora. Sentia como se o castelo quisesse me expulsar, expelir um veneno de suas veias.

Shalini estava segurando meu braço, e me peguei segurando o dela de volta.

Mal havíamos entrado no salão, mesmo com o vento invernal que vinha da entrada castigando nossa pele.

— Ava — sussurrou ela. — Nós tomamos uma má decisão?

— Cinquenta milhões — sussurrei de volta.

O som do cascalho sendo triturado fez com que eu virasse a cabeça.

Uma carruagem se aproximava sobre a pedra congelada. Essa carruagem era inteiramente dourada, desde os aros das rodas até as rédeas dos cavalos. Um cocheiro estava empoleirado na frente, vestindo um traje imaculado de lã preta. Ele desceu e começou a enxotar os lacaios do rei Torin.

Ainda segurando meu braço, Shalini exalou bruscamente:

— Acho que é uma das princesas.

Tive a sensação perturbadora de que eu estava prestes a me sentir *muito mais* deslocada.

Nossos olhos estavam fixos enquanto o cocheiro posicionava um degrau de ouro na porta da carruagem. Lentamente, a porta se abriu, e uma perna elegante se estendeu no ar invernal. O pé, calçado com um sapato branco perolado, estava quase alcançando o degrau, quando parou.

Uma voz feminina falou severamente:

— Longe demais.

— Sinto muito, madame — disse o cocheiro rapidamente.

Estremeci com o som que seus joelhos fizeram quando ele se ajoelhou no cascalho para empurrar o degrau para mais perto. Com o degrau dourado reposicionado, ele se levantou, e a perna da mulher se estendeu novamente. Desta vez, ela pegou a mão dele e permitiu que ele a guiasse para baixo.

A primeira coisa que notei nela foi o vestido — um redemoinho escuro de cetim e seda que se movia como fumaça. Não era de um preto sólido, percebi quando ela endireitou a postura. Ele brilhava em tons de prata e vermelho escuros.

Quando o olhar dela encontrou o meu, congelei ainda mais. Eu nunca tinha visto uma mulher como ela. Suas mãos e seus antebraços estavam envoltos em luvas de seda, mas seus braços e seu peito eram de um branco de porcelana sobrenatural. Em contraste com sua pele pálida, ela usava um batom carmim nos lábios. Mas nada se comparava aos cabelos dela. Eles desciam até os ombros em ondas espessas, de uma cor intensa de vinho, como uma pétala de rosa machucada.

Torin havia dito que me escolheu porque eu era alguém que ele nunca poderia amar, uma "feérica comum, de origem humilde e aparência desleixada". E *esta* mulher, imaginei, era exatamente o tipo de mulher que ele *poderia* amar. Surpreendentemente linda e com uma aparente tendência para dar ordens. Farinha do mesmo saco.

Seus olhos cor de ameixa me olharam de cima abaixo, e quando me virei, vi o rei Torin se aproximando. O manto escuro tremulava atrás dele com o sopro do vento gelado.

Ela abaixou o queixo.

— Sua Alteza Real. Eu só esperava vê-lo esta noite.

— Bem-vinda ao meu castelo, princesa Moria. — A voz grave do rei Torin ecoou no chão de pedra.

— Ah, não há necessidade de formalidades. — Moria riu. — Acredito que podemos nos tratar pelo primeiro nome.

O rei Torin arqueou uma sobrancelha.

— Está tudo em ordem, princesa?

— Ah, sim — disse Moria alegremente. — Só demorou um pouco para chegarmos aqui. Você sabe como fazer as malas pode ser desafiador. Meus ajudantes simplesmente não conseguem fazer nada sozinhos.

Realmente, um par perfeito para ele. Mas então, se ele a escolhesse, teria o desagradável problema de ter de lidar com um emaranhado de emoções. E ele não podia se colocar em tal situação.

Os olhos da princesa Moria se desviaram do rei. Eu esperava que ela fosse olhar para mim, mas, em vez disso, seu olhar se fixou em Shalini. Ela parou de falar, e seu nariz enrugou como se ela tivesse acabado de cheirar um monte de cocô de cachorro.

— Ah! Que mente aberta de sua parte permitir que humanos entrem em Feéria! As coisas realmente mudaram, não é?

Seu olhar percorreu meu corpo.

— Ela não é a única — disse o rei Torin. — Temos alguns com as equipes de notícias para filmar as competições.

As sobrancelhas de Moria se ergueram.

— Ela é uma repórter?

— Ela é minha assessora — falei com um sorriso. — Minha conselheira.

Finalmente, o olhar da princesa Moria se desviou para mim, e um arrepio involuntário percorreu minha espinha. Os olhos dela eram cor de ameixa, como sangue venoso, e se estreitaram enquanto ela me avaliava. Seu olhar desceu até meus pés, e o horror tomou conta de suas feições quando ela assimilou minha aparência.

— Sua conselheira? — disse ela, sem se preocupar em esconder a incredulidade na voz. — Você está competindo no torneio?

— Estou.

Ela riu novamente, tentando fazer a risada soar leve, mas eu conseguia perceber a tensão em sua voz.

— Muito mente aberta, de fato. E oferecer a ela sua carruagem, rei Torin, quando uma criatura tão desafortunada não poderia pagar uma para si mesma. Admiro sua generosidade para com os necessitados.

Ai, essa doeu.

— Princesa Moria. — O rei Torin fez uma leve reverência. — As cerimônias de abertura começarão dentro de uma hora.

Se Moria se sentiu ignorada, não deixou transparecer.
— Claro, Alteza. Estou ansiosa para passar um tempo em sua companhia mais uma vez.

8

Ava

M oria simplesmente deslizou para dentro do castelo, e o rei Torin se voltou para Shalini e para mim.

— Não temos muito tempo — disse ele. — As cerimônias de abertura do torneio começam em vinte minutos.

Balancei a cabeça.

— Mas acabou de dar seis da manhã.

Sua mão estava apoiada no cabo da espada, como se ele fosse precisar matar duas intrusas malvestidas a qualquer momento.

— Em Feéria, o tempo passa de forma diferente do mundo humano. Agora é hora do jantar aqui. Todas as competidoras estão esperando há quase uma hora, e você precisa parecer…

— Menos desleixada e comum?

Ele assentiu.

— Exatamente.

Eu falei em tom de brincadeira, mas Torin não.

Ele se virou, chamando a atenção de um dos lacaios do lado de fora.

— Aeron, leve essas damas para ver Madame Sioba.

Sem dizer mais nada, ele se afastou, com a capa ondulando atrás de si.

Olhei para Shalini, e ela deu de ombros enquanto o lacaio fazia um gesto para que nós o seguíssemos.

O lacaio começou a caminhar à nossa frente, suas botas ecoando no piso enquanto nos conduzia pelo corredor, até que chegamos a uma porta com um lance de escadas que se curvava para cima. Iniciamos a subida, a escuridão iluminada pela luz quente das velas.

Até o lacaio era bonito, com seu corpo largo e musculoso e o cabelo loiro-escuro, ondulado e ligeiramente bagunçado. Quando ele deu uma olhada para nós, consegui ver seus olhos. Eram de um tom sobrenatural de dourado.

Shalini deu um tapinha em meu braço e acenou com a cabeça para o lacaio. Ela sorriu para mim, e eu já sabia o que ela estava pensando. Ele era lindo.

Fui atingida mais uma vez por uma sensação dilacerante de não ser desejada ali, como se a própria pedra escura estivesse me rejeitando. Sombras bruxuleavam nas paredes ao meu redor, causando-me sobressaltos.

As escadas pareciam se estender para sempre. Quão grande seria aquele lugar?

— Estou começando a me arrepender de não ter malhado mais as pernas — disse Shalini atrás de mim. — Tipo, me arrependo de qualquer dia que pulei o treino de pernas.

Finalmente, o lacaio nos conduziu a um corredor, onde uma luz amarelada entrava por janelas estreitas, projetando sombras em formato de diamante nas armaduras enfileiradas na parede oposta. Mesmo que o corredor parecesse se estender para sempre, nenhum outro feérico apareceu. O próprio castelo aparentava estar quase totalmente deserto, com apenas sombras se movendo pelas pedras.

Eu queria desesperadamente pedir um lanchinho ao lacaio, mas não imaginava que isso estivesse na programação agora.

— Para onde você está nos levando? — perguntei baixinho.

Ele se virou com um quase sorriso no rosto.

— Estamos quase lá.

Enquanto caminhávamos, eu ficava cada vez mais confusa sobre como o interior do castelo podia ser tão grande.

Finalmente, paramos diante de uma porta de carvalho embutida na parede. Uma pequena placa de metal dizia O MELHOR DE MADAME SIOBA em uma caligrafia elegante.

O lacaio bateu à porta, e o som ecoou pelo corredor.

Uma mulher atendeu. Ela tinha orelhas pontudas feéricas, que se erguiam entre seus cabelos soltos de um grisalho seco. Parecia exausta, com olheiras capazes de rivalizar com as minhas. Mas sua roupa era requintada, um longo manto de seda carmesim bordado com fios de ouro.

— Aeron? — resmungou ela. — Não me diga que ele quer mais um. O que eu devo fazer com essa maltrapilha... e sua humana?

— Escute, Sioba. Você não quer se opor à vontade do rei, não é? Ao que é melhor para Feéria? — Ele acenou para mim com a cabeça. — Imaginei que não. Então ela vai precisar de um vestido.

Os lábios de Madame Sioba se curvaram quando ela olhou para mim, mas ela abriu mais a porta.

— Melhor começar logo com isso.

Entramos em um ateliê mal iluminado, com piso de ladrilhos pretos e brancos. Aeron entrou atrás de nós, mas ficou na porta, de braços cruzados. Seu cabelo loiro pendia de forma descuidada diante dos olhos.

Examinei o cômodo. Rolos de tecido cobriam todas as superfícies: tafetá, seda, cetim, veludo, *chiffon* e brocado. Fardos encostados nas paredes, empilhados em prateleiras e enfiados em grandes caixas de vime. Novelos de linha e fios cobriam o lugar, tingidos de vermelho à luz do pôr do sol.

Mas meu olhar deslizou para um prato de biscoitos, de longe a coisa mais atraente para mim naquele momento. Não era como se eu estivesse com fome, já que o coração partido havia destruído meu apetite, mas um instinto oculto sabia que precisava de calorias. Quando foi a última vez que eu havia comido?

— Você é a Srta. Jones? — A voz de Madame Sioba me tirou de meu transe de fome.

Eu a encarei, meio surpresa.

— Como você sabe meu nome?

— Não importa. — Ela colocou as mãos nos quadris. — Agora, suba aí e me deixe dar uma boa olhada em você — ordenou ela, e gesticulou para a enorme otomana.

Comecei a avançar, mas Madame Sioba segurou meu braço e apontou para meus pés.

— Não nessas coisas horríveis.

— Ah, sim. — Eu ainda estava usando meus tênis de corrida da Nike.

Comecei a me curvar, mas Madame Sioba sacudiu o pulso, lançando uma chama amarela em meus sapatos. Eles pegaram fogo, e eu dei um pulo, meus músculos se contraindo em antecipação à dor ardente que certamente viria. Levei um momento para perceber que eu não estava pegando fogo, estava simplesmente descalça. O cheiro acre de plástico queimado pairava no ar. Meus tênis e minhas meias foram completamente incinerados, mas minha pele estava intacta.

Meus olhos encontraram os dela, e minha boca se abriu.

— Posso ver que você não está acostumada com magia — resmungou ela. — Mas está tudo bem. Acolhemos *todos os tipos* aqui. Até mesmo feéricos comuns. — Sua voz exalava desdém.

Por que sempre que eles afirmavam ser acolhedores, soavam como o oposto disso?

Madame Sioba me ignorou, resmungando consigo mesma enquanto remexia em um grande cesto cheio de retalhos de cetim.

— Simplesmente inacreditável. Eu especifiquei a Torin que todas precisariam estar aqui com pelo menos um dia de antecedência. E agora essas duas aparecem aqui vestidas como prostitutas.

Shalini e eu trocamos olhares.

— Você está ciente de que podemos ouvi-la? — perguntei.

Madame Sioba não escutou ou não se importou.

— Toda maldita vez —ela balançava a cabeça enquanto jogava pedaços de tecido no chão — Torin acha que vou resolver os problemas dele. Como se eu não tivesse minha própria vida. — Ela se virou novamente para nós, segurando um pedaço lustroso de cetim em uma cor de creme escuro. — O que acha disso?

Meus olhos relancearam para os biscoitos.

— É lindo. Perdão, alguém vai comer isso?

— É perfeito — acrescentou Shalini.

O olhar de Madame Sioba se voltou para Shalini, e sua sobrancelha direita se ergueu.

— Quem é você, exatamente?

— Sou Shalini, assessora oficial de Ava. Acho que eu também deveria ganhar um vestido. — Ela sorriu esperançosamente e me passou um dos biscoitos.

Ninguém havia falado nada sobre um vestido para ela, mas ela não podia continuar andando por aí de pijama.

Madame Sioba resmungou com desdém e pegou bruscamente um pedaço de tafetá esmeralda de uma mesa. Então seu olhar retornou para mim, e ela fez uma careta, claramente irritada.

— Por que você ainda não está na minha otomana? Para a prova, precisarei vê-la adequadamente.

Subi na superfície de veludo, e Madame Sioba me encarou. Descalça, com meus shorts de náilon e minha camisa fina de corrida, eu me senti estranhamente nua.

Ela andou ao meu redor, resmungando para si mesma enquanto tirava minhas medidas.

— Belos quadris. Isso é bom. Torin gosta de um pouco de curvas. Não que você realmente tenha uma chance. — Seu olhar se desviou para meu rosto, e senti minhas bochechas corarem. — Boa estrutura óssea, rosto bonito. Acho que é por isso que você está aqui. Pele aceitável, apesar das olheiras. Ainda tem esses olhos injetados, e o cabelo está um terror absoluto...

Visto que ela estava apontando todos meus defeitos, não me importei em ser educada e dei uma mordida no biscoito. Era amanteigado e delicioso, mas eu só tinha dado duas mordidas quando ela o arrancou de minha mão e o jogou no chão.

Atrás de nós, Aeron murmurou:

— Pelo amor de Deus, Sioba!

Eu tinha quase me esquecido de que ele estava ali.

— Madame Sioba? — disse Shalini. — O rei Torin disse que o banquete começa em apenas vinte minutos...

— Você quer que a Srta. Jones fique parecendo uma prostituta desleixada? — retrucou Sioba. — É isso o que você quer? Meu trabalho leva tempo. Desenho, ajuste, bainha. — Ela deu de ombros com um suspiro exagerado. — O que eu faço é arte e não pode ser apressado. Especialmente em casos trágicos como este.

Shalini apertou os lábios e olhou para o lacaio.

Madame Sioba me rodeou mais algumas vezes antes de dar um passo para trás e me avaliar mais uma vez.

— Aeron — disse ela. — Você vai precisar sair agora.

Aeron me dirigiu um sorriso malicioso, como se estivesse prestes a dizer algo em tom de flerte. Mas o sorriso desapareceu tão rápido quanto apareceu, provavelmente quando ele percebeu que eu poderia ser sua próxima rainha, e ele seria sábio em manter a bocha fechada perto de mim. Ele deu de ombros e saiu, fechando a porta atrás de si. Shalini e eu ficamos sozinhas com a modista.

Inclinando a cabeça, Madame Sioba sacudiu o pulso novamente. Um clarão de chamas e calor me envolveu. Eu me assustei, quase caindo do banquinho.

— Pare de se debater — resmungou Madame Sioba. — Está tudo bem.

— Uau — disse Shalini. — É um bom truque de mágica.

Olhei para baixo e percebi que minha pele estava intocada pelo fogo. Essa era a boa notícia. A má notícia era que eu estava completamente nua.

— O que houve com meu celular? — perguntei.

— Você está de pé aí, do jeito que veio ao mundo — disse Sioba —, e essa é a sua preocupação? Essas engenhocas são coisas vis. Nunca deveríamos tê-las permitido aqui.

Achei que talvez fosse melhor assim, porque eu não seria mais capaz de continuar encarando a tela, esperando por uma mensagem de Andrew.

Esponjas brancas estavam percorrendo minha pele, fazendo espuma.

Eu me sentia razoavelmente confortável ficando nua perto de outras mulheres, mas tinha acabado de conhecer Sioba, e eu e ela não nos demos exatamente bem. Tentei me cobrir com os braços. Água morna correu sobre mim, escorrendo pelo meu cabelo e pingando no chão. Sioba havia criado um chuveiro para mim, ali, bem no meio do ateliê.

A água morna parou, e senti ar quente soprar sobre mim, secando a água de minha pele e de meu cabelo. Quando abri os olhos novamente, meu corpo estava seco — e a otomana também. Meu cabelo caía sobre meus ombros em ondas brilhantes, e quando estendi a mão, senti uma coroa de flores em minha cabeça.

Agora eu podia sentir o gosto de batom em meus lábios, apesar de ainda estar desconfortavelmente nua. Cobri meus seios, meio sem jeito.

— Fique parada — sibilou ela.

Ela murmurou baixinho em uma língua que não entendi, e uma renda cor de creme flutuou no ar como se soprada por um vento invisível.

Madame Sioba passou a seda em volta de mim, e o tecido deslizou em volta de meus seios, quadris e traseiro. Aquilo foi... estranho.

Quando olhei para baixo, percebi que ela tinha acabado de usar magia para criar roupas íntimas transparentes e ousadas para mim. Era surpreendentemente confortável.

Nesse momento, a porta de Madame Sioba se abriu, e ela e Shalini se viraram para encarar o intruso.

— Ei! — disse Shalini. — Ainda não terminamos aqui!

Eu esperava ver Aeron se esgueirando para fora do cômodo. Em vez disso, me vi encarando os olhos azuis e gélidos do rei Torin. Ele estava olhando diretamente para mim.

— Você não pode estar aqui agora — disse Madame Sioba, bruscamente.

O rei ficou imóvel, e sombras gélidas se reuniram ao seu redor. Esperei que ele se desculpasse e se afastasse, mas ele parecia estranhamente imóvel.

— Se importa? — falei.

Ele desviou o olhar, seu corpo rígido.

— Eu só vim ver se você estava pronta. Por que a demora?

Madame Sioba pulou na minha frente.

— Vou terminá-la em um minuto, Vossa Alteza. Por favor, espere lá fora.

Com os olhos fixos no chão, Torin deixou o cômodo.

— Ai, meu Deus! Ai, meu Deus! Eu devo ter esquecido de trancar a porta — disse Madame Sioba, estalando a língua em desaprovação. — Bem, suponho que você terá uma vantagem se ele gostou do que viu.

Voltando-se para mim, ela ergueu as mãos, e uma peça de cetim deslizou de uma prateleira. Pairando no ar, o tecido se desenrolou como se guiado por dedos invisíveis. À medida que o pano se esticava e se estendia, eu olhava enquanto a linda seda dourada se costurava na forma de um vestido bem diante de meus olhos. Uma faixa de tule deslizou sobre ela, cobrindo a seda para formar uma espécie de corpete. Fios perolados esvoaçavam no ar, bordando um tipo de cinto delicado com miçangas cintilantes. Por um instante, o vestido pairou diante de nós — com um decote profundo e uma fenda lateral bastante ousada. Uma faixa de tecido pendia nas costas como uma capa. Parecia algo digno de uma estrela de cinema dos anos 1930, o que eu adorei.

Então, com um movimento de pulso, Madame Sioba o mandou voando em minha direção. O tule macio roçou minhas pernas nuas, e o cetim agarrou minhas costelas enquanto envolvia meu corpo como uma luva.

— É lindo — disse Shalini, maravilhada.

Uma batida soou na porta.

— Só mais um segundo — gritou Madame Sioba, voltando-se para mim. — Qual tamanho de sapato?

— Trinta e seis.

Sioba sacudiu a mão novamente. Mal tive tempo de tentar desviar quando um par de saltos cor-de-creme surgiu. Ela os girou e, então, os direcionou para o pé da otomana.

Assim que os calcei, Madame Sioba gritou:

— Muito bem. Ela está pronta.

A porta se abriu novamente, e eu vi o agora familiar brilho dos olhos azuis do rei Torin em mim.

— Ava está pronta, mas preciso fazer a roupa da assessora dela — disse Madame Sioba.

O rei Torin olhou para Shalini, que ainda estava usando chinelos cor-de-rosa e uma camiseta folgada.

— Aeron vai esperar por você — disse ele. — Vou levar Ava. A cerimônia de abertura começa em dez minutos.

Verdade seja dita, eu me senti incrível enquanto descia da otomana e atravessava em direção ao corredor. Torin segurou a porta aberta para mim, e ela se fechou atrás dele.

Os cantos da boca de Torin se curvaram quando ele olhou para mim.

— Quando entrarmos na cerimônia, seria melhor se você não chamasse muita atenção para si mesma. Entendido?

Ergui minhas sobrancelhas.

— Eu já disse a você, odeio ser o centro das atenções. O que faz você pensar que eu tentaria chamar atenção de propósito?

Ele parou e, então, se virou para mim com uma sobrancelha arqueada.

— Bom, quando eu te conheci, você estava berrando sobre o Chad de *Atadas e Costuradas*. Acho que você me chamou de "idiota rico e bonito" e disse algo sobre meus dentes.

Eu respirei fundo.

— Aquela não foi uma noite comum para mim.

— Fico feliz em ouvir isso. — Sua magia sombria se fundiu ao seu redor enquanto sua expressão ficava mais séria. — Mas quando chegarmos ao grande salão, não quero que você fale com nenhuma das seis princesas.

Aquilo estava começando a parecer um pouco ofensivo.

— Veja bem — sussurrei —, eu estou do seu lado aqui. Cumprirei a minha parte no trato e não farei uma cena. Você nunca encheu a cara e agiu como um idiota?

Ele fixou seu olhar no meu.

— Não gosto de exagerar, principalmente perto de pessoas com quem não tenho familiaridade.

Quando ele disse a frase "não tenho familiaridade", um calafrio percorreu minha espinha. Ignorando-o, dei a ele um sorriso irônico.

— É claro que você não gosta de exagerar. Imagine que terrível se seu cabelo ficasse bagunçado em público. O que podemos esperar da cerimônia de abertura?

Sua expressão se tornou mais sombria.

— Uma sala cheia de pessoas, em suas melhores roupas, disputando minha atenção enquanto bebem champanhe. Conversando uns com os outros sobre absolutamente nada.

— Então é tipo... uma festa. Quer dizer que você odeia festas?

Um vinco se formou entre suas sobrancelhas.

— Receio não ver sentido nelas. Pelo menos, não *nesse* tipo de festa.

— Muito bem. Festas são divertidas, e diversão não parece ser a sua praia.

Verdade seja dita, diversão também não era muito minha praia. Mas talvez alfinetar Torin fosse *toda* a diversão que eu poderia arrancar do mundo naquele momento.

Ele deu de ombros lentamente.

— De qualquer forma, não *esse* tipo de festa.

— Uma festa em um castelo cheio de princesas não é elegante o suficiente para você?

— Não é Seelie o suficiente para mim.

Eu não tinha ideia do que isso significava, e tinha minhas suspeitas de que ele havia feito de propósito — um pequeno lembrete de que eu não pertencia àquele lugar, de que eu não sabia nada sobre meu próprio povo.

Ele arqueou uma sobrancelha.

— Quando tivermos tempo, vou perguntar o que você faz, Srta. Jones, além de gritar com homens que você acabou de conhecer em um bar. Suponho que você também deva reservar um tempo em sua agenda para formular julgamentos brutais em relação às pessoas sobre as quais você nada sabe.

— Mas eu sei o suficiente sobre hierarquia feérica, Torin — falei. — É a razão por que passei minha vida toda em exílio. E até agora, você confirmou todas as minhas suposições sobre isso.

— Bem, que bom então, querida. Porque, como eu disse, estou procurando alguém por quem eu não me apaixonaria, e até agora, você é a pessoa perfeita.

Tem razão, Torin. Não sou muito digna de ser amada. Suas palavras doeram um pouco depois da rejeição de Andrew, e, quase sem perceber, me vi dando o dedo do meio para ele.

Ele encarou meu dedo, parecendo perplexo.

Sentindo-me infantil e enfiei a mão de volta no bolso.

— Então, é isso? Só uma festa?

— E depois de conversas fiadas sobre canapés, eu explicarei as regras do torneio.

Mordi meu lábio.

— Me diga uma coisa. Por que alguém que detesta ser indigno convidaria uma equipe de televisão para transmitir toda essa farsa?

Ele pressionou a mão contra a parede, e quando ele se inclinou mais para perto, pude sentir seu aroma masculino e terroso.

— Porque sou um homem que faz o que precisa ser feito. E, neste caso, meu reino está passando fome, com os invernos ficando mais longos a cada ano. Feéria está sofrendo uma escassez de alimentos, e nos últimos 23 anos, fomos forçados a comprar comida dos humanos. Mas não posso continuar aumentando os impostos de meu povo para conseguir pagar por tudo. A emissora vai me pagar 150 milhões de dólares por episódio para fazer esse programa, e então poderei saldar minhas dívidas com os humanos.

Eu o encarei.

—É por isso que os feéricos decidiram deixar Feéria? Vocês precisam da nossa comida?

— É exatamente isso. Só precisamos passar por este último inverno, e então nossa magia retornará com a ajuda de uma rainha. — Ele se afastou e deu de ombros. — Parece que o que os humanos desejam acima de tudo é entretenimento, então é isso que vou dar a eles.

— Acho que é isso mesmo. — Meu olhar se desviou para suas orelhas pontudas. Era muito estranho estar perto de outras pessoas como eu depois de todo aquele tempo. — Mas se você está tão desesperado por dinheiro, por que está desperdiçando isso comigo e com toda essa farsa, em vez de simplesmente encontrar alguém que você ama?

— Porque o amor não é para mim, Ava.

Semicerrei os olhos.

— Então temos algo em comum. O que aconteceu? Alguém partiu seu coração?

Ele se virou e começou a andar, e eu me apressei para acompanhá-lo.

— Sabe, apesar de todas as críticas que você despejou em mim sobre a falsidade do entretenimento humano, não posso deixar de notar que você não é imune aos encantos disso.

— Bom desvio do assunto.

— Você parece saber muito sobre Chad e seus dentes — acrescentou ele.

Dei de ombros.

— *Guilty pleasure*. A parte do romance é uma merda, mas é divertido quando tem briga. Tem sempre uma doida.

Ele me dirigiu um olhar penetrante.

— E por que eu tenho a sensação de que a doida do seu grupo seria você?

— Talvez porque você goste de fazer julgamentos precipitados sobre pessoas que acabou de conhecer? Ah, merda! Temos *mais* alguma coisa em comum? — Eu estremeci. — Provavelmente deveríamos parar de falar antes de nos envolvermos em um complicado emaranhado emocional.

— Certo. — Um sorriso apareceu em seus lábios, apenas por um momento. — Mais rápido, Ava.

E com essa ordem abrupta, ele acelerou o passo, sua capa ondulando atrás de si.

Ava

O rei Torin andava a passos largos pelo corredor, movendo-se tão rapidamente que tive de correr para o acompanhar. Tirei meus saltos e os levei nas mãos, ficando sem fôlego enquanto corria atrás dele.

Eu me sentia atordoada, minha mente voltando a todo momento para Andrew e Ashley. O que eles estariam fazendo agora? Cozinhando na nossa cozinha? Transando na nossa cama? Planejando o casamento *deles*?

Nós sempre planejamos um casamento na floresta. Eu havia começado os planos secretamente, por conta própria, mas ele concordou com a ideia geral. Eu sabia que ele faria o pedido a qualquer momento, então escolhi o vestido, os enfeites de mesa. Eu queria usar uma coroa de flores silvestres e que tivesse música ao vivo.

Puta merda!

Quão desesperadamente triste eu estava?

Talvez esta pequena aventura não tenha sido a pior das ideias. Um castelo bonito. Pessoas bonitas. O suficiente para tirar minha mente do casamento que nunca chegaria a acontecer.

Relembrei-me de meu mantra: *cinquenta milhões de dólares*. Essa era a parte mais importante disso.

Eu podia sentir minha longa capa se arrastando atrás de mim enquanto eu corria. Nós nos apressamos pelo castelo, e, de alguma forma, ele foi capaz de andar em um ritmo mais rápido do que meu ritmo de corrida normal. Mas enquanto me movia, eu observava a vista. Os belos pátios, avermelhados à luz do sol poente. As janelas altas e seus entalhes ornamentados. Uma escada sinuosa em espiral, que parecia continuar para sempre.

Quando eu estava sentindo que meus pulmões iriam explodir, Torin diminuiu a velocidade e parou diante das imponentes portas de carvalho do salão abobadado. Tentando recuperar o fôlego, toquei meu peito. Minha pele brilhava com um leve suor.

Torin acenou com a cabeça para as portas.

— As competidoras estão aí dentro, mas entrarei separadamente. E, lembre-se... — Ele levou um dedo aos lábios, arqueando uma sobrancelha.

Ele *realmente* não tinha muita fé na minha sutileza.

Com isso, ele deu as costas para mim e se dirigiu até uma escada estreita que levava para cima.

Subi nos saltos novamente e abri a porta. Diante de mim, sob arcos góticos imponentes, dei de cara com um oceano de seda, cetim, tule e tafetá. Muitas das mulheres tinham flores silvestres trançadas e amarradas em seus cabelos e grinaldas de folhas em suas cabeças. Essas lindas mulheres conversavam umas com as outras ao doce som de um quarteto de cordas. Os lacaios de Torin se misturavam entre elas, carregando bandejas douradas cheias de aperitivos.

Para Torin, é claro, certamente tudo aquilo era terrível.

Pousei os olhos nos sanduíches triangulares de pepino com uma vaga noção de que deveria comer. E a comida, sinceramente, parecia incrível: espetinhos de camarão e molho de frutos do mar, panquecas russas cobertas por creme de leite fresco e caviar, além de tâmaras quentes envoltas em bacon. Se eu recuperasse meu apetite, tudo aquilo valeria a pena só pela comida.

As mulheres não pareciam estar comendo muito, mas não se continham quando se tratava da bebida. Taças de champanhe brilhavam em suas mãos. Normalmente, eu teria adorado um espumante, mas não depois da noite anterior. Em vez disso, coloquei uma das tâmaras quentes na boca. Ai, *meu Deus*, estava deliciosa!

Perambulei pelas laterais do salão, mantendo-me nas sombras. Grandes tapeçarias pendiam das paredes de pedra, e meu olhar vagou pelas cenas verdejantes, pelas florestas e jardins bordados diante de mim. Enquanto eu olhava para a arte requintada, senti um toque no meu ombro.

— Oi, Ava.

Eu me virei e abri um sorriso ao dar de cara com Shalini, vendo quão linda ela estava. A camiseta larga havia sido substituída por um macacão de seda sem mangas em um tom rosado de dourado, assim como meu vestido, mas de alguma forma muito mais sexy. Especialmente com seu braço fechado de tatuagens à mostra. Com seu decote profundo, era difícil não encarar.

— Madame Sioba disse que uma assessora deveria usar terno, mas ela não se opôs ao macacão.

— Você está maravilhosa!

Ela olhou para baixo, analisando a própria roupa.

— Tem certeza?

— Acha que eu mentiria para você?

O rosto de Shalini se iluminou.

— Não. Você é uma péssima mentirosa... — Ela interrompeu sua fala, agarrando meu cotovelo. — Ava, veja.

Ela apontou através da multidão para um grupo de mulheres feéricas na parte de trás do salão. Vestidas com muito mais opulência do que as mulheres próximas a nós, elas usavam vestidos que reluziam com pérolas e pedras preciosas. Em vez de grinaldas de flores ou folhas, elas usavam pequenas coroas de prata.

— As princesas — disse Shalini meio sem fôlego. — Há seis delas, cada uma de um clã diferente.

Ela começou a me puxar em direção a elas, contornando a multidão principal de competidoras.

Eu não falaria com elas, conforme as instruções que me foram dadas. Mas me vi as seguindo mesmo assim. Aquelas eram as mulheres que eu deveria vencer.

Embora, aparentemente, Torin faria tudo ao seu alcance para me ajudar a vencer, já que ele precisava desesperadamente de alguém... não amável. Tentei não ficar muito ofendida com o pensamento, já que o homem odiava tudo.

Shalini parou novamente, pegando meu braço, e segui seu olhar.

Do outro lado das princesas, estava um pequeno grupo de humanos — a equipe de reportagem que havia me abordado do lado de fora do apartamento de Shalini, agora com uma câmera novinha em folha. O apresentador do *reality show* falava animadamente para a câmera, gesticulando para a princesa que havíamos conhecido mais cedo.

— E a mulher com o magnífico vestido escuro é a princesa Moria, a mais velha dos Dearg-Due. Teremos que ficar de olho no que ela bebe esta noite. — Ela ergueu uma sobrancelha, olhando para a câmera como quem sabe das coisas. — Como todos sabemos, os Dearg-Due preferem fluidos do tipo sanguíneo.

Meus olhos se arregalaram de surpresa. Ela bebe sangue?

O repórter prendeu a respiração quando outra linda princesa feérica cruzou seu caminho, usando um vestido dourado que acentuava seu cabelo preto e sua sedosa pele cor de mogno. Fazendo sinal para a câmera focá-la, ele falou em tom ofegante:

— Agora temos aqui a princesa Cleena, dos Banshees. A revista *Vanity Fair* a classificou como a mulher mais bonita do planeta.

A princesa estava a poucos metros de distância, mas se ela o ouviu, não deu nenhum sinal.

No entanto, ele tinha razão sobre sua beleza. Seu cabelo escuro caía em belos cachos por suas costas, mas foram seus olhos que chamaram minha atenção. Amplamente espaçados e de um âmbar dourado profundo, eles exigiam atenção. O olhar da princesa Cleena percorreu a sala languidamente. Ela emanava serenidade.

Quando os olhos do repórter encontraram os meus, minha respiração ficou presa em meus pulmões. Nós nos olhamos por um momento, e então ele já estava se movendo em minha direção com um olhar faminto nos olhos.

Torin o glamourizou para que me esquecesse, não é?

— Ava Jones?

Merda!

A cinegrafista focou suas lentes em mim.

— Agora, sim, *isso* é algo considerável — disse ele. — O país inteiro assistiu ao conflito entre esses dois no bar. E, cara, a coisa esquentou! Só que eu não tinha certeza se havia esquentado do jeito certo. Acho que nenhum de nós esperava ver esta feérica calorosa aqui como competidora, mas é uma reviravolta interessante.

Eu dei um passo para trás, e Shalini tocou minhas costas como forma de demonstrar apoio.

Os olhos do repórter se estreitaram.

— E quem é essa com você, Srta. Jones?

Soltei um suspiro.

— Esta é minha assessora, Shalini.

Ela o encarou, assentindo.

— Uma assessora humana em Feéria. Uau, aposto que muita gente adoraria ter o seu emprego! — Ele enfiou o microfone na cara dela. — Você vai manter a Srta. Jones sob controle, ou podemos esperar mais confusão?

Shalini deu uma olhada para mim.

— Ela é uma pessoa perfeitamente composta. Foi uma noite ruim, só isso.

Ao nosso redor, um murmúrio crescia cada vez mais, e senti que a multidão percebeu a atenção em nós. Eu queria desesperadamente me encolher de volta nas sombras.

Uma trombeta soou, salvando-me de toda a atenção. As portas se abriram lentamente no lado oposto do salão, e um lacaio cruzou a porta de entrada. Ele estava usando um terno excepcionalmente extravagante, ornamentado com bordados de ouro.

— Senhoras e senhores — disse ele em uma voz estrondosa —, o jantar está servido.

Mais comida? Fantástico! Eu não tinha certeza se queria que o torneio acabasse.

O repórter enfiou o microfone na minha cara, perguntando o que havia causado meu colapso no bar com o rei, mas escapei dele e me misturei à multidão. Depois de uma vida inteira sendo uma feérica entre os humanos, aprendi uma coisa ou outra sobre a arte de passar despercebida.

Através da multidão de feéricos mais altos, percorremos o caminho para um novo salão, onde as mesas estavam dispostas em um semicírculo ao redor de um par de tronos gigantes. Construídos em granito cinza, eles pareciam ter crescido do próprio chão de pedra, que era de mármore branco ornamentado com um magnífico cervo de bronze. O teto alto era formado por galhos de árvores entrelaçados. Centenas de pequenas luzes brilhantes perambulavam por entre os galhos como vaga-lumes.

Olhei para Shalini, que estava com uma expressão extasiada no rosto. Boquiaberta, olhei para o teto novamente.

Aeron pegou meu cotovelo, chamando minha atenção.

— Por aqui — disse ele, apontando para uma das mesas.

As competidoras já estavam assumindo seus lugares, e as princesas se sentaram entre as demais.

Meu olhar foi atraído para uma princesa que estava sentada perto de mim. Ela usava um elegante vestido verde que brilhava como o mar sob a luz do Sol. Seus olhos castanhos eram grandes e emoldurados por longos cílios. Uma coroa de algas marinhas estava aninhada em seu cabelo branco. Sua pele pálida tinha um tom quase iridescente que reluzia sob as luzes.

— Não somos todas sortudas de estar aqui? — disse ela a uma de suas vizinhas. — Uma de nós encontrará o amor verdadeiro. Podemos gerar os filhos do rei.

Ela sorriu, mas ninguém a respondeu.

Amor verdadeiro. *Coitadinha, tão ingênua.*

— Quem é aquela? — sussurrei para Shalini.

Shalini se inclinou para que só eu pudesse ouvir.

— Aquela é a princesa Alice. Ela é uma Kelpie, uma feérica do lago. Eles podem ser muito emotivos, mas ela parece empolgada com tudo isso.

— Ah. — Eu tinha apenas uma vaga ideia do que isso significava. Tinha algo a ver com cavalos, eu acho.

— E ao lado dela é Etain, dos Leannán Sídhe.

Segui seu olhar e vi uma mulher de pele bronzeada e cabelos que eram uma mistura da cor do pôr do sol, lavanda e coral. Ela usava uma delicada coroa de pérolas e um vestido violeta-claro — e estava mostrando o dedo do meio para Moria.

— Não pense que pode nos dar ordens por aqui, bebedora de sangue.

— O que é um Leannán Sídhe? — perguntei.

— Algum tipo de sedutora, eu acho — sussurrou ela de volta. — E aquela — ela apontou para uma bela mulher de cabelo verde — é Eliza, princesa do clã Selkie.

As luzes quentes brilhavam no cabelo verde de Eliza e em sua pele bronzeada.

— Ouvi dizer que a generosidade do rei é inigualável — disse Eliza, erguendo uma taça de cristal. Ela sorriu, mas sua expressão parecia forçada. — E este excelente champanhe certamente reforça essa opinião.

— Selkie? — sussurrei.

— Eles vivem próximos ao mar — disse Shalini. — O emblema do clã é uma foca. E à direita dela está Sydoc, dos Redcaps. Só... só fique longe dela. Redcaps são aterrorizantes.

Sydoc usava um vestido vermelho brilhante e um chapéu, a cor contrastando de forma surpreendente com sua pele pálida, e seus longos cabelos pretos caíam em cascata sobre seus ombros nus. Ela não falava com ninguém, apenas bebia seu vinho e observava o ambiente, seus olhos se movendo rapidamente de um lado para o outro.

A essa altura, eu gostaria de ter prestado mais atenção à minha história feérica.

Como única criança feérica de minha cidade, eu chamava atenção. Eu fazia o possível para ser como as crianças humanas — assistia a seus programas de TV, ouvia suas músicas pop, deixava meu cabelo crescer para cobrir as orelhas, pintava-o de castanho para parecer com as outras crianças. Eu nem sabia mais ao certo qual era o tom de azul de meu cabelo, já que retocava as raízes a cada três semanas.

A única coisa propriamente feérica que fiz foi aprender esgrima no ensino médio, justamente quando os feéricos estavam começando a entrar na moda entre alguns dos humanos mais descolados e ousados. E esgrima era uma coisa tipicamente feérica. Com meu pequeno grupo de admiradores de feéricos, aprendi a arte do florete, da espada e do sabre. Isso aconteceu de maneira mais natural para mim do que qualquer outra coisa que eu tinha feito antes.

Finalmente, no meu segundo ano do ensino médio, uma parte do pessoal *realmente* achava que eu era descolada, e ninguém mais me amarrava em postes.

Nos últimos anos, os humanos haviam se tornado cada vez mais obcecados por nós. Repórteres e paparazzi seguiam cada passo nosso, e os feéricos ditavam a moda. Tinturas de cabelo rosa e roxa esgotaram das prateleiras das lojas, e lentes de contato coloridas agora custavam milhares de dólares no eBay.

Cirurgiões plásticos começaram a adicionar pontas de silicone a orelhas humanas.

Mas isso havia sido há cinco anos, e eu não tinha tocado em uma espada desde então.

O som estridente de uma trombeta me tirou de minhas reminiscências, e quando olhei para cima, encontrei o rei Torin entrando na sala, todo vestido de preto. Seu olhar pálido percorreu a multidão. Caminhando pelo mármore com seu contingente de lacaios e soldados, ele realmente parecia ser o rei.

Ele usava uma longa capa, de um preto profundo com bordados prateados. Em seu quadril, pude ver sua espada de cabo de ônix reluzindo. Mas o que realmente chamou minha atenção foi a coroa de chifres em sua cabeça — pontiaguda e de um prateado escuro.

Ele parou no centro da sala, de costas para os tronos de granito. O apresentador do programa se afastou, e um silêncio se abateu sobre o salão. Pela primeira vez, até o repórter ficou em silêncio. Todos os olhos estavam fixos no rei Torin.

Sua magia real parecia ordenar que nos curvássemos. *Honre seu rei.*

Cabeças ao meu redor se abaixaram, em um gesto de reverência, mas mantive meus olhos nele. Acho que eu ainda me ressentia por ter sido exilada.

Os olhos de Torin encontraram os meus por um instante, mas sua expressão não era nada reveladora.

— Bem-vindos ao meu lar. Fico grato que todos vocês tenham vindo, mesmo com tão pouco tempo de aviso prévio. É importante que nós, ou melhor, que *eu* selecione uma rainha para governar Feéria, para fortalecer o poder dos seis clãs Seelie. O trono da minha mãe está vazio há tempo demais, e o reino precisa da força de uma rainha superior.

Houve um murmúrio de apreciação da plateia.

— Antes de começar, gostaria de explicar as regras do torneio. — Os olhos do rei Torin percorreram a sala e pareceram se demorar em mim apenas um segundo a mais do que no resto.

— De acordo com os antigos escritos do grande cronista histórico Seelie, Oberon, essas provas são um costume há séculos. Elas sempre terminam com uma luta de espadas na arena. Seu objetivo é identificar aquelas que têm características de uma verdadeira rainha feérica: força e agilidade, sagacidade, inteligência e, claro, habilidade com uma lâmina. E, às vezes, na história feérica, quando nos misturamos com o mundo humano, incorporamos elementos de sua cultura. Como Rei Superior dos Seelie, governante dos seis clãs, devo garantir que os humanos continuem a nos reverenciar.

Interessante. Imaginei que essa parte fosse para a TV.

— A primeira disputa será uma corrida, para identificar aquelas de vocês que são mais fortes e rápidas. Já para avaliar sagacidade, inteligência, charme e equilíbrio, darei algumas festas e passaremos um tempo juntos, individualmente. Aquelas que chegarem às finais, competirão em um torneio de esgrima.

— Vossa Majestade — A princesa de cabelo branco e pele de porcelana ergueu as mãos. — Que critérios usará para determinar quem é mais sagaz e charmosa?

— Isso — disse o rei Torin com sorriso — cabe somente a mim.

10
Ava

A pós o discurso de Torin, um criado apareceu em nossa mesa com pratos de salmão, arroz e uma salada de flores silvestres.

Se eu estivesse com fome, teria sido uma refeição deliciosa. O salmão estava perfeitamente preparado, levemente glaceado. Dei uma pequena garfada. Enquanto comia, alguém encheu meu copo com um vinho branco cítrico. Sauvignon Blanc talvez?

Meu Deus, aquilo estava incrível! Será que os cozinheiros tinham encantado a comida?

O rei Torin se movia pela sala, tirando um tempo para falar com cada uma das princesas e com algumas das feéricas comuns. Ele se aproximou de nossa mesa assim que dei a última garfada no salmão.

— Gostou da refeição?

— Sim, estava deliciosa. — Com um choque, percebi que eu tinha conseguido comer o prato inteiro. Isso geralmente não acontecia quando estava com o coração partido. — Não jantei ontem à noite, então aparentemente eu estava faminta.

Torin se inclinou e sussurrou:

— Sim, se me lembro bem, a maior parte do seu jantar estava na sua blusa.

E com esse breve comentário, ele passou imediatamente para a mesa da princesa Alice.

Meu prato vazio foi substituído por uma torta de mirtilo fresco com cobertura de chantilly. Os lacaios estavam enchendo delicadas xícaras de porcelana com café e chá.

Enquanto eu colocava a última garfada de torta na boca, Aeron se aproximou para falar conosco.

— O rei já foi se deitar. Eu deveria levar vocês duas para os seus quartos. No entanto, não faço ideia de onde devo acomodá-las. Torin nunca mencionou isso.

— Aeron, nós não temos um quarto? — Os olhos de Shalini estavam arregalados.

O cabelo loiro-escuro dele pendia diante de seus olhos.

— Vou precisar falar com o rei. Só um instante, por favor.

Ele saiu apressado, e eu olhei enquanto sua silhueta larga desaparecia pela porta.

Shalini se inclinou, sussurrando:

— Talvez Aeron nos deixe ficar com ele.

Tomei um gole de meu café e observei enquanto as outras mulheres saíam da sala. Várias delas me encararam enquanto passavam, e eu captei indícios de seus sussurros. *Bêbada... Louca... Lunática rabugenta.*

Moria me lançou um olhar penetrante ao passar, dizendo alto o suficiente para que todos ouvissem:

— Que sorte a sua que o rei estava disposto a entreter uma vadia de taverna.

Suas amigas caíram na gargalhada enquanto saíam para o corredor.

Talvez isso explicasse a sensação desagradável que parecia pairar sobre todo o castelo como um miasma sombrio.

Mas aquelas mulheres não tinham prestado um pingo de atenção em mim antes. Talvez o sussurro de Torin em meu ouvido tenha gerado polêmica. Sinal de favoritismo.

Segurei a xícara de café em meus lábios e olhei de soslaio para Shalini.

— Estranho.

— Ignore — murmurou ela. — Elas sabem que você é uma concorrente. E, de qualquer jeito, não tem nada de errado em ser uma vadia de taverna. Algumas de minhas melhores amigas são vadias de taverna.

Eu bufei.

Por fim, estávamos sozinhas no salão, e as luzes diminuíram. Shalini olhou para mim.

— Então, vamos só esperar aqui?

Dei de ombros.

— Não sei o que mais poderíamos fazer. — Um pensamento sombrio percorreu minha mente, enrijecendo meus músculos. — Você acha que Andrew viu meu vídeo que viralizou? Meu Deus, acha que os pais dele viram?

— Eu simplesmente não penso no Andrew, e você também não deveria.

Aeron voltou para a sala de jantar carregando uma lanterna e parecendo satisfeito consigo mesmo.

— Adivinha quem desenrolou algo para vocês?

Shalini tomou um gole de vinho.

— Foi você, Aeron?

Eu me levantei da mesa.

— Obrigada por tomar conta de nós.

— É um prazer — disse ele, seus olhos cor de âmbar fixos em Shalini enquanto falava.

Ele nos conduziu através das portas até um salão sombrio. Formas escuras pareciam emergir das sombras. Diminuí o passo para examinar as cabeças de animais empalhados — um cervo com grandes chifres, uma cabeça de urso gigantesca e um enorme réptil com dentes afiados, que chamaram minha atenção.

— O que é *aquilo*?

Aeron fez uma pausa, semicerrando os olhos na escuridão.

— Ah, aquilo? — Seu tom de voz era indiferente. — Só um dragão. Estão extintos agora.

Meu queixo caiu. *Só um dragão.*

A lanterna de Aeron lançou uma luz quente sobre as escamas esverdeadas. Uma placa sob a besta dizia: DRAGÃO DA FLORESTA, MORTO PELO REI SEOIRSE.

A luz bruxuleou sobre mais troféus: um enorme javali e uma criatura que lembrava um leão. Shalini soltou um som de espanto, e quando eu me virei, ela estava de pé ao lado do que parecia ser uma cabeça humana grotesca.

— Cuidado aí. Se afaste um pouco. — Aeron a pegou pelo cotovelo, puxando-a para mais longe.

— Não toquei em nada — disse ela apressadamente.

Eu me aproximei, meus lábios se contorcendo de nojo. A cabeça era enrugada e cinzenta; o cabelo, comprido e branco. Mas o mais perturbador de tudo era que os olhos foram costurados, mantendo-os permanentemente fechados.

Um arrepio percorreu minha espinha.

— O que é isso? — perguntei.

Ele olhou para a cabeça, sua mandíbula rígida.

— É o Erlking. Morto pelo pai de Torin.

À luz da lanterna, as sombras se contorciam sobre a terrível exibição.

— Ele era um rei? — perguntou Shalini.

Um músculo se retesou em sua mandíbula.

— Não, não um rei de verdade. O Erlking era um feérico, mas um que se tornou selvagem, como um demônio ou uma fera. Ele vivia nas profundezas da floresta. — Seu olhar encontrou o meu, e sua expressão era atormentada. — Outrora, as florestas estavam cheias de corpos daqueles que ele havia matado. Uma vala comum de feéricos, seus corpos espalhados por entre os carvalhos.

Estremeci, desejando me afastar daquela coisa.

— Quando o pai do rei Torin trouxe o Erlking para casa — continuou Aeron —, ele foi deixado para secar ao sol até que estivesse completamente mumificado.

Aeron nos conduziu através de corredores sombrios, suas paredes de pedra escura repletas de armas e armaduras penduradas. No último andar, ele começou a diminuir o passo, e meu olhar vagou por magníficos retratos de feéricos trajando suntuosas roupas e pelagem de animais. Os retratos pareciam continuar para sempre.

— Essa é a família real? — perguntei. — Por que há tantos deles?

Aeron parou de andar e gesticulou para as pinturas.

— Estes são os parentes do rei Torin. Sua linhagem se estende por quase quinhentas gerações, todas cuidadosamente registradas. A pintura no reino feérico se desenvolveu muito antes de no mundo humano, então é possível ver imagens realistas que foram feitas há milhares de anos.

— Uau! — Analisei a pintura de um homem que usava uma pelagem escura, uma coroa de bronze e um colar dourado em volta do pescoço.

— Seria incrível ver seus próprios ancestrais assim, não é mesmo? — disse ele.

— Ou até mesmo meus pais biológicos — murmurei.

Aeron nos conduziu por mais uns cem metros até chegarmos a uma grande porta — de carvalho, com flores esculpidas em sua superfície. Uma maçaneta de bronze em forma de rosa se projetava da porta. Ele girou a maçaneta e a empurrou suavemente, relevando um quarto em estilo gótico, em formato de octógono, de tirar o fôlego.

Shalini sorriu.

— Ai, meu Deus! É incrível!

Um teto abobadado se arqueava acima de nós como o de uma catedral gótica. Esculturas de rosas feitas de pedra adornavam alguns dos cantos. Janelas imponentes com arcos pontiagudos se erguiam a uns seis metros de altura, flanqueadas por cortinas de veludo carmesim. Tapeçarias pendiam das paredes, representando cenas de floresta e ruínas de pedra cobertas de musgo. Duas portas estavam entre as tapeçarias.

Uma cama de dossel espreitava em um canto, em frente a uma lareira rodeada de cadeiras aveludadas e um sofá. Garrafas e copos de cristal se encontravam sobre uma mesa de mogno, e livros com lombadas desbotadas estavam enfiados em prateleiras ao redor da sala. Um tapete bordado havia sido estendido sobre o chão de pedra.

Aeron cruzou rapidamente o quarto até uma das outras portas, fazendo sinal para que eu o seguisse.

— Aqui é o banheiro. — Ele empurrou uma porta que dava em uma sala de pedra com uma banheira vitoriana. Um céu estrelado brilhava através de uma janela, e um espelho pendia de outra parede.

Eu me virei enquanto Shalini se jogava na cama.

— Ai, meu Deus, Ava! Esse colchão é divino!

Aeron se dirigiu até outra porta.

— Bem, você pode dormir onde quiser, mas temos um quarto para a conselheira aqui.

Ele abriu a porta, relevando um cômodo que parecia uma pequena biblioteca, com estantes de livros e uma cômoda alinhados em duas das paredes. Uma cama coberta por uma manta de pelagem preta ficava próxima a janelas altas com vista para as estrelas.

— Ai, meu Deus, Ava! — gritou Shalini da cama. — Este lugar é incrível!

Eu me virei, e ela estava se acomodando com um livro nas mãos.

Aeron percorreu o cômodo com um olhar inquieto.

— Este quarto normalmente não é mais usado, mas... — Sua voz foi sumindo.

— Por quê? — perguntei.

Ele franziu a testa para mim.

— Meio intrometida, não é? — Ele pigarreou. — Escute, se você ganhar esse torneio, por favor, esqueça o que eu disse.

Shalini deu um tapinha ao lado dela na cama.

— Venha se sentar aqui comigo, Ava. Esta é a cama mais confortável em que já me sentei.

Quando me acomodei ao lado dela, Aeron lançou um sorriso deslumbrante para nós.

— Vocês encontrarão roupas nas gavetas e no guarda-roupas. — Ele puxou o ar pesadamente. — Uma curios... — Ele se conteve e pigarreou. — Os humanos das equipes de reportagem que estão em Feéria insistiram em algumas tecnologias humanas como parte do acordo. Recentemente, equipamos novas estações de carregamento elétrico para seus celulares humanos e... — Ele fez uma pausa. — Seja lá o que for que faz com que os celulares transmitam vídeos e imagens pelo ar.

— Sinal de celular e internet — falei. — Obrigada!

Não acrescentei que Madame Sioba tinha dissolvido a droga do meu celular.

Mas, de novo, qualquer coisa que me impedisse de checar o celular obsessivamente à espera de mensagens de Andrew era uma coisa boa.

Aeron sorriu, suas bochechas formando covinhas.

— Já que as senhoritas parecem ter se acomodado, vou me retirar.

— Obrigada, Aeron. Eu realmente agradeço por toda a sua ajuda hoje — falei enquanto ele atravessava o cômodo.

— Ah, sem problemas. — Aeron fixou seu olhar no de Shalini. — Como eu disse, o prazer foi todo meu. — Seu tom de voz grave e aveludado fez a palavra "prazer" soar realmente indecente.

Assim que ele saiu do quarto, eu a cutuquei.

— Ele gosta de você.

— Vamos ver.

Uma batida na porta ecoou no amplo espaço de pedra.

— Viu? Ele voltou por você.

A batida ressoou novamente, mais alta e impaciente.

— Já vai! — gritei.

Abri a porta e dei de cara com Torin encostado na lateral, seus olhos azul-gelo fixos em mim.

— Você se saiu bem.

— Eu não fiz nada. — Franzi a testa. — Ah, você quer dizer que não causei outro espetáculo. O que está fazendo aqui? — perguntei. — Já é bem tarde.

— É importante conversamos antes de amanhã. — Ele entrou no quarto. — Você está preparada para uma corrida pela manhã? Você corre regularmente, não é?

Na cama, Shalini pegou o celular para assistir a uma temporada passada de *Atadas e Costuradas*.

— Acho que vou me sair bem — falei. — Mas não tenho roupas ou sapatos de corrida. Madame Sioba queimou tudo. Vou precisar de tênis de corrida novos. Tamanho 36, de preferência da Nike. E camiseta e shorts tamanho P.

Ele assentiu.

— Muito bem. Estarei aqui cedo para mostrar o percurso e trazer as roupas. Só que as outras feéricas estarão vestidas de forma mais tradicional, de pés descalços e usando peles de animais.

— Parece que estarei em vantagem, então.

— Você é rápida, Ava. É por isso que escolhi uma corrida como primeira disputa. Normalmente, é uma competição de dança feérica tradicional ou de instrumento musical, mas pensei que você teria a vantagem em uma corrida.

Ergui o queixo.

— Como você sabe que eu sou rápida?

— Eu estava testando você mais cedo enquanto atravessávamos o castelo. Você conseguiu acompanhar meu ritmo.

Eu o encarei.

— Mas você estava andando o tempo todo. Como seria algo impressionante que eu consiga correr no seu ritmo de caminhada?

Ele deu de ombros.

— Eu sou o rei, Ava. Você deve esperar que eu seja naturalmente superior na maioria das coisas.

Lancei um olhar de reprovação para ele.

— Você realmente não percebe como soa, não é?

Pensei ter visto o canto de sua boca se curvar um pouco, como se ele estivesse se divertindo.

— Boa noite, Srta. Jones.

Ele se virou e fechou a porta atrás dele.

11
Ava

Shalini estava totalmente imersa em seu celular, então fui até uma das estantes. Meu olhar percorreu as lombadas dos livros — clássicos como *Pamela: ou a Virtude Recompensada*, *Jane Eyre*, *Orgulho e Preconceito* e *O Morro dos Ventos Uivantes*.

Mas minha visão começou a ficar desfocada.

Eu me sentia completamente desorientada ali e, mesmo com Shalini comigo, parecia estar perdida em meio a um nevoeiro.

A questão era que sentia falta de minha rotina. Quando eu era pequena, chegava da escola e fazia o dever de casa enquanto Chloe limpava a casa. Ela sempre tinha uma guloseima para mim. Nós jantávamos juntas, depois assistíamos à TV e tomávamos banho. Havia algo de reconfortante em sempre saber o que estava para acontecer.

Muito tempo depois que saí de casa, Andrew e eu estabelecemos nossa própria rotina. Abríamos uma garrafa de vinho, fazíamos pipoca e líamos livros ou assistíamos filmes juntos sob os cobertores. Cozinhávamos alternadamente um para o outro depois do trabalho. Os finais de semana eram os melhores, com café e jornais e ficar de pijama até o meio-dia.

E agora as rotinas se foram, assim como as pessoas com quem eu as compartilhava.

Ava, você deveria estar feliz por mim.

Pisquei para desembaçar meus olhos.

Olhei para as tapeçarias lindamente confeccionadas nas paredes. A mais próxima de mim mostrava um castelo em ruínas com jardins cobertos de mato. Escondidas na vegetação rasteira, estavam estranhas criaturas — unicórnios, centauros e sátiros.

E havia feéricos também. Homens e mulheres à vontade. Fazendo piquenique, tomando banho, tocando música em instrumentos ornamentados. Em uma parte da cena, um grupo de caçadores perseguia um javali. O líder usava uma coroa de prata em forma de chifres de cervo — o rei feérico e seu séquito.

Passei para outra tapeçaria, uma muito mais escura, representando uma floresta sombria cheia de insetos monstruosos — aranhas gigantes e borboletas enormes. Até mesmo as árvores eram sinistras: seus galhos eram retorcidos, e faces maliciosas foram talhadas em seus troncos.

Em um canto, um grupo de figuras estava reunido em volta de uma fogueira. Algumas criaturas tinham asas de borboletas, outras, cabeças de insetos, e mais um punhado estava coberto de uma pelagem musgosa. No centro, estava o que parecia ser seu líder — uma mulher usando uma coroa de espinhos e segurando um cajado que brilhava com uma luz esverdeada. Todas elas tinham orelhas pontudas feéricas, mas não eram como nenhum feérico que eu já tinha visto.

A imagem era estranha e bonita, e eu não conseguia desviar meus olhos dela. Uma sensação de enfeitiçamento tomava conta de mim, mas enquanto eu olhava para ela, uma tristeza corrosiva se acumulava em meu peito. Uma sensação de perda que eu não conseguia nomear.

— Shalini? — chamei. — Você já ouviu falar de feéricos com asas e pelagem? Ou chifres?

— Não. — Ela saiu da cama. — O que você está olhando?

— Está vendo? — Apontei para a tapeçaria à direita. — Esses são feéricos normais. Tem até um usando uma coroa como a de Torin. Deve ser o rei.

— Certo.

— Mas o que são esses outros caras, então? — Apontei para as estranhas figuras da outra tapeçaria. — Você acha que os feéricos eram assim há milhares de anos? Talvez na pré-história?

Shalini balançou a cabeça.

— Sinceramente, não sei. Nunca ouvi falar de nenhum feérico desse jeito. Talvez seja só licença artística. — Ela se virou para mim. — É estranho pra você estar aqui entre sua própria espécie depois de todo esse tempo?

Assenti com a cabeça.

— Estranho pra caramba, mas estou sendo paga pra isso. O que deixou *você* tão desesperada por uma aventura?

Ela olhou fixamente para mim.

— O trabalho era minha vida inteira. E antes disso, era estudar. Nunca fui a um baile de formatura, nunca tive encontros. Nunca fui a festas. E agora não preciso mais trabalhar e sinto que perdi um mundo inteiro de experiências. Ava, sinto que finalmente acordei. Mas não sei bem o que fazer comigo mesma. Porque os encontros do Tinder têm sido uma merda, e há um número limitado de noites que você pode passar em bares caros antes que fique chato. Só sei que não consigo simplesmente parar e ficar sozinha com meus pensamentos.

— Por quê?

Ela estremeceu.

— Programas de TV afastam a ansiedade. Tem muita merda pra se ter medo no mundo. Em ambos os mundos, provavelmente, mas pelo menos este aqui é novo e distrativo.

Assenti com a cabeça.

— O que quer que aconteça aqui, tenho certeza de que não ficaremos entediadas. Haverá coisas o suficiente pra te distrair da sua própria mortalidade.

— Perfeito.

Mais uma batida soou na porta — mais suave desta vez.

— Quem é? — falei, abrindo uma fresta na porta.

Uma pequena feérica estava lá, usando um roupão de seda. Seu cabelo loiro-claro caía ondulado sobre seus ombros. Quando ela olhou para mim, vi que seus olhos eram totalmente brancos como leite.

— Você é Ava? — perguntou ela, baixinho.

— Sou — respondi cautelosamente.

— Ah, que bom. — O rosto dela se alegrou. — Eu sou a princesa Orla.

Ela parecia jovem demais para se casar.

— Você está participando da competição?

A princesa riu, sua voz tilintando no corredor escuro.

— Ah, não. O rei Torin é meu irmão.

Shalini apareceu do meu lado. Apesar de a princesa ser claramente cega, ela pareceu sentir a presença de Shalini.

— Quem é? — perguntou ela, erguendo o queixo.

— Sou Shalini, conselheira de Ava.

Orla fez uma pequena reverência.

— Prazer em conhecê-la.

— Está precisando de alguma coisa, princesa? — perguntei, esperando não parecer rude. — É bem tarde.

— Ah, sinto muito — disse a princesa Orla. — Tenho muitas dificuldades em saber a hora. Só notei que tinha alguém no Quarto das Rosas e fiquei curiosa. Mas não percebi que era tão tarde. É melhor eu ir. Boa sorte amanhã — disse ela, suavemente.

Antes que eu pudesse responder, ela já estava caminhando pelo corredor escuro, até ser rapidamente engolida pelas sombras.

Quarto das Rosas? Olhei para Shalini, mas ela apenas deu de ombros.

— Eu nem sabia que ele tinha uma irmã — disse ela. — Eles são muito reservados.

Olhei pelas janelas escuras, e um manto de cansaço me envolveu, fazendo meus músculos doerem e meus olhos pesarem. Mas eu tinha medo de ir para a cama quando a tristeza tinha suas garras geladas fincadas em mim.

Shalini começou a se dirigir para o quarto menor.

— Ah, não — falei. — A cama grande é toda sua. Vou ficar com a pequena.

Seus olhos brilharam.

— Tem certeza?

— Eu me sinto mais confortável em um quarto aconchegante.

Shalini se jogou de volta na cama de dossel e imediatamente se enfiou debaixo dos cobertores.

Voltei para o quarto-biblioteca, fechando a porta atrás de mim, e me encostei nela por um momento, tentando me recompor. Aquela semana tinha sido um grande turbilhão.

Minha vida confortável havia sido arrancada de mim. Eu não tinha mais um lar e havia sido rejeitada. E então, em poucas horas, estava vivendo em um magnífico palácio feérico usando roupas de seda.

Nada daquilo parecia real. A única coisa que eu não entendia muito bem era por que não sentia uma sensação maior de retorno ao estar ali. Sempre imaginei que, se um dia eu voltasse para Feéria, teria uma sensação mais familiar.

Tirei o vestido de baile e o pendurei em um gancho na porta.

O fogo ainda queimava em uma lareira de pedra, banhando a sala com seu calor.

Apaguei a luz e me arrastei para a cama, puxando as cobertas até o pescoço. Era pequena, mas surpreendentemente confortável.

Entretanto, deixei as cortinas abertas, e o luar entrou pelas janelas de múltiplas vidraças. Eu me sentei, olhando através do vidro. Estava frio e ventando, e uma pequena geada havia se espalhado sobre algumas das vidraças, mas o cobertor de pelagem aquecia minhas pernas. Pela janela, eu não conseguia distinguir os terrenos do castelo, apenas uma silhueta distante do que poderia ser a copa das árvores. Era noite de lua cheia, e as estrelas brilhavam ao longe.

No momento em que eu observava a Lua, uma sombra voou sobre ela, circulando o céu escuro. Encarei em choque a silhueta de um par de asas enormes e de uma cauda longa e sinuosa. Por um momento, o céu se iluminou quando uma grande rajada de fogo floresceu na escuridão.

Prendi a respiração. Dragões eram *reais*.

Eu me deitei, esperando que a névoa escura do sono me envolvesse e me puxasse para além da superfície.

E, se eu não conseguisse dormir, teria uma bela vista enquanto a insônia mantinha meu coração disparado.

Ava

Esfreguei os olhos, ainda atordoada enquanto seguia Torin pelos corredores sombrios.

Ele me acordou antes de o nascer do sol, trazendo minhas roupas de corrida: uma *legging* e uma espécie de túnica em tons suaves de verde-floresta e marrom. A roupa me serviu perfeitamente, mas eu estava tendo dificuldades para acordar. Havia dormido só cerca de uma hora e estava lutando contra o desejo de me deitar em alguma alcova assustadora do castelo e voltar a dormir.

— Quando começa a corrida? — perguntei em meio a um bocejo.

Ele me lançou um olhar irritado.

— Você parece meio morta. Estava bebendo de novo ontem à noite?

Abri a boca para discutir e mudei de ideia. Eu não queria contar a ele que havia ficado acordada chorando por causa de Andrew e Ashley. Isso era muito mais patético do que passar a noite bebendo.

— Sim, mas vou ficar bem. A corrida vai começar tão cedo assim?

— Dentro de três horas — disse ele.

Fechei os olhos, tentando reunir um pouco de paciência.

— Então por que estamos aqui agora?

— Porque partes da corrida são perigosas, e preciso garantir que você consiga passar por elas sem morrer.

Eu o encarei, surpresa.

— Perigosas?

— Chegaremos nesse ponto em breve. Eu tenho um plano.

Finalmente, ele empurrou uma porta de carvalho que se abria para uma paisagem brilhante e invernal de árvores e campos incrustados de neve. Quando pisei do lado de fora, o ar gelado castigou meu rosto e minhas mãos.

A beleza pura e cristalina do lugar me fez perder o fôlego, e o sol nascente tingiu o mundo coberto de neve em tons deslumbrantes de ouro e pêssego. Nuvens de vapor se formavam em torno do meu rosto quando eu respirava. O vento ardia em minha pele, e cruzei os braços no peito, tremendo. Meus pés já estavam ficando frios e molhados por causa da neve, a umidade penetrando através dos meus tênis.

Torin se virou para olhar para mim e tirou duas coisas de sua capa: um pequeno saco de papel e uma garrafa térmica. Pequenos fios de vapor subiam do recipiente de metal.

Eu o peguei dele, grata pelo calor, e inalei o aroma fresco de café. Ah, obrigada, *Deus*.

Tomei um gole e senti meu cérebro finalmente começar a funcionar.

Ele tirou sua grossa capa preta e foi para trás de mim, envolvendo-a em meus ombros. Eu a puxei para me cobrir mais. O manto havia retido um pouco do calor dele, e instantaneamente meus músculos começaram a relaxar. Inalei o cheiro dele, diferenciando as notas que o identificavam: musgo, carvalho úmido e o mais leve toque de palha de pinheiro.

— Eu já nem sinto mais o frio — disse ele suavemente.

Quando apareceu na minha frente novamente, vi que estava usando calças pretas de lã e um suéter azul-marinho que marcava seu corpo atlético.

Com o casaco sobre meus ombros, pude observar melhor o ambiente. O castelo ficava em uma pequena colina coberta de neve com vista para campos embranquecidos que ondulavam suavemente até uma fileira de árvores ao longe, uma floresta sombria que se estendia para ambos os lados.

Ele me entregou um saquinho de papel.

— Tenho alguns *croissants* frescos com geleia de amora.

Peguei um e dei uma mordida, saboreando o gosto delicioso e amanteigado, assim como a acidez da amora. Era simplesmente incrível.

Se Torin quisesse me conquistar, certamente sabia como fazer isso.

Ele olhou para a paisagem, seus olhos como flocos de neve.

— A geada está nos castigando, mas Feéria está linda como sempre.

Pisquei na luz intensa.

— Nunca vivenciei algo assim. Acordar na mais perfeita manhã de inverno com uma paisagem imaculada. — Respirei profundamente, deixando o ar frio encher meus pulmões. — Eu nunca me levanto tão cedo.

— Tem suas vantagens — disse Torin.

— Acordar essa hora da manhã faz parte da sua rotina sacrossanta? — perguntei.

Ele se virou para mim e levantou o dedo do meio com um vestígio de sorriso quase imperceptível em seus lábios.

Eu o encarei, meio surpresa.

— Eu fiz certo? — perguntou ele.

— Fez sim. Impressionante.

— Quanto à minha rotina sacrossanta, enquanto você se recupera de suas noitadas, eu acordo antes do amanhecer para treinar. Um rei Seelie, acima de tudo, deve ser poderoso e letal. — Mais um sorriso fraco. — Assim como sua rainha.

Ele começou a andar, conduzindo-me através dos campos nevados até um caminho que se curvava ao redor do castelo. Meus sapatos úmidos esmagavam a grama achatada e congelada.

— Se você está procurando alguém poderoso e letal — falei —, escolheu a feérica errada.

— Eu estava ciente disso quando lhe ofereci o acordo. Mas nós vamos fingir, e isso é tudo o que importa.

— Você não se importa com trapaça então. — Dei um gole no meu café, ainda infinitamente grata por ele ter pensado em trazê-lo.

Os olhos do rei Torin se acenderam.

— Não quando é necessário. Temos que sair daqui antes que alguém nos veja. Se eu for pego te dando alguma vantagem injustamente, você pode ser desqualificada. — Ele fixou seu olhar no meu. — E eu preciso que você vença.

Dobramos uma esquina e tive um vislumbre da linha de partida: dois mastros com suas fitas coloridas balançando ao vento. Uma faixa de seda amarrada entre eles trazia a inscrição PARTIDA.

O caminho descia sinuosamente até uma crista de árvores estéreis.

— Quão longo é o percurso?

— Só cinco quilômetros. A pista foi limpa ontem à noite. São cerca de dois quilômetros na floresta e três nos campos. No quilômetro final, você voltará para o outro lado do castelo, e a multidão estará lá esperando para identificar a vencedora.

Um amplo caminho de grama congelada se espalhava pelos campos ondulantes. À medida que andávamos, meus sapatos esmagavam o chão congelado. Enquanto atravessávamos os campos, fui inundada por uma infinidade de cheiros novos: a terra pura, o Sol aquecendo a lã da jaqueta dele, e um leve indício de fumaça de lenha. Como eu seria se tivesse crescido ali?

Flocos de neve flutuavam no ar, e o gelo brilhava nos telhados distantes de palha.

Entramos mais fundo no campo nevado, e eu olhei para trás, para o castelo. Apesar de seu enorme interior que parecia se estender por quilômetros, não parecia tão grande por fora. Intimidante, sim, com suas rochas negras e elegantes e torres pontiagudas, mas não com quilômetros de comprimento. Eu me perguntei se havia algum tipo de magia ou encantamento em jogo.

Ele brilhava ao Sol da manhã. Esvoaçando na torre mais alta, havia uma bandeira branca estampada com a cabeça azul-escura de um cervo.

Quando olhei para os chalés distantes, soltando fumaça por suas chaminés, a curiosidade me atiçou.

— Me conte sobre Feéria — falei. — O que as pessoas fazem aqui? Além do torneio.

Ele puxou o ar profundamente.

— A agricultura é importante. Se eu não tivesse nascido príncipe, teria feito isso. Os agricultores são membros cruciais da sociedade feérica. Eles cultivam as plantações que alimentam nosso povo. Sem eles, todos nós morreríamos de fome. Mas com a chegada da geada, o trabalho deles está se tornando mais difícil do que nunca.

— E o que as pessoas fazem para se divertir? — Dei um gole no meu café. — Ah, você não tem como saber, não é?

— Para sua informação, eu sei. Em Feéria, a temporada de verão começa com o que você chamaria de primeiro de maio. E é nessa data que celebramos o Beltane.

— E o que acontece nessa data? — perguntei.

Ele me dirigiu um olhar incrédulo.

— Você *realmente* não sabe? Até os humanos o celebram.

Sacudi a cabeça.

— Não mais.

— Bem, deveriam. É quando o véu entre os mundos se estreita. Antigamente, os humanos nos ofereciam comida e bebida. Não vejo mais isso nos dias de hoje. Não é de se admirar que estamos morrendo de fome aqui. — O vento açoitava seu cabelo escuro e ondulado. — O Beltane é um festival do fogo. As crianças decoram as árvores da floresta e os arbustos espinhosos com fitas e flores amarelas, como chamas. E depois que elas vão para a cama, fazemos sacrifícios aos antigos deuses. Normalmente, de um ou dois humanos que tenham invadido nosso reino.

Meu estômago se revirou. Em que diabos eu tinha me metido?

— Eu perguntei o que vocês faziam para se divertir, e sua resposta é sacrifício humano? Como eles morrem?

— Nós os queimamos. — Ele me dirigiu um olhar aguçado. — Não é tão terrível quanto parece. Eles são drogados antes e há tambores para abafar os gritos.

Devo ter feito uma expressão horrorizada, porque ele acrescentou, meio na defensiva:

— É nossa tradição milenar e ainda temos um senso do sagrado aqui em Feéria. Uma reverência pelas florestas primordiais, pela generosidade e impiedade da terra. Para pedir a bênção dos antigos deuses, conduzimos o gado entre duas fogueiras. Ajuda a protegê-los. E então há os rituais da floresta. Nossos deuses são muito importantes para nós, e os cervos também.

Olhei novamente para a bandeira do castelo.

— É algum tipo de referência masculina?

— Um cervo pode ir e vir entre os reinos dos vivos e dos mortos, dos humanos e dos feéricos. Eles são poderosos, dominadores. São como a própria natureza, místicos, bonitos e brutais ao mesmo tempo. — Ele me olhou nos olhos. — Eles pegam o que querem. E apenas nesse festival, nessa única noite, todos os anos, o antigo deus Cernuno nos abençoa. As névoas serpenteiam pelos carvalhos da floresta. Por uma única noite, Aquele com Chifres transforma os homens dignos em cervos.

Corremos pela floresta e lutamos entre nós. Às vezes, até a morte. Se eu perdesse uma única luta em minha forma de cervo, seria destronado.

Certo. Talvez o rei tivesse um lado mais sombrio do que eu imaginava.

— Nada disso parece... divertido. Na verdade, parece meio horrível.

Quando ele fixou seu olhar no meu, seus olhos ardiam com uma intensidade fria.

— Mas é assim que nós somos. Os feéricos. Somos criaturas da terra e das brumas. Somos guerreiros. E quando estamos no nosso melhor, transcendemos nossos corpos e comungamos com os deuses. Quando foi a última vez que você se sentiu viva de verdade, Ava?

Nenhuma vez nos últimos tempos, nisso ele tinha razão.

— Não faço ideia. Provavelmente quando eu estava gritando com você no bar.

— Isso é meio triste.

Dei um gole no meu café.

— Só para esclarecer, seria melhor se minha "diversão" envolvesse o assassinato de pessoas na floresta?

— Existem lados mais prazerosos do Beltane — disse ele, sua voz grossa se tornando sensual.

Senti algo se contorcer dentro de mim, mas ignorei.

— Vocês espancam filhotes de animais até a morte com um porrete ou algo assim?

Ele se virou para mim e enfiou um dedo sob meu queixo, levantando-o para que eu não pudesse desviar o olhar. Seus olhos claros ardiam com uma ferocidade dominante que fez meu coração disparar — um poder sobrenatural que ao mesmo tempo me paralisou e me fez querer baixar o olhar.

— Não, Ava. Nós fodemos com força contra os carvalhos, cortando o ar da floresta com os sons do nosso êxtase. Fodemos em volta das fogueiras, banhados em suas chamas. — Ele se inclinou para mais perto, seu dedo acariciando suavemente a lateral do meu rosto. Com seus lábios em meu ouvido, seu cheiro masculino e terroso me envolveu como uma carícia proibida.

— Quando foi a última vez que você se perdeu em um prazer tão intenso a ponto de esquecer seu próprio nome? Que você esqueceu sua própria mortalidade? Porque é isso que significa ser feérico. Eu poderia fazer você agonizar de prazer até se esquecer do nome de qualquer humano que já te fez pensar que havia algo de errado com você.

Ele acariciou minha orelha pontuda com a extremidade de seu dedo, um entusiasmo tão leve e ao mesmo tempo tão proibido que me fez estremecer e sentir minhas entranhas se contorcerem.

Seus olhos encontraram os meus novamente, e senti aquele arrepio ilícito e elétrico de excitação com a intimidade inesperada. Aquela análise próxima, como se ele estivesse me lendo. E que eu estava falhando em algum tipo de teste.

— Vocês fodem em volta das fogueiras... — repeti, feito uma idiota.

Ele contornou meu lábio inferior com o polegar.

— E se você acha que não consigo perceber o quanto isso te excita, se acha que não consigo ouvir seu coração disparado, você está enganada, Ava. Porque se fôssemos você e eu no bosque de carvalhos durante o Beltane, eu faria você gritar meu nome, me chamando de seu rei. Eu faria seu corpo responder a cada comando meu, estremecendo de prazer embaixo de mim, até você esquecer que o mundo humano um dia existiu.

Eu não conseguia me lembrar de como falar.

— Entendo — consegui responder, finalmente.

— Se eu pudesse — ronronou ele —, te ensinaria o que você realmente é e me certificaria de que nunca se esquecesse disso.

— Seu olhar baixou para minha boca como se ele fosse me beijar, e fiquei surpresa ao perceber o quanto eu queria isso. E ainda mais horrorizada com a decepção que senti quando ele não o fez. — Mas isso não vai acontecer, é claro. Porque nada pode acontecer entre nós.

Minha respiração saiu entrecortada quando ele se virou para se afastar de mim.

—Para que isso? — murmurei, sentindo como se eu já tivesse perdido a provação.

Seus lábios estavam levemente curvados em um sorriso.

— Porque você estava simplesmente julgando tudo e todos, mesmo que não seja melhor ou pior do que o resto de nós. E agora você sabe que aqui é o seu lugar, fodendo no Beltane como o resto de nós.

Meus batimentos estavam fora de controle, e eu sentia como se tivesse acabado de perder algum tipo de batalha contra ele. Principalmente porque eu não conseguia parar de imaginar peles despidas na floresta, as mãos dele na minha bunda, corpos deslizando uns nos outros. Eu conseguia me imaginar radiante e me contorcendo enquanto o Rei dos Feéricos me levava aos céus e eu gemia, meus mamilos tesos no ar da floresta. Tomada pelo desejo, sem nenhuma vergonha, de quatro... completamente incapaz de me controlar.

Então *assim* era uma verdadeira festa Seelie...

— Não sou melhor ou pior do que o resto de vocês? — repeti, organizando meus pensamentos. — Parece que sua estima por mim aumentou então.

— Aumentou quando você acordou sóbria e no horário. — O rei me conduziu até a fronteira escura das árvores.

— Consigo entender por que você não gostaria de uma esposa de verdade. Você perderia as orgias pós-sacrifício. Aposto que toda mulher feérica está esperando por uma chance de ter um pedacinho do rei bonitão todo coberto de sangue das lutas de cervos.

Seu olhar deslizou em encontro ao meu.

— Esta é a segunda vez que você diz que eu sou bonito. É por isso que você precisa fingir que me odeia tanto? Por não conseguir parar de pensar na minha aparência?

Tenho certeza de que ele já sabia que era bonito. Não era o tipo de beleza que passava despercebida.

Ele pegou minha garrafa de café e deu um gole. Acho que agora estávamos em termos de compartilhar garrafas, mesmo que não gostássemos um do outro.

Estávamos quase alcançando a fronteira das árvores, uma fileira escura de pinheiros, com suas agulhas e seus galhos cheios de neve. A névoa rodopiava entre os troncos, e era impossível ver mais do que alguns metros dentro da floresta. Um arrepio percorreu minha espinha.

Os feéricos eram tão bonitos e refinados que eu não havia pensado muito em quão brutais eles poderiam ser. E isso fez com que me perguntasse quanto perigo *exatamente* eu correria durante essas provações.

Então, com o canto do olho, vi um lampejo de pele pálida deslizar entre as árvores.

Eu me virei e vi uma linda mulher com longos cabelos pretos e pele prateada lavando um pano em um riacho gelado. Sangue carmesim parecia manchar o tecido. Ela estava cantando baixinho, uma canção triste em um idioma que eu não conseguia compreender. No entanto, a música fez meu coração apertar e meus olhos se encherem de lágrimas.

Parei de andar para olhar para ela.

Torin se inclinou, sussurrando:

— É a *bean nighe*. Ela é mais um espírito do que uma feérica.

— Incrível — sussurrei.

Ela pareceu me ouvir e se virou, seus olhos escuros fixos em mim. Seus lábios eram do mesmo vermelho-sangue do pano que ela lavava, e suas mãos estavam manchadas de sangue. Ela usava apenas um fino vestido branco. Seus olhos, pretos como carvão, voltaram-se para o rei.

— Vossa Majestade? — disse ela em voz baixa. — A morte está vindo para Feéria.

— Como sempre. Temos permissão para entrar na floresta?

Ela deu uma olhada para mim e, depois, voltou seus olhos para o rei.

— Claro, Vossa Majestade — disse ela finalmente. — O lugar dessa mulher é aqui na natureza.

O rei Torin fez uma reverência respeitosa com a cabeça.

— Obrigado, senhora.

Ele me conduziu mais para dentro da floresta gelada, e a névoa nos envolveu.

A mulher assustadora tinha razão. Eu *realmente* sentia que ali era o meu lugar.

Ava

Assim que passamos das primeiras árvores, o rei Torin ergueu a mão, fazendo sinal para que eu parasse.

— Certo — disse ele. — Aqui é onde terminam os três quilômetros iniciais. Até a floresta, não há muito com o que se preocupar.

Eu observei a névoa ondulante ao meu redor, e uma sensação fria de pavor começou a subir pela minha espinha.

— Então com o que eu preciso me preocupar aqui?

— É aqui, na floresta, que eu acredito que as pessoas possam ficar gravemente feridas. E é com as outras competidoras que você precisa se preocupar.

Cruzei os braços sob o manto.

— Você não mencionou isso quando assinamos o contrato.

— Você teria recusado cinquenta milhões só por causa de um pouco de perigo?

Não.

— Talvez. O que exatamente vamos fazer? Lutar umas contra as outras como cervos?

— É uma corrida para selecionar as fortes e ágeis. Cada uma das disputas envolverá subterfúgios, enganações e agressões letais.

Minha mandíbula enrijeceu. Cinco anos servindo coquetéis para humanos não tinham exatamente me preparado para lidar com agressões letais.

Parece que eu estava errada. Isso não era nada como *Atadas e Costuradas*.

— Essas mulheres farão qualquer coisa para vencer — continuou ele —, e não há nada contra violência nas regras. Uma rainha feérica deve ser implacável, então, na verdade, tal atitude é esperada. Elas vão usar magia para tentar derrubar quem estiver na frente. E é por isso que é sempre uma princesa que vence. Feéricas comuns não têm magia.

Meu estômago estava se contorcendo.

— Você vai chegar na parte em que me explica como eu posso vencer?

Ele se virou para mim com um sorriso sombrio.

— Felizmente, nem toda magia requer que um feitiço seja lançado. — Torin enfiou a mão no bolso, retirou três pequenos frascos de vidro e me entregou um deles. — Tenha muito cuidado com isso.

O pequeno frasco zumbia de uma forma meio sobrenatural na minha mão. Dentro dele, o vidro parecia girar com um gás laranja escuro.

— O que é isto? — perguntei.

— É uma ampola de magia purificada.

— E o que devo fazer com isto?

— Esse aí — disse ele, apontando para o frasco com o gás laranja brilhante — contém um vapor muito poderoso que queimará o nariz e os olhos de quem o inalar. Jogue-o para trás enquanto corre, e o vidro se estilhaçará. Qualquer pessoa dentro de um raio de três metros será sobrepujada pelo vapor e não conseguirá ver nada por pelo menos cinco minutos.

Brutal.

Ele me entregou mais dois frascos de vidro. Um era quase opaco, contendo um vapor branco, enquanto o outro continha um líquido verde-claro. Este tinha uma tampa de rosca, em vez de ser mais uma ampola de vidro.

— O que é este aqui? — perguntei, segurando o recipiente opaco.

— É só uma névoa mágica básica. Assim como o vapor que faz arder, você a joga no chão. A diferença é que esse é uma cortina de fumaça. Não vai machucar ninguém, mas ninguém poderá ver nada. É cem vezes mais espesso do que o que você vê agora. Pode ajudá-la a escapar em uma situação complicada.

Parece útil.

— E este outro? — perguntei, segurando o frasco verde.

— Poção antidor. Finja que está tomando um *shot* de tequila no Trevo Dourado e beba tudo em um gole só. Se estiver machucada, não sentirá dor por pelo menos dez minutos. No entanto, tenha cuidado se for beber. É fácil se machucar ainda mais por não sentir nada.

— Espero que eu não precise usar este.

A expressão do rei Torin se tornou mais sombria, e tive a nítida impressão de que ele achava isso meio improvável.

Ele acenou com a cabeça para a floresta.

— Vamos continuar?

Ele entrou na floresta, e eu o segui. O caminho se estreitou, e a temperatura caiu no momento em que uma espessa copa de pinheiros se fechou sobre minha cabeça. Uma camada de musgo cobria o caminho entre a neve. Árvores enormes se erguiam do chão da floresta, seus troncos cobertos por uma casca escarpada. Embora eu olhasse com cuidado, não vi nenhum rosto esculpido neles.

O denso dossel de agulhas de pinheiro obscurecia o céu completamente. Em alguns lugares, feixes de luz se infiltravam e salpicavam o chão com manchas douradas. Onde a luz brilhava mais intensamente, pequenos aglomerados de borboletas azuis e roxas cintilantes se esvoaçavam no ar invernal.

— O que ela quis dizer? — Minha respiração formou uma nuvem de fumaça ao meu redor. — Quando a mulher lavadeira disse que a morte estava vindo?

— Ela nunca explica, mas pode ser qualquer coisa. Um feérico idoso pode estar morrendo agora mesmo. O próprio reino está no meio de um inverno mortal, a menos que eu encontre uma rainha. — Ele olhou para mim. — Ou, é claro, alguém pode morrer durante a corrida.

— Legal.

O ar estava completamente parado, e senti que eu estava prendendo a respiração. Era lindo, mas, ao mesmo tempo, senti que algo não estava certo. Minha nuca formigou com uma sensação desconfortável, como se eu estivesse sendo observada.

— Torin? Que tipo de animal vive nesta floresta? — perguntei.

— Cervos e javalis. Talvez alguns ursos.

— Nenhum dragão?

Ele franziu a testa.

— Não, dragões estão extintos.

Tomei um gole do meu café, perguntando-me se eu tinha sonhado com o dragão voando no alto. Mas eu tinha certeza de que estava acordada.

— Tem certeza de que estão todos extintos? Eu vi algo no céu ontem à noite que poderia ser um.

O rei Torin parou de andar e se virou para mim. Seus olhos brilhavam em um tom de azul-claro na luz da floresta.

— Diga-me exatamente o que você viu.

— Ele voou através da Lua — falei. — Era grande e tinha asas. Tenho certeza de que cuspiu fogo.

Ele soltou o ar pesadamente, formando uma névoa.

— Você viu para onde ele foi?

Sacudi a cabeça.

— Não, era apenas uma silhueta contra as estrelas.

O rei Torin olhou por cima de meu ombro e, então, se inclinou para falar em um sussurro.

— E isso é parte da morte retornando para Feéria. Não são apenas os invernos. Sem uma rainha para gerar magia nova, criaturas malignas e forças destrutivas estão surgindo das sombras novamente.

— Como os dragões?

— Exatamente. Eles não apareciam aqui há dez anos, mas a escuridão está preenchendo o vazio mágico. — Sombras cruzaram seus olhos. — E infelizmente, Ava, existem coisas piores por aí do que dragões.

Ava

Caminhamos através da floresta gelada, e o número de árvores espessas foi diminuindo aos poucos. Campos nevados e iluminados pelo Sol começaram a aparecer através das fendas entre as árvores até chegarmos ao quilômetro final da corrida: um caminho claro e congelado que levava de volta ao castelo. Enquanto nos aproximávamos das arquibancadas de madeira, percebi que algumas pessoas já estavam sentadas ali.

— Torin — falei —, acho que já tem gente aqui fora.

Ele deu uma olhada para as arquibancadas recém-montadas.

— Maldição. O que estão fazendo acordados a esta hora? — Ele suspirou. — Bem, agora não tem mais jeito.

Ele começou a se dirigir para as arquibancadas a passos largos. Quando chegamos mais perto, meu estômago deu um nó. Moria e Cleena estavam sentadas bem na frente, vestidas em um traje justo feito com pele de animais. Tentei evitar contato visual, mas as duas mulheres surgiram em meu caminho.

O deslumbrante cabelo cor-de-vinho de Moria caía sobre seus ombros, e ela me analisou com uma hostilidade óbvia.

— Foi dar uma voltinha com o rei? — Seu tom de voz exalava veneno.

— Esbarramos um no outro — falei rapidamente. — Parece que nós dois gostamos de levantar cedo.

Torin não podia nos ouvir àquela distância, e Moria não perdeu tempo.

— O que você está usando embaixo dessa capa? — Ela se virou para Cleena. — Sabe, princesa, a maioria das mulheres é capaz de fazer *qualquer coisa* para chamar a atenção dos homens. Assim como Ava, mostrando suas coxas para tentar chamar a atenção do rei. Tentando se distrair do fato de que, sob a superfície, ela é uma casca vazia. — Seu olhar se fixou em mim novamente. — Mas mulheres como Cleena e eu não precisam desse tipo de tática. Não quando entendemos a mente sagaz e perspicaz dos homens e sabemos como manter um rei entretido. Além de compartilharmos do apetite de um rei por comida e por guerra. Uma rapidinha na floresta pode proporcionar uma diversão momentânea para ele, mas uma conversa inteligente com uma mulher à altura dele não será esquecida tão rapidamente.

Ergui minhas sobrancelhas.

— Por favor, me avise caso um dia você exiba essa sua inteligência. Me parece *muito* original. Quer dizer, para uma mulher.

Os olhos de Moria se estreitaram.

— Parece que você acabou se deparando com uma vantagem injusta para o seu lado esta manhã. Se você acha que ele vai te escolher só porque você deu pra ele, temo que esteja enganada. Ele encontra muitas feéricas comuns como você que cumprem esse papel em todo Beltane, mas o rei jamais se lembraria do nome de nenhuma delas.

Quando olhei para Cleena, percebi que ela parecia mais entediada do que com sede de sangue. Eu me perguntei se deveria me dar ao trabalho de tentar explicar que não houve relação nenhuma, mas tinha certeza de que a princesa já estava decidida.

Mantive meu semblante impassível.

— Eu me perdi na floresta, e o rei me ajudou a encontrar a saída. Só isso.

Flocos de neve haviam se cristalizado em seus longos cílios pretos.

— Assim como ele te guiou ontem à noite?

— A vida é cheia de coincidências — falei.

Comecei a me afastar, mas Cleena tocou meu braço.

— Qual é o seu nome, feérica comum? E quem são seus pais?

— Ava. — Deixei o silêncio pairar no ar. Eu não ia me dar ao trabalho de responder sobre meus pais.

— Bem, Ava — disse Moria —, quem brinca com fogo pode queimar os dedos.

— Ah. — Arregalei os olhos. — Tipo esse? — Mostrei o dedo do meio para ela, o que, aparentemente, era meu novo hábito muito maduro.

E com isso, me apressei para sair de perto dela, na esperança de voltar para o castelo antes de acabar me metendo em mais alguma discussão.

Mas antes que eu pudesse alcançar a porta de entrada, uma mão surgiu de debaixo das arquibancadas, e Torin me puxou para a escuridão sob os assentos.

Ele não parecia estar se divertindo.

— Eu disse para você não falar com as princesas.

— Foi impossível evitar.

Uma chama lampejou em seus olhos.

— Se elas a virem como uma ameaça, trabalharão juntas para eliminá-la. Receio que você possa estar em perigo agora.

— Elas nos viram juntos. Eu já estava em perigo.

Ele se aproximou de mim, um braço em meu cotovelo, o outro próximo à minha cintura. Seus olhos azuis percorreram meu rosto, inspecionando cada centímetro meu: testa, sobrancelhas, nariz, lábios e queixo.

— O que você está fazendo? — sussurrei.

— Tentando decidir como glamourizar você.

— Caso contrário elas vão me dar uma surra?

— Caso contrário, você não vai durar nem dez minutos.

Antes que eu pudesse perguntar como exatamente seria esse glamour, ele começou a sussurrar na mesma língua que Madame Sioba havia usado para criar meu vestido de baile. Um calor delicioso se espalhou pela minha pele, e os pelos de meus braços se arrepiaram quando a sensação percorreu seu caminho até meus ombros.

Os olhos do rei Torin estavam bem fechados enquanto ele se concentrava, mas me vi incapaz de desviar o olhar. Analisei o contorno escuro de seus cílios, suas sobrancelhas grossas e negras e sua testa franzida. Deve ter sido a magia, mas eu sentia como se um vínculo poderoso nos conectasse. Por apenas um momento, meu olhar desceu para seus lábios.

O calor da magia dele se espalhou pelo meu estômago e por meus quadris.

Um cheiro inesperado preencheu o ar, e precisei de um momento para reconhecê-lo: sorvete de morango.

Sua magia subiu pelo meu pescoço, roçou minhas pálpebras e dançou pelos meus lábios até que, finalmente, ele abriu seus brilhantes olhos azuis.

— Pronto — disse ele em voz baixa. — Deve ser suficiente.

Torin estendeu a mão e colocou uma mecha de meu cabelo diante de meus olhos, e eu me sobressaltei. Meu cabelo havia desbotado de castanho para um tom de violeta-claro nas pontas.

— Agora você parece feérica.

Respirei fundo, tentando ser positiva.

— É... bonito.

— Que bom que gostou, porque você não conseguirá mudá-lo por um tempo.

— Você não pode desglamourizar? — perguntei.

— Não, mas vai sair em algumas semanas, e você voltará ao normal. — Torin puxou uma pequena adaga de uma bainha de couro na lateral de seu corpo e a ergueu, mostrando-me meu reflexo na superfície brilhante da lâmina. Além do cabelo violeta, Torin havia escurecido minhas sobrancelhas e tingido meus lábios de um vermelho-escuro. Meus olhos agora eram do mesmo tom violeta de meu cabelo.

Olhei para mim mesma no reflexo de sua lâmina.

— O batom e as sobrancelhas vão durar por semanas?

Ele sacudiu a cabeça.

— Só o cabelo. Mas, Ava, mantenha-se fora de vista até a corrida. Se elas tiverem você na mira de novo, será o fim.

Ava

Enquanto eu estava na linha de partida, ninguém me lançou o olhar de novo. O vento gelado do inverno nos atingia violentamente, e eu mantive meu rosto abaixado, meus cachos violeta chicoteavam em volta de meu rosto.

As equipes de reportagem estavam à margem de nosso bando, suas câmeras apontadas para as princesas na frente. Elas formaram seu próprio grupinho perto da linha de partida, enquanto o resto das feéricas comuns se aglomerava atrás delas. Eu estava satisfeita em ficar na parte de trás por enquanto.

Moria e algumas das outras tinham feito uma pintura de guerra com tinta azul brilhante no rosto, o que não ajudava a acalmar meus nervos. Claramente, seria uma batalha, não uma corrida descontraída em um domingo.

Por fim, um dos lacaios do rei Torin caminhou até a frente da linha de partida, um homem com longas tranças vermelhas sobre seu uniforme azul. Ele carregava um cajado de prata, com o qual bateu duas vezes sobre a terra congelada.

— Daqui a trinta segundos, ao som da trombeta, a corrida começará.

As palavras dele fizeram meus nervos tremer, e cerrei os punhos, repetindo meu mantra para mim mesma.

Cinquenta milhões de dólares. Cinquenta milhões de dólares.

Ao meu redor, as competidoras disputavam boas posições, embora ninguém parecesse estar se movendo em direção às princesas. Eu me posicionei uma fileira atrás, imprensada entre uma feérica musculosa de cabelo cor-de-rosa e uma que estava misteriosamente encharcada.

Dei uma olhada à minha direita. Um lacaio marchava em direção à linha de partida com sua trombeta. Ele a colocou nos lábios, e prendi a respiração, esperando o som.

Quando a trombeta soou, meu coração trovejou.

As competidoras avançaram em uma corrida desesperada, atravessando a linha de partida e descendo a colina. Mantive um ritmo decente atrás das princesas, mas elas estavam correndo a toda velocidade. Como elas conseguiriam manter aquele ritmo? Éramos todas feéricas ali, e eu duvidava que elas tivessem passado mais tempo correndo do que eu. Elas estariam esgotadas em menos de um quilômetro.

À medida que a distância aumentava entre nós, um pouco de preocupação se agitava em meu peito. O que elas estavam planejando com aquela disparada?

Enquanto eu corria colina abaixo no ar cortante do inverno, o Sol surgiu por trás das nuvens. A luz dourada irradiou do chão de pedra, reluzindo nos flocos flutuantes ao nosso redor e transformando os galhos congelados das árvores em cristais cintilantes. A fumaça da respiração das princesas formava nuvens à minha frente enquanto elas corriam tão rápido quanto conseguiam.

Um cinegrafista surgiu ao nosso lado empoleirado em um pequeno veículo, uma imagem que parecia estranhamente deslocada ali. Mas eles estavam focando principalmente quem corria na frente.

Eu estava economizando um pouco de energia, aguardando até descobrir o que elas estavam tramando. Na entrada da floresta, elas correram ainda mais rápido e em sincronia, sem dizer qualquer palavra uma à outra.

Elas tinham planejado algo com antecedência, e talvez eu não devesse estar na linha de frente quando o plano se concretizasse. Porque não era apenas uma corrida, mas uma batalha.

Recuei um pouco de volta ao grupo de corredoras, lembrando-me do aviso de Torin sobre a floresta ser a parte mais perigosa da corrida.

Alcançamos a sombra das árvores, e uma névoa gelada e irreal me envolveu, até que eu não conseguia ver mais nada. Tudo o que eu conseguia ouvir eram respirações ritmadas e o bater de pés no chão.

Algumas mulheres correram na minha frente, ficando fora de meu campo de visão por uns cinco segundos antes de gritos agonizantes perfurarem o silêncio. Meu coração disparou, e eu me afastei um pouco. Não me parecia uma boa ideia correr *em direção* aos gritos.

Mais à frente, outro grito de horror cortou o ar. Nenhuma de nós conseguia ver o que estava acontecendo, mas parecia brutal.

Claramente, as princesas tinham preparado uma armadilha para o restante de nós. Ao meu redor, as outras feéricas comuns pararam no limite da névoa, e eu consegui distinguir suas silhuetas em meio à neblina.

— O que diabos está acontecendo? — perguntou uma delas próxima a mim. — O que deveríamos fazer aqui?

Ninguém — inclusive eu — parecia ter uma resposta, mas o tempo estava se esgotando. Se eu esperasse demais, não haveria mais chances de alcançá-las, e eu já estava me sentindo como se tivesse perdido a corrida. Eu precisaria derrotar pelo menos uma das princesas para me qualificar, e todas elas estavam muito à frente.

Refleti sobre minhas alternativas. A névoa se estendia pela floresta. Correr ao redor dela não era uma opção.

As poções não seriam úteis. Gás, névoa, antidor...

Talvez eu possa subir em uma árvore.

Foi nesse momento que ouvi a canção baixa e triste da *bean nighe*. Eu me aproximei do som e a encontrei de pé perto do riacho. Ela me encarou, seus olhos pretos como carvão e sua pele brilhante em tons de prata, como se ela estivesse sendo banhada pelo luar. Sua beleza sobrenatural fez com que minha respiração ficasse presa em minha garganta.

Ela se virou, entrando na névoa — uma mancha escura na nuvem que me envolvia.

O vento uivava alto ao meu redor, abafando a canção da *bean nighe*. Quando olhei para cima, vi o vento soprando a neve das árvores e balançando seus galhos. O vendaval congelante varreu também a névoa. Mas o vento também trazia consigo os sons de tormento. Gritos flutuavam entre os galhos.

Será que foi a *bean nighe* quem fez isso?

Quando a névoa se dissipou, vi de relance quatro feéricas feridas, e meu estômago deu um nó. Uma delas estava caída no meio do caminho, agarrando o tornozelo direito. Respirei fundo quando a náusea revirou minhas entranhas. Seu pé havia sido decepado, e o sangue manchava a neve ao seu redor. Seu rosto estava cinzento de choque.

— Pelos deuses! — disse uma mulher ao meu lado.

Meu olhar passou para a outra competidora, que se contorcia na neve manchada de sangue. Ambos os seus pés não estavam mais ali, suas pernas terminando em tocos ensanguentados.

Eu a encarei com um horror crescente. Aquele lugar e aquelas pessoas eram absolutamente brutais.

As corredoras ao meu redor gritaram em pânico.

As princesas estavam logo além das competidoras feridas, recuperando o fôlego. Como eu havia previsto, a disparada inicial as deixou sem fôlego, e agora elas estavam completamente esgotadas.

— Psicopatas malditas — murmurei. Eu queria correr, mas ainda não sabia como a armadilha funcionava. E o fato de as princesas ainda estarem ali, assistindo, me fez pensar que ainda não estava tudo acabado.

Examinei o chão ensanguentado, tentando descobrir o que havia cortado as pernas das corredoras. Após alguns segundos, notei um leve brilho no ar, uma linha fina que atravessava o caminho. Algumas gotas vermelhas de sangue pingavam dela, gotas perfeitamente redondas e vermelhas sobre o chão branco, como bagas de azevinho na neve. As princesas haviam instalado algum tipo de fio mágico afiado como uma navalha.

Os gritos de dor ainda preenchiam o ar congelante.

Eu me inclinei com um grunhido, peguei um galho fino de árvore e o joguei no fio, que cortou a madeira com facilidade. As princesas riram do outro lado.

— Vocês acham isso engraçado? — gritei. — Ferir e desfigurar pessoas? — Eu me virei. — Elas colocaram um fio afiado!

Ao meu redor, as outras feéricas gritavam xingamentos para as princesas.

As princesas ficaram em silêncio, e o sorriso de Moria desapareceu. Ela se virou, pisando firme na neve. Observei enquanto ela começava a correr novamente, embora seu ritmo lento sugerisse que ela estava cansada devido a sua disparada anterior.

Eu poderia simplesmente pular o fio, mas não tinha certeza se todas haviam me ouvido. Eu queria mesmo cinquenta milhões? Maldição, sim, eu queria. Mas mesmo tanto dinheiro não valia uma tonelada de membros decepados pesando minha consciência.

Olhei para uma rocha coberta de musgo na beira do caminho. Eu a agarrei, dei vários passos para mais perto e a joguei contra o fio, que se arrebentou com um som agudo.

Comecei a correr a toda velocidade, torcendo para que elas não tivessem armado mais nada. Eu examinava o chão enquanto corria, tentando desesperadamente ver o leve brilho do fio.

À frente, as princesas pareciam cansadas. Eu estava começando a alcançá-las. Quando saímos da floresta, eu estava não mais do que cinco metros atrás delas.

Com uma explosão de velocidade, peguei um grande impulso e passei pela princesa que estava por último, uma mulher de beleza delicada e pele escura, que ofegava audivelmente. Passei pelo cadáver devastado de uma feérica de cabelos brancos, a cabeça decepada manchando a neve de vermelho.

À frente, uma princesa ruiva estava cravando suas longas garras em mais uma feérica comum, rasgando seu peito.

Puta merda!

Mas eu ainda estava me movendo mais rápido, alcançando as princesas. Eu escutei o som de suas respirações ofegantes.

Adiante, a linha de chegada estava a cerca de trezentos metros de distância. Com uma disparada final, eu poderia ultrapassar todas elas. Ultrapassei mais uma, aproximando-me de Moria.

Mas enquanto eu diminuía a distância, ela se virou para olhar para mim. Seu cotovelo atingiu meu peito em cheio, e o impacto me fez cair de costas. Eu me levantei, mas um pé me atingiu na lateral. Algo estalou, o som perturbador de um osso se quebrado...

Ah, *merda*!

Era uma sensação estranha, não imediatamente dolorosa, mas, então, uma dor aguda percorreu meu corpo. Quando comecei a avançar, a agonia rasgou a lateral de meu corpo. À frente, Moria cruzou a linha de chegada, seu cabelo cor de vinho flutuando atrás dela, braços esticados sobre a cabeça.

Eu cambaleei para a frente, tentando correr.

A dor tomou conta de meu peito, e eu sentia que havia algo de errado com a minha respiração. Tossi, e o sangue espirrou na neve. Olhei com horror para as gotas vermelhas.

Elas perfuraram a porra do meu pulmão.

Eu cambaleei para a frente, cuspindo sangue quente no chão. Ofegante, olhei para as arquibancadas a distância e para as princesas subindo a colina em direção ao castelo.

Eu estava prestes a perder.

Mais adiante, ouvi uma mulher gritar:

— Não dá para correr com um buraco no pulmão!

Tropecei para a frente, segurando minhas costelas. Só mais trezentos metros até o castelo que se erguia sobre a paisagem, mas eu não conseguia mais andar, muito menos correr.

Enfiei a mão no bolso, procurando os frascos de magia que Torin havia me dado. Eu queria correr para uma nuvem de gás? Com certeza, não. Essa era a única maneira de conseguir passar por aquela provação e chegar mais perto de meus cinquenta milhões? Provavelmente sim.

Tremendo, agarrei um dos frascos e o tirei do bolso, olhando atordoada para a fraca luz laranja que brilhava entre meus dedos. Precisamente como Torin havia me dito para *não* fazer, eu o joguei na frente das princesas que estavam na liderança.

O frasco explodiu, e uma névoa laranja se alastrou no ar.

Mesmo dali, inspirá-la era terrivelmente agonizante, e fazer isso com uma costela quebrada e um pulmão perfurado causava uma agonia cegante e enlouquecedora. Com base nos gritos à minha frente, era pior a seis metros de distância.

Felizmente, eu tinha outro frasco, um capaz de garantir que eu não sentiria nada.

Enfiei a mão no bolso e removi a poção antidor. Tremendo, engoli o conteúdo, uma mistura ligeiramente nauseante de ervas medicinais e algo enjoativamente doce. Fechei os olhos, sentindo o calor se espalhar pelo meu peito, e a dor imediatamente desapareceu.

Adiante, as corredoras haviam parado, caindo no chão na nuvem de veneno.

Comecei a me mover novamente, não a toda velocidade, mas simplesmente colocando um pé na frente do outro. Lágrimas escorriam pelo meu rosto enquanto eu me arrastava através da nuvem alaranjada. A névoa se dissipou, e as outras feéricas — aquelas com dois pulmões funcionando — estavam me ultrapassando novamente. Eu avancei com dificuldades, tentando acompanhá-las, arrastando-me para mais perto do castelo sombrio na colina e das equipes de filmagem que aguardavam.

Quando uma princesa de cabelos pretos passou por mim, ela me dirigiu um olhar fulminante, mas, a essa altura, parecia cansada demais para atacar.

Uma por uma, as outras competidoras cruzaram a linha de chegada enquanto alguém chamava seus nomes com uma voz estrondosa. Uma trombeta soou, e a multidão gritou.

Enquanto meus pés batiam com força na terra gelada, meu olhar se concentrou nas arquibancadas.

O rei estava sentado calmamente em um estrado elevado coberto com seda, usando uma coroa de prata e rodeado por guardas.

Mesmo que eu não pudesse sentir a dor de meu pulmão perfurado, minha respiração saía áspera, com um chiado. Minha cabeça girava devido à falta de oxigênio.

Uma gota de sangue caiu de meus lábios na neve, mas parecia muito distante, como se vista através de uma camada de sombras.

A escuridão tomou conta de minha visão enquanto eu desabava no gelo.

Em uma voz que parecia muito distante, ouvi o apresentador de TV gritar:

— ...a única feérica comum a passar para a próxima fase!

Ava

Quando abri os olhos, eu estava sendo carregada. Braços fortes me embalavam, e minha cabeça descansava no peito de um homem. Ele tinha um cheiro bom, como o de uma floresta ancestral com o mais leve indício de um riacho na montanha.

Gritos distantes flutuavam no ar. Não eram de agonia, como antes, mas de alegria.

Eu havia perdido?

Esses pensamentos estavam simplesmente flutuando ao longe como sementes de dente-de-leão ao vento, porque os efeitos da poção antidor estavam começando a desaparecer. O que antes era uma dor distante agora estava se transformando em algo ardente e agonizante.

Eu tossi, e um clarão branco tomou conta de minha visão.

Uma respiração aqueceu a lateral de meu rosto, e uma voz baixa sussurrou em meu ouvido:

— Você vai ficar bem. Eu cuido de você.

Aquele timbre intenso... Eu o reconheci, mas não poderia ser Torin, não é? Abri os olhos, e minha visão embaçada focou um rosto perfeito — maçãs do rosto acentuadas pelas sombras, olhos claros olhando diretamente para a frente.

— Torin? — murmurei com uma voz rouca.

— Não fale — disse ele. — Elas te deram uma surra, exatamente como eu temia. Você está gravemente ferida.

Tentei formular as palavras para perguntar se eu ainda estava concorrendo aos cinquenta milhões, mas minha respiração seguinte ardeu como se eu estivesse engolindo cacos de vidro.

Nesse exato momento, eu estava começando a pensar que talvez aquilo não valesse o dinheiro. Que talvez tudo aquilo tivesse sido mais uma má decisão em meio a uma vida inteira de más decisões.

Torin olhou para mim, e se eu não estivesse por dentro de toda a situação, diria que sua testa parecia franzida de preocupação por mim. O que fez com que eu me perguntasse se estava prestes a morrer, e ele, a ter seu grande plano fracassado.

Quando ele segurou a lateral de meu rosto, sua pele em contato direto com a minha, pude sentir sua magia deslizando sobre mim. Baixinho, ele murmurou na língua feérica, um ronronar grave e hipnótico que vibrou sobre minha pele. Havia algo rítmico na maneira como ele entoava, sua pele reluzindo com a magia. Era fascinante e me fazia pensar em tambores tocando e fogueiras ardendo sob um céu estrelado.

Seus olhos se fixaram nos meus, e sua mão desceu da lateral de meu rosto até meu peito, bem entre meus seios. Meu coração acelerou. Se as circunstâncias fossem diferentes — se eu não soubesse que tudo aquilo era falso e se minha vida não estivesse uma bagunça completa —, eu com certeza me apaixonaria por aquele homem.

E com cada palavra que ele murmurou, com cada toque suave de seus dedos, a dor começou a diminuir, meus músculos ficando mais flexíveis e relaxados. Eu sentia como se o rei Seelie estivesse no controle total de meu corpo agora, orquestrando minha cura como um artista. E eu não odiava essa ideia tanto quanto deveria.

Eu me perguntei se ele conseguia ouvir meu coração disparado de novo, porque aquele tipo de magia que ele possuía tinha um toque perturbadoramente sensual, e eu sentia como se meu corpo estivesse preenchido, mesmo que ele mal estivesse me tocando.

Ele abaixou o rosto, seu olhar encontrando o meu. Analisando-me de novo. Lendo as reações de meu corpo. Ele não estava simplesmente tirando a dor de mim — sua magia estava fluindo *para* mim. Do ponto em que sua mão tocou meu corpo, tentáculos de calor deslizavam para meu peito, descendo até alcançar o centro de mim.

Imagens de Feéria tremularam em minha mente — seguidas por imagens indesejadas de como eu o imaginava sem camisa, caçando na floresta. Não caçando para matar. Caçando para foder, para fazer as mulheres gemerem e preenchê-las com o poder que ele extraía da terra.

Pelos deuses, o *poder* bruto dele era como estar em contato com a própria terra...

Fechei os olhos, cada vez mais consciente da sensação de minhas roupas molhadas contra minha pele, grudadas em mim, e tive a sensação perturbadora de querer arrancá-las. De querer que ele *me* visse nua, que usasse sua boca em mim, em vez de suas mãos... Uma verdadeira festa Seelie.

Mas me recusei a aceitar o anseio que estava crescendo em mim, porque eu não me apaixonaria mais por idiotas.

Andrew. Pense em Andrew. Mas, na minha mente, eu só conseguia ver Torin rasgando minha calcinha, abrindo minhas pernas e me empurrando em um ritmo forte e rápido contra um carvalho até eu esquecer meu nome.

Maldição, eu só estive com ele um único dia, e isso foi o suficiente para me fazer cair nas graças de um homem bonito. Não havia feito uma promessa para mim mesma?

Eu me sentei, cerrando os dentes, e tirei sua mão de cima de mim.

— Já chega — falei, recuperando o fôlego. Puxei as cobertas sobre meu peito como se eu estivesse nua, apesar de ainda estar totalmente vestida. Enquanto estava tentando recuperar o controle sobre mim mesma, minha voz soou furiosa. Até mesmo imperiosa.

Torin arqueou uma sobrancelha, surpreso.

— Eu ainda não tinha terminado.

— Já me sinto bem. Pode ficar longe de mim. — Eu acenei com a cabeça para a porta. — Preciso dormir, obrigada.

Minha voz nunca havia soado tão empertigada e recatada, como a de uma bibliotecária irritada em um convento.

Inferno! Talvez ele tivesse razão sobre eu julgar tudo e todos.

Minha mente voltou para nossa conversa anterior, em que eu estava tirando sarro dele por odiar festas. Mas quem estava sendo puritana agora?

Ele havia dito "uma verdadeira festa Seelie".

E agora eu entendia exatamente o que ele quis dizer.

ACORDEI EM LENÇÓIS MACIOS e limpos. Respirei fundo. Uma brisa fresca percorreu minha pele. Shalini estava sentada em uma poltrona de seda, banhada pela luz do sol.

Ela olhou para mim, e seus olhos brilharam. Ela fechou o livro que estava em suas mãos.

— Você acordou!

Toquei meu peito, meu olhar percorrendo os livros que tomavam conta do pequeno cômodo. Eu havia sido levada de volta para o quarto onde dormira na noite anterior. Inspirei profundamente, aliviada ao descobrir que a dor havia quase cessado, então estremeci um pouco, sentindo os machucados em minhas costelas.

— Acho que estou melhor.

Ela se levantou.

— Espere um segundo. Você pode falar com o médico especialista. — Ela foi até a porta e acenou para alguém.

Um instante depois, Torin estava entrando no quarto, e seu olhar penetrante pousou em mim.

Engoli em seco.

— Você não me disse se eu passei.

— Por pouco — disse ele. — Duas costelas quebradas e um pulmão perfurado. Quando você cruzou a linha de chegada, o órgão já estava colapsando. Você poderia ter sufocado ou sangrado até a morte. — Ele arqueou uma sobrancelha. — Foi a última a chegar. Você quase que não cruzou a linha a tempo, mas conseguiu.

Soltei um suspiro longo e lento.

— Ah, graças aos deuses!

Torin se sentou ao meu lado na cama, e senti o colchão afundar com seu peso.

— Diga-me se dói quando eu toco.

Ai, céus! Lá se vai minha contenção.

— Certo... — falei lentamente, sem saber se isso me levaria para algum tipo de espiral indesejada de luxúria. Comecei a me levantar, mas ele ergueu a mão, sinalizando para que eu continuasse deitada.

Torin puxou meus lençóis, e eu olhei para minha camisa encharcada de suor. Ele deslizou as pontas dos dedos sobre minhas costelas do lado direito. Uma linha de expressão se formou entre suas sobrancelhas enquanto ele se concentrava.

— Isso dói? Você não me deixou terminar de curá-la por razões que eu, francamente, adoraria investigar.

Eu não diria.

— Dói — falei, estremecendo quando ele tocou minhas costelas abaixo do peito. Ele estava tentando ser gentil, mas, ainda assim, era como se eu estivesse sendo esfaqueada. — Você está treinando para ser médico ou algo do tipo?

— Aqui em Feéria, aquele com a magia mais forte é o melhor médico, e eu tenho a magia mais poderosa do que qualquer outro feérico neste reino. Você deve tê-la sentido.

— E as mulheres com membros decepados? — perguntei.

— Elas não cruzaram a linha de chegada a tempo, então se recuperarão em seja lá qual for a cidade de feérica comum de onde vieram.

Minhas sobrancelhas se ergueram. *Frio demais*. Assim que eu recebesse meu dinheiro, estaria fora daquele lugar. Sempre suspeitei dos feéricos, mas nunca havia entendido completamente quão assustadores eles eram.

Ele fez uma pausa, um brilho malicioso ardendo em seus olhos.

— A não ser que haja um motivo para que você tenha medo de que eu fique perto de você, Ava.

— Não seja ridículo. Só não preciso de alguém me importunando o tempo inteiro. — Era minha voz *empertigada e recatada* novamente, uma que eu nunca havia usado na vida. Agora eu era uma governanta vitoriana profundamente reprimida.

Ele tocou a lateral de meu corpo, e sua magia deslizou para dentro de mim. Uma centelha de calor ardeu em meu interior, e puxei o ar com força. Uma sensação de calmaria tomou conta de mim, como água morna escorrendo pela minha pele, fazendo meus músculos relaxarem. Então sua magia tomou conta de meu corpo, fazendo-me sentir preenchida e curada com sua essência, seu poder primordial...

Era uma sensação divina que fazia meus membros parecerem lânguidos e flexíveis, e apesar do que a governanta vitoriana estava dizendo em minha mente, meu verdadeiro eu não queria que acabasse.

— Você deve estar totalmente curada agora. — Ele me deu um meio sorriso e, então, tirou aquela magia deliciosa de mim. — Estou impressionado por você ter se arrastado até a linha de chegada.

Balancei a cabeça, e uma imagem sombria tomou conta da minha mente — as duas mulheres com suas pernas decepadas, gritando sobre as poças do próprio sangue.

— Foi um bom dia para nós dois, então. Eu ainda posso ganhar o dinheiro, e você ainda tem uma rainha em potencial, sem nenhum envolvimento emocional complicado.

Sua expressão era ilegível.

— Exatamente como deveria ser para um rei.

— Foi tudo tão brutal hoje! — falei. — Você já pensou em proibir mutilações e tentativas de assassinato durante as provas?

Ele desviou o olhar para a janela.

— Esse não é o jeito feérico, Ava. Não tente nos mudar só porque você viveu alguns anos entre humanos insípidos, com todo o conforto que a cultura deles implica. Somos criaturas da Caçada Selvagem e nunca poderíamos ser outra coisa. Se você acha que estamos indo longe demais, é simplesmente porque você está vivendo uma mentira sobre sua própria natureza. — O canto de sua boca se curvou. — Porque, por baixo de tudo, você é tão perversa quanto o restante de nós.

E, com isso, ele se levantou e foi até a porta. Dei uma olhada ansiosa para Shalini, e pela primeira vez ela parecia nervosa também. Ela deu de ombros casualmente, mas pela ruga em sua testa, eu sabia que ela estava se perguntando se tínhamos tomado uma má decisão ao ir para lá.

Torin parou na porta e olhou para mim.

— Voltarei mais tarde. Precisamos nos preparar. Porque se você achou que a competição de hoje foi brutal, não sei se sobreviverá ao que vem em seguida.

Uma névoa fria de pavor me envolveu, e agarrei meus cobertores.

Pelo menos eu não estava mais pensando em Andrew.

Ava

Já era tarde quando acordei. O sol do entardecer entrava pela janela, enchendo o quarto com uma luz cor-de-mel. A claridade banhava de dourado as lombadas dos livros antigos e o cobertor de pelagem preta e lançava longas e profundas sombras azuladas sobre o chão de pedra. Aqui, até a luz parecia encantada... mais intensa e vibrante.

Eu me levantei da cama lentamente, passando a mão pelas costelas para verificar se havia locais doloridos. A dor havia praticamente desaparecido, restando apenas o leve desconforto de um hematoma, no máximo.

Olhei para baixo e me senti ligeiramente enojada ao descobrir que ainda usava minhas roupas de corrida. Mas ao menos não havia ninguém por perto para me julgar.

Ainda meio desconcertada, entrei no quarto maior e encontrei Shalini esparramada em sua cama, lendo um livro. Ela olhou para mim com um sorriso.

— Olha só pra você, já está melhor.

Minha cabeça latejava como se eu estivesse de ressaca.

— Quase. — Eu me joguei na cama ao lado dela, fechando os olhos. A cura do rei Torin parecia ter funcionado, mas havia deixado meus músculos e a cartilagem entre minhas costelas dolorosamente sensíveis. — Você já ficou sabendo de alguma coisa sobre a próxima prova? Torin deu a entender que seria mais brutal do que a primeira.

— Merda! Não, não fiquei sabendo de nada. Aeron veio aqui mais cedo para trazer a comida, mas foi só isso.

Meu estômago roncou, e me sentei. Ao lado da porta, havia uma pequena mesa de madeira com bandejas de prata com tampas em forma de cloche.

— Tem frango e algum tipo de salada de ervas com flores — disse Shalini. — Surpreendentemente gostoso — acrescentou ela.

Saí da cama, me aproximei da mesa e retirei uma das tampas abobadadas. A comida parecia requintada, a salada em tons exuberantes de primavera e pôr do sol — verde, violeta, laranja, amarelo e roxo. Peguei um prato e fui até uma escrivaninha para comer. Coloquei uma pequena flor amarela na boca, que estava temperada com um vinagrete de laranja picante.

A preocupação se agitava no pano de fundo de meus pensamentos.

Vamos esperar que Torin me mantenha viva até que isto termine.

Quando terminei de comer, entrei no banheiro e abri a torneira da banheira vitoriana. Lá fora, um pôr do sol carmesim e sombrio manchava o céu, tingindo a neve de vermelho. Tirei as roupas sujas de corrida e mergulhei meus pés na água quente.

Deslizei para dentro da banheira, minha pele ficando rosada enquanto o vapor me envolvia. Aquele não era o meu lugar. Até as pedras escuras do castelo me diziam isso. Apesar de minhas orelhas e de minha constituição genética, eu era totalmente humana — filha de Chloe.

Quando fechei os olhos, continuei tendo visões de sangue escorrendo pela neve.

Expulsando essas imagens de minha mente, estiquei os braços sobre a cabeça, deixando a água quente escorrer pelo meu corpo, lembrando-me da sensação da magia de Torin. Agora eu podia sentir os nós e o aperto em meu peito se afrouxarem. A pele sobre minhas costelas estava imaculada e sem hematomas. O toque curador de Torin havia sido milagrosamente eficaz.

Peguei um sabonete e o passei em meu corpo. Cheirava a pinheiros e a terra molhada depois da chuva.

Só quando a água começou a esfriar, me arrastei para fora da banheira. Sequei o cabelo e o corpo com uma toalha. Com o corpo ainda úmido, entrei no quarto principal e descobri que não estávamos sozinhas. Torin havia voltado e estava acomodado em uma poltrona aveludada.

— Precisamos treinar. — Ele pegou um frasco de prata e deu um gole. — Está pronta?

Eu o encarei.

— Eu pareço pronta?

— Vá se vestir, Ava. Vamos tentar garantir que a próxima provação seja melhor do que a de hoje. — Ele acenou com a cabeça para uma pilha de roupas brancas e limpas, cuidadosamente dobradas onde antes estava a comida. Ele se levantou da poltrona e guardou o frasco de volta no bolso. — A quinhentos metros do castelo, você vai encontrar uma clareira na floresta. Um cemitério. Procure pelas tochas acesas nos galhos das árvores. Eu estarei lá.

Quando a porta se fechou atrás dele, me virei para Shalini, ainda agarrando minha toalha, e franzi a testa.

— Como ele é mandão.

— Ele é *mesmo* um rei feérico com poder mágico quase ilimitado, então... acho que é o esperado.

— Mas um cemitério? — Peguei a pilha de roupas da mesa. — Ele pelo menos disse o que vamos fazer?

— Nem uma palavra. — Ela pulou da cama e vestiu uma capa. — Mas eu vou com você.

— Por que não fica aqui no quentinho? — Eu conhecia Shalini o suficiente para não insistir e começar a me vestir.

— Porque eu vim para cá em busca de uma aventura, e não vou atingir meu objetivo lendo livros. Apesar de as partes de sacanagem serem realmente muito boas. — Ela sorriu de orelha a orelha.

Vesti uma calça, uma camisa e uma capa. Todas brancas. O traje perfeito para se misturar à neve lá fora.

— Se eu morrer durante a próxima provação, será que você poderia ficar aqui e convidar Aeron para sair?

— Que tal não pensarmos sobre isso?

Fiz uma careta para a capa vermelha de Shalini, pensando naquela rainha inglesa medieval que escapou de um cerco de inverno camuflada em roupas brancas.

— Se você quer vir comigo, precisa estar vestida de acordo. De branco. Acho que não deveríamos ser vistas, ou as princesas podem me dar um chute nas costelas de novo.

Shalini inclinou a cabeça e um brilho caloroso surgiu em seus olhos castanho-escuros.

— Escute, Ava, aqui é um pouco mais assustador do que eu imaginava, mas acho que você só precisa entrar na onda. No final das contas, você é feérica. Eu vi vídeos de Moria e das outras princesas na internet. Elas não vão poupar ninguém. Você precisa ser tão brutal quanto elas.

— Bem, hoje eu *realmente* envenenei um punhado de pessoas com gás mostarda ou algo do tipo — admiti. — O que é algo que nunca esperei fazer na vida.

— Muito bem. Se vierem atrás de você de novo, mire na jugular. Porque é você ou elas, e eu *realmente* prefiro você.

Segurei minha capa com força enquanto atravessávamos a paisagem escura e o vento gelado fazia minhas bochechas arderem. Shalini havia encontrado uma capa branca grande demais para ela e caminhava ao meu lado. Eu conseguia ouvir seus dentes batendo, mas ela não reclamou uma única vez. Adentramos a floresta escura. O luar penetrava através dos galhos congelados.

— O que você acha que as princesas estão fazendo agora? — perguntou ela.

— Tomando um banho quente, talvez. E bebendo champanhe. Comemorando suas vitórias.

— E é isso o que vamos fazer depois de sua próxima vitória — disse ela alegremente.

A animação em sua voz tinha uma pontada de fingimento, e apreciei o esforço. Eu sabia que ela estava preocupada com o rumo que tudo aquilo tomaria, mas ela estava fazendo o possível para não demonstrar.

Entre os troncos escuros das árvores, uma luz quente tremeluzia. À medida que nos aproximávamos, olhei para as fitas e os enfeites que decoravam os galhos. Parei para olhar um dos amuletos brilhantes que balançavam na brisa. Uma pequena moldura dourada envolvia o retrato de uma linda mulher em um vestido de gola alta. Joias, bugigangas e chaves mestras balançavam nas extremidades de fitas de seda, e pequenas esferas abrigavam pequenos brinquedos. Alguns dos retratos eram rostos de crianças. Eu não sabia o que tudo aquilo significava, mas um arrepio percorreu minha espinha.

Parei mais uma vez para olhar um dos pequenos retratos ovais que balançavam ao vento. No verso, alguém havia escrito:

Venha, oh, criança humana!
Para as águas e para a floresta.
Com uma fada, de mãos dadas,
Pois o mundo está mais cheio de mágoa
Do que você pode entender.

A tristeza das palavras penetrou profundamente meu âmago, e precisei de um momento para perceber que já as conhecia — era um poema de W. B. Yeats, chamado "A Criança Roubada".

— É impressão minha — sussurrei —, ou este lugar é assustador?

— Não é impressão sua — sussurrou Shalini de volta.

— Uma floresta cheia de fotos de crianças penduradas em árvores é, sem sombra de dúvidas, algo assustador pra caralho.

— Ava... — a voz de Torin flutuou no vento, fazendo meu coração acelerar.

Segui as luzes bruxuleantes até alcançarmos uma clareira. Lápides tortas se projetavam da terra coberta de neve como dentes monstruosos. Quando olhei com mais atenção, vi desenhos de caveiras talhados acima do texto.

Por toda a clareira, fitas e bugigangas pendiam das árvores, algumas delas tilintando quando se chocavam ao vento. Nas sombras de um carvalho, Torin estava ao lado de Aeron.

Ele deu um passo à frente, e vislumbrei duas espadas em suas mãos.

Segurei minha capa como um escudo.

— O que estamos fazendo aqui?

Ele ergueu uma das espadas e a jogou para mim. A arma fez um arco no ar, e corri para pegá-la pelo punho, surpresa ao descobrir que era muito mais pesada do que eu estava acostumada. Bem, era uma espada *de verdade*, não uma moderna, como aquelas com as quais eu praticava.

— Você não é fã dos protocolos de segurança de esgrima, não é? — falei.

Torin marchou pela neve, passando por cima de uma lápide que, perturbadoramente, parecia pertencer a uma criança pequena. Ele alcançou uma área aberta, um círculo limpo e coberto de neve, cercado de lápides. Outrora, talvez tivesse existido um templo ou uma igreja no local.

O canto de sua boca se curvou.

— Eu sei que você é campeã de esgrima, mas isso foi entre os humanos. Preciso ver como você se sai em nível feérico.

Eu me impedi de argumentar que eu obviamente era boa, porque a verdade era que os humanos não são tão rápidos, fortes ou hábeis quanto os feéricos. Talvez ele tivesse razão.

— Por que estamos em um cemitério no meio da floresta? — perguntei. — Que lugar é esse?

— Estamos aqui porque ninguém vem aqui. — Torin começou a se aproximar de mim, elegante como um gato. Quando estávamos a poucos metros um do outro, ele parou e olhou em volta, como se estivesse percebendo a estranheza pela primeira vez. — É o antigo cemitério de peculiaridades.

— Peculiaridades? — perguntou Shalini. — O que é isso?

— É como costumávamos chamar os humanos que trazíamos para cá. Há muito tempo, feéricos ricos traziam jovens peculiaridades humanas para o nosso reino e as criavam. — Ele deu de ombros. — Estava na moda há centenas de anos. — Ele deu uma olhada para mim. — Você foi criada entre humanos.

— Vocês duas seriam consideradas peculiaridades — acrescentou Aeron. — Criaturas exóticas de um outro mundo. Mesmo que uma de vocês tecnicamente seja feérica.

— Não — disse Torin, com os olhos fixos em mim. — Ava é uma criança trocada, é claro.

— Calma aí — falei. — Então os feéricos... sequestravam crianças humanas?

Torin suspirou.

— Elas eram muito bem cuidadas. — Seu olhar deslizou sobre uma fileira de lápides minúsculas. — Pelo menos, *tentávamos* cuidar delas. Humanos são tão frágeis que isso nos confunde. Eles realmente morrem com muita facilidade.

— Era uma outra época — acrescentou Aeron, dando de ombros.

Torin assentiu.

— E os feéricos que pegavam as peculiaridades geralmente deixavam para trás, em troca, uma criança feérica com os pais humanos. As crianças trocadas geralmente eram feéricos excêntricos e selvagens que não serviam pra nada aqui em Feéria. Mas eram glamourizados pra se parecerem com bebês humanos, então as famílias nunca souberam de nada. — Ele inclinou a cabeça enquanto olhava para mim. — Como você, Ava.

— Eu não sou isso aí — retruquei. Merda. Será que eu não era mesmo?

Torin ergueu sua lâmina e a inspecionou à luz da Lua.

— Sinceramente, na verdade, foi uma evolução nas relações entre feéricos e humanos, já que há um milênio costumávamos arrancar os olhos e a língua de qualquer humano que nos avistasse na floresta.

— Perfeitamente razoável. — *Lugar maldito...* — Podemos simplesmente continuar com a esgrima?

Ele assentiu e apontou para o chão a alguns metros de distância.

— Comece ali. — Ele olhou para Shalini e Aeron. — Acho que seria melhor se vocês saíssem do caminho. Vamos nos mover bastante.

— Certo. — Eu me aproximei dele, erguendo a espada com uma estranheza fingida. — É assim? Me confundo com facilidade, porque passei todo meu tempo com peculiaridades, e não com gente de verdade. — Balancei a arma como se fosse um mata-moscas.

Shalini deu uma risada.

O rei Torin suspirou.

— Eu sinceramente não sei dizer se você está brincando ou não, então vou explicar. Seu objetivo é não ser perfurada.

Eu o encarei. Aquela não era minha experiência com esgrima competitiva, que não era de fato letal.

— Perdão, como é? Quais são as regras aqui? — Para o florete, a zona de ataque era o *lamé*, o colete que cobre todo o torso.

Para a espada, o alvo era o corpo inteiro. Para o sabre, acima da cintura. O sabre era uma arma cortante, mas os golpes de florete tinham de ser dados com a ponta. Eu estava acostumada a um conjunto *muito* específico de regras.

Com aquela espada, em Feéria? Eu não tinha ideia do que estava fazendo.

Ele inclinou a cabeça.

— Eu acabei de falar as regras. Tente não ser perfurada. E tente me perfurar. Quando fizer isso, você ganha um ponto.

Certo. Comecei a ir em direção a ele. Ele segurava sua espada de um jeito casual, e quando cheguei perto o suficiente, minha lâmina se chocou contra a dele.

— Não tente acertar minha espada — disse ele. — Sua intenção é me acertar.

Não esperei que ele terminasse de falar. O mais rápido que pude, ataquei seu peito com a ponta de minha lâmina, abrindo uma fenda de uns vinte centímetros em sua capa.

O rei Torin deu um pulo para trás, seus olhos fixos em mim, então um sorriso surgiu lentamente no canto de seus lábios.

— Bom. — Ele atacou imediatamente.

Dessa vez, desviei bruscamente, direcionando a lâmina dele para o chão. Então, antes que ele pudesse reagir, agarrei o cabo de sua espada e a arranquei de suas mãos. Eu a joguei para longe, e ela deslizou pela neve gelada. Dei um giro e pressionei levemente minha lâmina contra sua garganta.

Certo, aquele não era um movimento padrão de esgrima, mas aquela não era uma esgrima padrão — e me parecia que aquelas espadas eram medievais, e não os floretes leves com os quais eu praticava.

Ergui uma sobrancelha.

— Como estou me saindo?

Seus olhos azuis arderam na escuridão. Depois de alguns instantes, ele sorriu de volta para mim.

— Bem, talvez você tenha aprendido uma coisa ou outra entre as peculiaridades. Ou talvez você só se adapte rapidamente.
— Ele levantou a mão. — Aeron. Minha lâmina.

Aeron já estava ao lado da espada. Com a ponta do dedo do pé, ele fez com que ela voasse pelo ar com habilidade, e Torin a pegou sem esforço.

— Muito bem — disse ele, apontando a arma para mim.
— Desta vez, eu sei com quem estou lutando.

Ele ergueu o braço esquerdo, apontando a espada para mim com o direito. Fiz o mesmo, deslizando os pés para a posição inicial, com o pé direito na direção dele. Ele avançou, rápido como um raio, atacando com a ponta de sua espada. Eu desviei o ataque, conduzindo a lâmina dele para cima, sobre minha cabeça. Com um giro rápido, empurrei minha espada para a frente e o acertei no ombro. Apenas uma *minúscula* perfuração em sua capa, mas meu estômago se revirou enquanto eu a encarava.

— Desculpe.

As armas com as quais eu treinava não eram feitas para perfurar ninguém, mas em Feéria é claro que eram.

— Não se desculpe — grunhiu ele. — Melhor de sete.

— Três para Ava, zero para Torin — gritou Shalini em um tom que deixava óbvio que ela estava se gabando.

Desta vez, Torin foi mais cauteloso em sua abordagem. Ele me circulou cuidadosamente, atacando e fintando, testando meus reflexos. Esperei até que ele avançasse um pouco além da conta e fizesse um desvio um pouco brusco demais, e o acertei no joelho. Rapidamente, Torin pulou para longe, xingando em voz baixa.

— Mais alguma técnica que você queira me ensinar?

Ele sorriu de volta para mim.

— Fique viva.

Ele começou a me circular novamente, fintando e testando. Mantive minha estratégia defensiva, desviando de seus golpes, ficando fora do alcance de ataque. Mesmo que ele quisesse que eu fosse boa, eu conseguia perceber que ele era competitivo demais. Ele queria igualar o placar, e eu estava mais do que disposta a fazê-lo suar para isso.

— Muito bem. — Torin me dirigiu um sorriso travesso. — Vamos tentar com uma arma secundária. Aeron, me passe uma adaga.

Aeron, que aparentemente estava preparado para aquele pedido, jogou uma adaga curta na direção de Torin, que a pegou com a mão livre.

— E eu? — falei. — Será que eu poderia ter uma adaga de defesa também?

— Sua assessora por acaso tem uma? — Torin continuou a me circular, como um caçador rondando sua presa.

— Ela teria — falei —, se alguém tivesse nos avisado sobre o que faríamos aqui.

— Deixa comigo, Ava — gritou Shalini.

Pelo canto do olho, vi algo traçando um arco prateado no ar, e então, uma adaga mergulhou na neve aos meus pés.

A partir daqui, a luta começou de verdade.

Agora havia ficado bem claro que o rei Torin estava acostumado a lutar com duas lâminas, e eu não. Entre as *peculiaridades*, a esgrima era um esporte popular — mas praticado em estilo moderno e com uma única espada. Eu já estava fora de minha zona de conforto por estar andando em círculos na neve, em vez de em uma pista de esgrima. Adicionar uma arma extra a tudo aquilo era pedir demais de minhas habilidades. Ainda assim, dei o meu máximo na luta.

Eu defendi bem, mas Torin insistiu, empurrando-me até a beira da clareira. Eu estava prestes a cair de costas sobre a fileira de túmulos de crianças.

Enquanto eu perdia o equilíbrio, ele atacou, e não consegui defender. A ponta de sua espada perfurou meu ombro de leve.

Ele inclinou a cabeça.

— Pronto.

Irritada, ergui minha espada.

— Você ainda está perdendo por dois pontos.

Torin voltou para o centro do círculo, assumindo a posição inicial. Avancei em um ataque surpresa, mas de alguma forma ele estava preparado. Com facilidade, ele pegou minha lâmina entre a adaga e a espada e arrancou a arma de minha mão. Em meio segundo, ele perfurou meu outro ombro.

Cerrei os dentes, sentindo minha irritação aumentar. Mas mantive a boca fechada porque não queria ser uma má perdedora.

— Três a dois. — Seus olhos reluziam com divertimento.

— O próximo ponto empata.

A espada de Torin estava erguida, e seu sorrisinho sugeria que ele tinha plena confiança em si mesmo. Senti que ele sabia que tinha me decifrado, que sabia que o ponto final seria dele. Eu faria o meu melhor para garantir que não fosse.

Ergui minha lâmina, e Torin avançou imediatamente. Sua espada serpenteava em movimentos ondulantes, mas eu não estava acostumada a usar uma adaga também. Recuei, incapaz de prestar atenção em duas lâminas ao mesmo tempo.

Ele atacou com a espada, e eu defendi. Ele deferiu mais um golpe, e eu pulei para o lado, evitando sua lâmina. Ele se lançou sobre mim com a adaga, mas me abaixei sob seu golpe e ataquei com a minha. Infelizmente, Torin estava preparado e desviou minha lâmina com o cabo de sua espada.

— Não vai funcionar — disse ele, com uma arrogância que ignorava o fato de que ele havia quase errado o golpe.

Enquanto eu me equilibrava novamente, ele avançou e atacou com a adaga. De alguma forma, consegui defender, pegando a ponta da arma dele com a minha. Nossas lâminas se chocaram.

Torin empurrou, direcionando meu braço para baixo e sua própria adaga em direção ao meu pescoço.

— Renda-se — ordenou ele, em um tom grave e aveludado que me fez lembrar da magia dentro de mim.

— Não. — Meu braço tremia, e sua adaga se aproximava cada vez mais de meu pescoço. Ele usaria seu tamanho e força para marcar o ponto final. Nós dois sabíamos disso.

O que ele não sabia era que eu sempre lutava para vencer, inclusive com outras armas além de uma lâmina.

Levantei a perna e dei um chute em seu joelho. Um estalo perturbador soou, e o rei largou suas lâminas.

Lentamente, Torin caiu, apoiando-se em um joelho, os músculos de sua mandíbula se contraindo. O vento açoitava seu cabelo, e tive a sensação de que ele estava tentando se controlar.

Apontei minha lâmina para a garganta dele.

— Perdão, querido. Sem regras. Renda-se você.

Eu sabia que aquilo tinha doído, mas, como feérico, ele se curaria muito rapidamente. Afinal, ele não era como os frágeis humanos enterrados ali.

Torin olhou para mim. Lentamente, seus lábios se abriram em um sorriso encantador.

— Parece que eu realmente escolhi a pessoa certa.

Uma risada estridente chegou até nós, trazida pelo vento frio, e me virei para ver que uma recém-chegada havia se juntado ao nosso grupo.

Orla estava de pé nas sombras de um carvalho, e o vento agitava seus cabelos loiros.

— Querido irmão, parece que você escolheu uma das perversas. No entanto, cuide para mantê-la segura.

Torin se levantou, lançando um sorriso indulgente para sua irmã. Mas quando me virei para olhar para ela, Orla havia desaparecido, misturando-se à noite ao nosso redor.

Caí na cama, com meus dedos das mãos e dos pés dormentes de frio. A única luz no quarto vinha da lareira, que crepitava.

Sob o calor de meus cobertores, meus músculos começaram a relaxar.

O torneio de esgrima seria o evento final, dali a algumas semanas. Mas já que eu era a *única* feérica sem magia, Torin estava determinado a garantir que eu tivesse todas as vantagens possíveis em questão de habilidade. Eu treinaria com ele todas as noites.

O dia havia me esgotado. Era, literalmente, mais exercício do que eu fazia em uma semana no mundo humano.

— Shalini! — chamei. — Meu corpo inteiro dói.

— Cinquenta milhões — respondeu ela.

Certo. Justo.

E, independente do que Andrew e Ashley estivessem fazendo, eu duvidava que o dia deles tivesse sido tão interessante quanto o meu.

Naquela noite, não tive energia para procurar dragões no céu. Dei uma olhada rápida nas estrelas através das janelas, então fechei os olhos e caí em um sono muito profundo.

Ava

No sexto dia de treino com o rei, meus músculos doíam e hematomas cobriam nossos corpos. Torin havia parado de se conter depois que atingi seu joelho.

Sozinha, caminhei até o cemitério sombrio, onde o luar tornava a neve prateada. Eu estava aprendendo a ignorar o frio para poder lutar sem a capa e, assim, conseguir me mover com mais facilidade. Durante a luta, o esforço me mantinha suficientemente aquecida.

Encontrei Torin sozinho na clareira do cemitério, o vento agitando sua capa. Como sempre, levou duas espadas com ele. Assim que entrei no ringue coberto de neve, ele jogou uma delas no ar para mim. Pega de surpresa, eu quase não consegui agarrá-la pelo cabo.

— Me dê um minuto, Torin. — Irritada, desabotoei minha capa. Eu sabia que ele estava planejando algum tipo de ataque surpresa, então a arranquei rapidamente, jogando-a na neve atrás de mim.

Torin enrijeceu, seu olhar deslizando pelo meu corpo enquanto observava as roupas pretas justas que eu usava por baixo.

Ele estava me secando? Com quantas das outras concorrentes ele tinha feito aquilo durante a última semana? O rei certamente gostava de jogar esse jogo — e era por isso que nunca poderia ter um casamento de verdade. Desde que fosse apenas um acordo de negócios, ele poderia trair o quanto quisesse, sem culpa.

Seu olhar encontrou o meu novamente, e eu estava avançando, lançando um ataque através da terra coberta de neve.

Enquanto nossas lâminas se chocavam, ele manteve o olhar fixo em mim, seus olhos brilhando com algo que parecia empolgação. Eu estava começando a ter a sensação de que ele gostava daquilo, que o fazia se sentir vivo.

Ainda mais estranho, eu estava começando a me sentir da mesma forma...

Andrew fazia eu me sentir segura. Mas Torin? Ele fazia eu me sentir como se estivesse à beira de um precipício, prestes a cair. Com o coração acelerado e o sangue sendo bombeado, eu nunca me senti tão eufórica. O problema era que se tratava apenas uma descarga de adrenalina rápida, uma vela acesa que queimaria rapidamente. Não era bom se afundar nesses pensamentos, nem por um momento. Claramente, ele não era homem de relacionamentos.

De jeito nenhum eu me meteria em algo que com certeza terminaria em decepção. Meu coração partido mal havia se recuperado.

A respiração de Torin condensava em volta de sua cabeça enquanto ele empurrava sua espada para mais perto, quase cortando a lateral de minha barriga. Sua expressão era feroz, e seus olhos, ardentes.

Dei um pulo para trás e quase fui atingida por um galho coberto de neve.

Droga!

Eu me distraí por um momento, e Torin me pressionou contra um tronco.

Bloqueei seu ataque, mas sua espada pressionou a minha, prendendo-me contra a árvore.

O canto de seu lábio se curvou.

— Parece que tenho você exatamente onde eu quero, minha criança trocada favorita.

— Favorita? — Eu sorri de volta para ele. — Esqueceu que nos odiamos? Porque eu não esqueci disso.

— Mas, Ava... — Seu rosto estava bem próximo ao meu agora, com o luar e as sombras esculpindo as maçãs de seu rosto. — Seu total desprezo por mim é o que torna ainda mais empolgante o fato de eu ter você sob meu controle. — Seu joelho deslizou entre minhas coxas, seu rosto ainda mais perto agora. Nossas lâminas se aproximaram de mim.

— Pensar sobre seu completo desdém por mim torna tudo mais excitante — sussurrou ele.

Uma chama feroz e competitiva ardeu dentro de mim. Reunindo toda minha força, empurrei-o para longe. Mas eu já estava ficando cansada e me desequilibrei um pouco.

Torin atacou, e eu defendi, mas a força de seu golpe quebrou minha lâmina. Olhei para a espada quebrada por apenas uma fração de segundo antes de me desviar do caminho dele.

A essa altura, eu o conhecia bem o suficiente para entender que ele tinha total controle de sua espada e que nunca atacaria se achasse que realmente me machucaria. Mas a questão era que eu não queria perder.

Dei uma guinada à direita e o agarrei com força pelo pulso. Um chute forte na parte interna da coxa o fez se curvar, e eu torci seu braço para trás até que ele deixasse a espada cair na neve. Torin rapidamente se soltou de meu aperto e girou, erguendo os punhos como se estivéssemos prestes a começar uma luta de boxe.

Arqueei uma sobrancelha.

— Estamos prestes a trocar socos?

— Por que não? Não há regras aqui.

— Então não há problema em socar um rei em Feéria?

— Não, isso é uma infração passível de pena de morte. Mas eu não conto se você não contar. Aqui, nesta clareira, não existem regras. — Um sorriso sardônico. — E, como seu rei, ordeno que você jogue do jeito que eu quero.

— Você não é meu rei, mas tudo bem. — Ergui os punhos, sem ter muita certeza do que eu estava fazendo. Verdade seja dita, eu estava estranhamente atraída pela ideia de um combate corpo a corpo com um rei superior dos Seelie.

Aparentemente, essa é a receita para superar um término doloroso.

E talvez eu tivesse só um *pouquinho* de agressividade precisando ser liberada.

Corri para a frente, atacando primeiro. Ele bloqueou repetidamente, e meus dedos doíam como se estivessem quebrando contra seu antebraço.

Com um sorriso diabólico, o rei me atacou, mas eu levantei o braço, e o golpe me atingiu com força perto do cotovelo. Estremeci quando a dor irradiou até meu ombro.

Ele ouviu minha respiração ofegante e ficou imóvel. Seu sorriso desapareceu, e suas mãos abaixaram ligeiramente.

— Você está bem?

Acertei sua bochecha com meu punho, fazendo-o cambalear para trás. Mas quando seu rosto se voltou para o meu, ele estava com aquele olhar empolgado novamente.

— Então, realmente sem restrições.

— Isso mesmo. É claro que, como criança trocada, sou selvagem demais pra este reino. Não sei nada sobre restrições.

O vento agitava sua capa, e seus olhos ardiam com um brilho gélido na escuridão. Um sorriso surgiu em seus lábios.

Avancei mais uma vez para atingi-lo, mas ele segurou meu pulso com força e torceu meu braço. Agora foi a vez dele de torcer meu braço nas minhas costas. A posição e o movimento brusco doíam demais.

GEADA 159

— Você é surpreendentemente habilidosa — murmurou ele, próximo ao meu ouvido. — Para uma criança trocada.

Cerrei os dentes.

— Acontece que tenho tido uns probleminhas de raiva desde a noite em que conheci você. — Bati a parte de trás de minha cabeça em seu rosto, e ele me soltou. — E homens bonitos são meu alvo.

Exausta e machucada, eu me virei para encará-lo.

— Lá vai você de novo. — Ele arqueou uma sobrancelha. — Dizendo que sou bonito.

Com isso, o ar ficou ainda mais frio, o gelo penetrou em meus ossos. E, pelo brilho que reluzia no ar, não tive a menor dúvida de que era obra do rei. Mas como poderia reclamar de magia se fui eu quem declarou que ali não haveria restrições?

Eu me movi com força, tentando me aquecer outra vez, mas uma escuridão total se abateu sobre mim.

Atordoada e desorientada, cambaleei para trás, meu coração batendo com força contra minhas costelas enquanto o pânico tomava conta de mim. Merda! Era uma vulnerabilidade que eu nunca havia sentido.

Mas em um instante, meus sentidos retornaram. Como feérica, eu sempre fui capaz de sentir cheiros muito melhor do que os humanos — mas isto? Eu conseguia detectar todos os aromas em um raio de um quilômetro: a casca dos carvalhos, as agulhas dos pinheiros e os ninhos de coruja, o musgo congelado, até mesmo o cheiro da neve. E os sons: meus dentes batendo, o vento farfalhando entre as árvores e varrendo as lápides — e o som do coração acelerado de Torin, batendo quase no mesmo ritmo do meu.

E havia o cheiro dele, mais intenso e terroso do que o da floresta ao meu redor, com as mais suaves notas de um claro e rochoso riacho da montanha.

Eu não me sentia como uma simples criança trocada agora. Eu me sentia como uma caçadora. E sabia exatamente onde

Torin estava, a poucos metros de distância, seu coração batendo com força contra suas costelas, assim como o meu.

Ignorei o frio cortante e me lancei para a frente, mirando seu rosto novamente. No momento em que minha mão atingiu seu queixo, a magia desapareceu, e pude ver o olhar feroz de Torin mais uma vez.

Ele agarrou meu braço, torcendo-o novamente nas minhas costas, e me pressionou contra o tronco de uma árvore, seu corpo enorme encostado no meu. A casca era áspera contra meu rosto, mas a empolgação iluminou meus nervos. Lutar corpo a corpo com Torin era verdadeiramente viciante.

— Do que você tem raiva? — Tentei recuperar meu fôlego. — Você tem tudo que alguém poderia querer. Ou terá em breve, de qualquer forma.

— E você? — sussurrou ele em meu ouvido. — Quanta responsabilidade recai sobre os ombros delicados de uma *bartender* com um emprego medíocre?

Pisei com força em seu pé, e o aperto afrouxou. Empurrei meus quadris contra ele, fazendo-o se afastar.

Eu me virei e tentei acertá-lo com um soco, mas ele pegou meu punho, depois agarrou o outro e prendeu ambos os meus braços acima de minha cabeça contra o tronco da árvore.

Exatamente onde ele me queria — de novo. Senti um aperto no peito com seu rosto perto do meu, sua respiração quente na minha garganta. Com meus pulsos pressionados contra o tronco e seu corpo musculoso firme contra o meu, senti o desejo tomar conta de mim. Respirei seu cheiro terroso, meu sangue esquentando. A cabeça de Torin se aninhou na curva de meu pescoço, e eu o ouvi inspirar profundamente, absorvendo meu cheiro. Ele enrijeceu, pressionando seu corpo com mais força contra o meu, o joelho entre minhas coxas.

Eu sabia que, entre humanos, cheirar uns aos outros assim era estranho pra caralho. Mas era um instinto feérico, um que eu nem sabia que tinha. E embora fosse natural, no fundo, era também chocantemente íntimo.

— Não tenho responsabilidades? — Minha respiração estava ficando mais rápida. — Você não sabe nada sobre mim — falei, o ar frio castigando meus pulmões.

Ele ergueu o rosto novamente, e nossas respirações formaram nuvens de fumaça, que se entrelaçaram no ar gelado da noite.

— E você não sabe nada sobre mim. É por isso que é perfeita, minha criança trocada. E é por isso que anseio pela sua companhia. — Ele fechou os olhos, e seus lábios roçaram os meus.

Mesmo que o toque fosse suave, a sensação enviou um calor que deslizou por dentro de mim. O efeito foi instantâneo, como se eu estivesse derretendo sobre o gelo.

Com uma respiração brusca, ele se afastou, soltando-me.

— Desculpe — sussurrou ele. — Eu não deveria ter feito isso.

Eu o encarei, me perguntando o que diabos havia acabado de acontecer.

Era difícil respirar.

— O que estamos fazendo aqui? Você escolhe a vencedora. Por que preciso praticar tanto?

Ele se virou, entrando nas sombras, então fez uma pausa para me olhar.

— Quer ver uma coisa? Uma visão do meu reino? Eu tenho uísque.

— E você vai me contar todos os seus segredos e o porquê de eu estar aqui? — Eu o segui por um caminho sinuoso que nunca havíamos percorrido, parcialmente coberto de arbustos. A luz da Lua perfurava os galhos acima de nós e uma luz prateada se agitava na neve sob nossos pés.

Ele me lançou um sorriso irônico.

— Talvez. Mas vou te contar uma coisa, Ava. Preciso ter certeza de que você sobreviverá a este torneio. A provação final pode ser sangrenta, e é meu trabalho garantir que você sobreviva. Não preciso de mais mortes em minhas mãos. Não quero o fantasma de Ava Jones me assombrando. — Ele pegou um pequeno frasco prateado e deu um gole. — Já tenho minha cota de espíritos vingativos.

Soltei uma risada, e o ar frio castigou meus pulmões.

— Quantas mortes, exatamente, você tem em mãos?

Sua mandíbula enrijeceu.

— Se eu não escolher uma rainha, os números estarão na casa das centenas de milhares. E quanto ao passado... — Ele encontrou meu olhar, seus olhos ardendo na penumbra. — Espera-se que o rei participe de duelos em tempos de paz, e eu participei. Supostamente, um rei deve mostrar que tem o poder de derrotar monstros e demônios, mas, na verdade, serve para provar aos reis dos clãs que nenhum deles deveria pensar em se rebelar contra seu rei superior. Então eu matei feéricos nobres em duelos, um derramamento de sangue para manter a paz. Aqui em Feéria, o rei superior é como um deus. Mas devo provar isso a todos repetidamente.

Engoli em seco.

— E uma rainha deveria ser capaz de fazer o mesmo?

Ele olhou para mim de soslaio.

— Sim, e é por isso que continuamos praticando.

— Então, as mortes que te assombram são desses duelos?

Seus olhos reluziram na escuridão.

— Há uma morte que pesa mais em minha consciência, mas essa, minha querida criança trocada, é um segredo que morrerá comigo.

É claro, esse era o segredo que eu *precisava* saber.

Ele me passou o frasco, e eu dei um longo gole. O gosto turfoso tomou conta de minha língua.

A floresta escura começou a se tornar menos densa à medida que subíamos uma encosta íngreme e o vento açoitava as árvores. No topo da colina, a terra escarpada se inclinava em uma descida. A vista dali era de tirar o fôlego — uma região montanhosa cercando um vale que abrigava um lago congelado, prateado sob o luar. A neve cobria as encostas negras ao redor do vale, e castelos imponentes se projetavam de seus picos, luzes quentes brilhando de suas janelas à distância.

Eu encarei a beleza de Feéria.

— Puta merda!

Torin subiu em uma pedra grande, tirando a neve para abrir um lugar para mim. Galhos de carvalho formavam arcos sobre nós.

Tomei mais um gole de uísque e devolvi o frasco para ele.

— Você está no comando de tudo isso?

Ele apontou para as montanhas sombrias do outro lado do vale, onde um castelo escuro parecia se erguer das encostas irregulares.

— O pequeno reino dos Redcaps está ali. Até agora, seis jovens príncipes Redcaps me desafiaram em duelos.

— E os seis morreram?

— Quatro morreram. Dois sobreviveram, mas não podiam mais lutar. E, consequentemente, o pai deles, o rei Redcap, os executou.

— Ele matou os próprios filhos?

— Eu não vou para o reino dos Redcaps a menos que seja absolutamente necessário. O rei é horrível. — Ele apontou para um castelo de pedra clara nas encostas à nossa esquerda. — O pequeno reino dos Dearg-Due. Outrora, eles arrastavam humanos para o seu reino e drenavam seu sangue. Agora eles se contentam com caçar veados e alces. — Ele apontou para o lago cristalino. — Os Kelpies vivem ao redor do lago, em campos pantanosos. Antigamente, eles conseguiam se transformar em cavalos, mas não mais. Não dá para ver os outros reinos dos clãs daqui.

— É um lugar bonito.

— Mas rebelde. Em outra época, os clãs viviam em guerra entre si, e têm pouco em comum até hoje. É meu trabalho mantê-los unidos. Ter uma rainha, restaurar a vida em Feéria, é absolutamente necessário. — Ele me passou o frasco mais uma vez.

— E se um dia você quiser se casar de verdade?

— Não vou.

Meus dentes começaram a bater, e Torin se inclinou para perto de mim. Ele irradiava calor através de suas roupas, e eu o apreciei mais do que gostaria de admitir.

— Sabe, Ava — disse ele, suavemente —, pensei que você fosse uma bagunça completa quando te conheci. Obviamente. Mas não foi justo te julgar quando você vivia em um mundo ao qual nunca pertenceu.

— Também não tenho certeza se pertenço a este. — Suspirei.

— Pertencemos à nossa família. Mas não temos uma, não é?

Fragmentos de lembranças de minha mãe e do calor que eu sentia quando era pequena pipocaram em minha mente. Sempre quis chegar o mais perto possível dela.

Uma onda de solidão tomou conta de mim, e o frio penetrou em meus ossos.

Fiquei de pé, esfregando os braços, tentando me esquentar enquanto procurava minha capa de neve.

— Vou voltar. Você vem?

— Não, obrigado. Vou ficar aqui mais um pouco.

Coloquei minha capa, lançando um último olhar para ele antes de começar a caminhar pela neve. Ele estava sentado nas sombras escuras de um carvalho, seus ombros curvados. Flocos de neve caíam em espiral ao nosso redor.

O rei — o feérico mais poderoso que existe — parecia completa e totalmente sozinho.

19
Torin

Eu estava sentado na ponta de uma longa mesa, meu olhar percorrendo o belo trabalho de madeira do salão e as paredes vermelhas acima dos lambris. Armaduras antigas pendiam do mogno, e um piso quadriculado preto e branco se estendia diante de mim. O fogo crepitava em uma enorme lareira de pedra, deixando minhas costas desconfortavelmente quentes.

Meu olhar se voltou para a macabra tapeçaria na parede — a conquista Seelie dos demônios há três mil anos. Na imagem, o rei Finvarra erguia a cabeça decepada de um demônio de chifres dourado e olhos pretos. O que a imagem não mostrava era que os demônios nos amaldiçoaram. Após a conquista, os demônios nos condenaram a invernos intermináveis até aprendermos a mantê-los afastados com o poder de uma rainha e de um trono. Eles nos amaldiçoaram mais uma vez com os Erlkings, que apareciam a cada cem anos para espalhar sua morte gélida.

E quando tentamos fazer as pazes com eles uma última vez, amaldiçoaram toda a minha família. Cegaram Orla. Condenaram meus pais à morte. E me condenaram a assassinar qualquer mulher que eu amasse.

Mesmo sem a tapeçaria neste Grande Salão, eu jamais poderia esquecer os horríveis demônios com chifres e o que eles fizeram ao nosso mundo.

Servi-me de uma taça de vinho, meus pensamentos entrelaçando-se com a morte.

Meus pais lutaram contra os demônios neste Grande Salão, derramaram sangue neste chão de ladrilhos, mas esse não foi o primeiro massacre aqui. Há mais de mil anos, o Rei Superior Trian, governante dos seis clãs, realizou um banquete com dois príncipes dos Dearg-Due. Os jovens ameaçaram retomar suas terras ancestrais, e Trian prometeu paz. No meio do jantar, os criados trouxeram a cabeça decepada de um touro preto — nosso símbolo da morte. E, em vinte minutos, as cabeças decepadas dos Dearg-Due estavam penduradas com lanças nos portões de nosso castelo.

E era assim que um rei superior Seelie mantinha a paz: mantendo barrigas cheias e cortando gargantas quando necessário.

Mas nada dessa história poderia ser comparado ao horror do que estava diante de mim hoje.

E quando a equipe de TV humana começou a rolar seu equipamento do outro lado do corredor, meu estômago já estava embrulhando.

Nunca, em um milhão de anos, eu teria concordado com isso — uma refeição com cada uma das princesas e com Ava —, mas era uma parte muito específica do contrato. Sem isso, o acordo seria cancelado, e eu estaria preso a montanhas de dívidas novamente. Os humanos queriam nos filmar enquanto comíamos juntos para transmitir à sua nação de *voyeurs*. Eles chamaram isso de "a parte de encontros" do programa.

Esfreguei meu queixo com a mão, observando em silêncio enquanto colocavam os equipamentos de filmagem diante de mim. Certa vez, durante uma visita ao Palácio de Versalhes, no reino humano, descobri que o rei Luís XIV permitia que seus cortesãos tivessem conhecimento sobre sua vida íntima. Eles assistiam sua esposa dar à luz. E os observavam adormecer e acordar.

Aparentemente, era isso o que as pessoas queriam — acesso ao nosso mundo. Sentir-se como um de nós.

E por mais que eu odiasse essa ideia, faria o que fosse preciso para manter os Seelie alimentados e felizes.

Meus pensamentos vagavam enquanto os humanos se alvoroçavam ao meu redor, organizando luzes e prendendo um microfone em meu terno azul-índigo.

Dei mais um gole no vinho, meu olhar voltando-se para a porta. Os produtores não me disseram com qual mulher eu me encontraria primeiro, e quando dei por mim, percebi que estava esperando que fosse Ava.

Eles disseram a ela o que esperar de hoje? Ela deveria cozinhar para mim. Era ridículo. Uma rainha feérica não cozinhava — a realeza dispunha de pessoas para fazer isso por nós. Eu não conseguia nem imaginar Ava cozinhando, levando em consideração que ela parecia gostar de pedir comida.

Eu precisava tirá-la da cabeça. Como, exatamente, acabei permitindo que Ava mexesse tanto comigo? E por quê? Havia a aparência dela, é claro — seus lábios, que ficavam lindos quando ela estava emburrada, seus grandes olhos emoldurados por cílios escuros, seu corpo perfeito... a forma como seu coração disparava quando eu chegava perto dela e como suas bochechas coravam.

Mas muitas mulheres feéricas eram lindas e não haviam estabelecido morada na minha mente como ela. Talvez eu desejasse uma mulher que não desse a mínima para o fato de eu ser o rei. E tinha a questão de que ela parecia estar em guerra consigo mesma por causa de seu desejo por mim, o que me incitava a querer fazer as coisas mais obscenas possíveis com ela, como caçá-la pela floresta até que cedesse ao desejo e tirasse a roupa...

Claro, eu não podia desejá-la tanto, então reprimi esses pensamentos com força e os afastei.

Quando a porta se abriu no final do corredor, eu me vi olhando para Moria. Ela realmente sabia como chamar a atenção.

Usava um vestido que era como uma coluna de marfim. Seu cabelo cor-de-vinho, entremeado com vibrantes flores silvestres, contrastava fortemente com sua pele branca e macia. Fiquei de pé enquanto ela atravessava a sala, as câmeras voltando-se para ela enquanto captavam seus movimentos elegantes à medida que deslizava pelo chão como um espectro.

Ela era tão parecida com a irmã... mas eu não podia me dar ao luxo de pensar nisso agora.

Em vez de comida, ela trazia uma garrafa de vinho. Moria se aproximou e se sentou à mesa ao meu lado.

Também me sentei, com a coluna ereta, tentando ignorar as câmeras apontadas diretamente para mim.

— Agradeço por se juntar a mim, princesa.

Ela sorriu.

— Estou muito feliz em vê-lo novamente. Somos velhos amigos, não é? — Ela ergueu a garrafa de vinho. — Criado, abra isto.

Um criado surgiu das sombras com um saca-rolhas na mão.

— Não imagino que esperasse que eu cozinhasse, Majestade. — Ela se apoiou na mão, sorrindo para mim. — Que coisa mais ridícula!

— Eu esperava apenas sua graciosa companhia. — Antigamente, eu me sentia extremamente confortável perto de Moria. Mas agora eu só sentia a lâmina afiada da culpa.

— Bem, isso não foi tudo o que eu trouxe, é claro. O vinho provém de um vinhedo que pertence à minha família há milhares de anos. A certa altura, pertenceu à rainha Melusine, um dos meus antepassados.

— Seu histórico familiar é verdadeiramente nobre.

— Nobre... e cheio de uma longa história de consumo de sangue.

O que, francamente, me fez hesitar sobre o vinho, embora eu obviamente não pudesse recusar.

— Eu adoraria mostrar-lhe nossos castelos algum dia, Vossa Majestade. E os vinhedos nas terras dos Dearg-Due. — Moria sorriu. — Ouvi dizer que você é extremamente habilidoso em arquearia montada. É verdade? Deveríamos caçar juntos.

— Adoro cavalos.

O criado serviu duas taças de vinho e as deslizou sobre a mesa.

Ela ergueu sua própria taça, recostando-se na cadeira.

— A caça é minha atividade favorita. Eu a pratico todas as tardes. Tenho o mais lindo cavalo, Nuckelavee. Ao contrário de outras princesas, eu monto e atiro tão bem quanto um feérico do sexo masculino. Sou bastante criteriosa em meu julgamento sobre outras mulheres, e ouvi dizer que você também é. Por isso ainda não se casou, não é? Você é exigente.

— Tenho padrões extremamente elevados. — *Ou seja, não posso estar próximo de alguém que eu possa amar.*

Então será que eu estava cometendo um erro com Ava?

Não... sua opinião sobre mim foi bastante clara. Para alguém na minha posição, era estranhamente libertador estar perto de alguém que não demonstrava nem um pouco de respeito.

Um idiota rico e bonito... é tudo falso.

O olhar de Moria se aguçou, e imaginei que ela deve ter percebido que eu não estava prestando atenção.

Ergui as sobrancelhas, encorajando-a a continuar.

— De minha parte — disse a princesa —, não mudo minha opinião para agradar o sexo mais fraco. Uma feérica superior do sexo feminino deve ser tão habilidosa quanto um homem para me impressionar. Ela deve cavalgar e atirar com perfeita precisão. Deve ter um conhecimento requintado das obras clássicas dos feéricos. E, é claro, deve estar livre de qualquer tipo de escândalo ou desgraça pública.

— É claro. — Sobre o que ela estava falando?

Ela abafou uma risada.

— Qualquer demonstração grotesca de embriaguez e vulgaridade pública, por exemplo, tiraria alguém da minha lista. Eu nunca esperaria encontrar você em uma situação desse tipo.

Ela nunca diria isso se tivesse me visto duas semanas antes enquanto planejava aquele evento. E depois de hoje, eu realmente esperava estar completamente embriagado. Mas ali, esperava-se que eu fosse agradável e charmoso. Tedioso.

— É bem verdade — falei sem entusiasmo.

Então me perguntei se eu havia acabado de conspirar com sua ofensa pública a Ava.

— Uma mulher notável deve ter a voz como a de uma sereia — acrescentou a princesa — e formação clássica em harpa. Mas, além de tudo isso, ela deve ser graciosa e elegante, de porte majestoso, e uma conversadora brilhante e espirituosa. É claro que ninguém preencheria esses critérios. Tirando sua irmã, Orla, é claro, mas não consigo pensar em mais ninguém. — Ela suspirou dramaticamente.

— Ainda tem você, é claro. — Dei um gole no vinho, plenamente ciente de que era esperado que eu dissesse isso. Moria sempre adorou ser lisonjeada, e eu sempre fiz a vontade dela, como uma irmã mais nova que eu queria agradar. Mas agora? Era um ato de desespero para compensar o que eu havia feito.

— Ainda posso acrescentar mais um item crucial à sua lista. Ela deve ser uma lutadora implacável que está disposta a fazer o que for preciso para vencer.

Minha intenção era tecer mais um elogio para Moria, mas quando as palavras saíram da minha boca, uma imagem reluziu em minha mente — uma feérica linda e feroz com olhos violetas e bochechas rosadas de frio...

As bochechas da princesa assumiram um tom rosado, e ela tocou meu braço enquanto falava.

— Vejo que compartilhamos a mesma visão de mundo, Majestade. Somos realmente um ótimo par.

Ao longe, um sino tocou, o que entendi como o fim do nosso pequeno encontro. Eu me levantei, fazendo uma pequena reverência.

— Obrigado, Moria. Eu sempre aprecio nosso tempo juntos.

Enquanto Moria se afastava, os criados se apressavam, limpando a mesa novamente.

No momento seguinte, Etain, dos Leannán Sídhe, uma categoria de mulheres feéricas conhecidas por partir o coração dos homens, tornando-os uma sombra de si mesmos, estava atravessando o Salão Principal. Há também homens no clã — os Gean-Cánach —, embora eles mantenham distância de mim. Os quadris de Etain balançavam enquanto ela se aproximava. Trazia consigo uma tigela de cerejas, e sorriu de formal sensual. Seu cabelo, da cor de violeta e damasco, caía em ondas sobre seus ombros nus, e seu vestido preto realçava suas curvas.

Quando ela se sentou ao meu lado, seu joelho roçou minha coxa. Olhei para sua boca enquanto ela colocava uma cereja entre os lábios e a puxava do caule. Ela estava falando comigo, mas minha mente continuava divagando para a noite passada, quando eu estava sentado sob o carvalho com Ava, até que Etain colocou a mão na minha coxa.

— Eu realmente não dou a mínima para o que as outras pessoas pensam — disse ela, sua mão subindo pela minha perna. — Eu pego o que quero. E se eu quiser foder um rei em cima de uma mesa, não me importo com quem está assistindo.

Uma onda de calor seguiu seu toque, mas eu estava imaginando Ava dizendo essas palavras para mim, pensando em seus lábios carnudos contra os meus. Eu a pressionaria contra a árvore, minha linda e selvagem cativa, o som de seu coração disparado, sua respiração acelerada, tudo isso seria música para meus ouvidos.

Eu me esforcei para manter a compostura. Na presença de uma Leannán Sídhe, meus pensamentos estavam tomados pelo desejo. Eu estava imaginando como Ava ficaria nua na névoa ondulante de um lago aquecido, imaginando qual seria o sabor de sua pele despida. Ela me odiava, mas talvez, se eu conseguisse fazê-la gemer meu nome mesmo assim...

Qual era meu problema? Aparentemente, eu só me interessava por quem me odiava. Mesmo com aquela mulher lindíssima sentada ao meu lado, segurando minha coxa, meus pensamentos estavam na feérica que havia me chamado de idiota e falso, deixando claro que odiava homens.

Interessante.

Talvez fosse porque, no fundo, eu me odiava.

— As outras feéricas daqui são malucas pra caralho — disse Etain. — Você sabe disso, não é? Eu prefiro amar a lutar.

O apresentador do programa entrou na frente da câmera, sorrindo.

— Peço desculpas pelo linguajar, pessoal. — Ele deu uma risada nervosa. — Mas não podemos controlar os feéricos, não é? E é por isso que os achamos tão fascinantes. Agora o rei Torin escolheu mais uma princesa como sua próxima acompanhante, a princesa Cleena, uma das favoritas no torneio. Como parte desses encontros, pedimos às mulheres para que trouxessem alimento para o rei. Na tradição feérica, uma rainha é responsável por administrar a cozinha do castelo.

Ele olhou para o lado, gesticulando freneticamente para que alguém levasse a princesa Etain embora. Ao sair, ela ergueu o dedo do meio para a câmera.

— Agora, no mundo humano, eu me meteria em problemas por dizer que queremos que as mulheres permaneçam na cozinha. — Ele ajustou as abotoaduras da camisa, rindo. — Pelo visto, não posso mais chamar o passado de "bons e velhos tempos".

— E riu um pouco alto demais quando as portas se abriram mais uma vez e a princesa Cleena entrou.

Ela estava realmente linda em um vestido cor-de-narciso que realçava perfeitamente sua pele escura. Uma maquiagem cintilante brilhava sobre suas maçãs do rosto salientes.

Ela foi até a mesa, movendo-se languidamente. Assim como eu estava acostumado a ser obedecido, estava claro que a princesa Cleena estava acostumada a ser admirada.

O repórter disse, em um tom baixo e maravilhado:

— A princesa Cleena, dos Banshees, é amplamente considerada a princesa feérica mais bonita do último século, e ela está aqui representando o clã Banshee. Agora vamos torcer para que ela não grite comigo, porque todos nós sabemos o que isso significa. — Ele sorriu. — Significa morte.

Ela se sentou ao meu lado e sorriu.

— É tão bom ver você novamente, Vossa Majestade.

— Também é bom ver você de novo, princesa Cleena.

Ela suspirou.

— Mandei fazer algo para você, Vossa Majestade. — Ela acenou para alguém que estava por trás das câmeras. — Está bem aqui. — Um criado se apressou com o que parecia ser uma versão em miniatura de um bolo de casamento coberto por um pó dourado. — Dourado é minha cor favorita. — Ela sorriu para o bolo. — O bolo tem recheio de caramelo. — Ela sorriu para mim por um momento antes de focar novamente o bolo. — Se você não comer, eu como.

Ela pegou um garfo, o que, sinceramente, me impressionou. Foi até ali com um bolo delicioso e iria comê-lo, e não dava a mínima para o que eu achava disso.

Ela pegou um pedaço do bolo com o garfo e ficou imóvel, o garfo suspenso no ar. Seus olhos escureceram, e seus músculos ficaram tensos, seu olhar deslizando para a equipe de filmagem.

Ah, pelos *deuses*! Meu coração parou.

A princesa Cleena se levantou da cadeira, olhando para a câmera enquanto passava as pernas por cima da mesa, o vestido amarelo esvoaçando-se atrás dela. Ela voltou para o chão, seus movimentos elegantes enquanto se aproximava da câmera.

Ela abriu a boca e soltou um som assustador, uma canção de outro mundo, como se o inferno estivesse se revolvendo e todas as almas estivessem de luto ao partir. O horror sinistro do som penetrou até meus ossos.

— Christopher — chamou ela. — Christopher, onde você está?

A câmera girou, focando um homem magro de cabelos castanhos que segurava um microfone. Uma expressão de terror absoluto tomou conta de sua feição. A princesa Cleena se aproximou dele, chamando seu nome novamente.

— Christopher.

Ele soltou o microfone, que caiu com um estrondo alto, mas a princesa ignorou. Ela parou na frente dele, e o som trêmulo em sua voz ficou cada vez mais alto, até se tornar um grito insuportável e estridente.

Christopher ou alguém que ele amava profundamente iria morrer.

Quando a câmera se voltou para Cleena novamente, ela parecia ter se recuperado, sua expressão estava calma mais uma vez. Com um sorrisinho, ela voltou para a mesa, pegou o bolo dourado e sorriu para mim melancolicamente.

— Isso realmente parece muito bom, não é?

Parecendo satisfeita consigo mesmo, saiu da sala.

Mas o pobre Christopher estava sendo totalmente ignorado pelos produtores, porque um lacaio já trazia a próxima princesa.

Alice, princesa do clã Kelpie, entrou meio apressada na sala, segurando uma bandeja prateada com uma tampa abobadada. Seu cabelo reluzia sobre um vestido verde-esmeralda cravejado de pequenas pérolas. Quando se aproximou de mim, seus olhos estavam arregalados de nervosismo. Ela deslizou a bandeja sobre a mesa.

— Vossa Majestade. — Ela se sentou, sorrindo para mim, mas a expressão parecia forçada. — Eu trouxe um presente para você.

Retribuí sua saudação com o que eu esperava ser um sorriso tranquilizador.

— Que maravilha, Alice!

Ele puxou a tampa da bandeja.

— É um bolo de pêssego. Ouvi dizer que pêssego é sua fruta favorita. Eu mesma fiz. — Com as mãos trêmulas, ela pegou uma grande colher de prata e começou a servir a sobremesa no meu prato. — Eu colhi os pêssegos das árvores da estufa oriental. — Ela estava tropeçando nas palavras. Então, seu rosto assumiu uma expressão desolada. — Pretendia trazer um pouco de creme de leite para acompanhar, mas infelizmente o leite ficou rançoso. — Ela balançou a cabeça. — Talvez eu não devesse mencionar leite rançoso...

— O leite estava estragado? — interrompi, uma sensação de pavor tomando conta de mim.

— Sim. — Ela respirou fundo. — Está sempre estragando.

Balancei a cabeça severamente.

— Temo que seja obra dos bichos-papões. Eles irão embora quando tivermos uma nova rainha, junto com as outras magias sombrias.

A luz do fogo aqueceu suas feições pálidas.

— Estou tão feliz por você ter me permitido participar, mesmo com o meu passado escandaloso!

Eu a encarei. Literalmente não fazia ideia do que ela estava falando, e Alice não me parecia uma pessoa escandalosa.

— Bem, o que passou, passou.

— Ele era um pirata, sabe. Do clã Selkie. E ele quase tirou minha honra, mas você não precisa se preocupar, porque meu pai me resgatou antes que eu fosse arruinada para sempre. Chorei por semanas, Vossa Majestade. Não comia nem saía da cama. Meu coração foi totalmente partido. Realmente achei que ele me amava, mas descobri que ele já tinha arruinado muitas Kelpies ingênuas e estava atrás do meu dinheiro. Ele me deixou quase sem nada.

— Você não precisa me dizer isso — falei, de forma mais brusca do que pretendia.

— Mas agora eu tenho uma segunda chance no amor, não é? E eu adoraria ter filhos. Tantos quanto possível. Uma ninhada inteira de pequenos feéricos aprontando por aí. Eu ensinaria cada um deles a andar de pônei e, depois, de cavalo. E leria para eles todas as noites.

Mas, querida Alice, o amor verdadeiro não faz parte do plano.

Quando o sino tocou e Alice se levantou para sair, meu humor piorou. Toda aquela farsa era ridícula, exatamente como Ava havia dito quando nos conhecemos.

Meu olhar se voltou para Sydoc, que estava entrando na sala carregando em uma travessa o que parecia ser um bife cru.

De jeito nenhum eu tocaria naquilo, e tive receio de que pudesse ter origem humana.

Ela usava uma pequena boina vermelha sobre seus cabelos pretos e lisos, e um vestido vermelho elegante. Os saltos de suas imponentes botas pretas batiam no chão conforme ela caminhava. Chegando ao meu lado, ela deslizou a carne na minha frente, e o cheiro ferruginoso do sangue tomou conta de minhas narinas.

Seus cílios eram pretos como carvão e extraordinariamente longos.

— Vossa Majestade, você se lembra de ter me salvado anos atrás? Na floresta de Karnon, quando você estava caçando. Alguns bandidos Redcaps indisciplinados estavam me perseguindo. Você abateu todos eles.

Uma vaga lembrança surgiu dos recônditos de minha memória: uma mulher de cabelos pretos e vestido rasgado correndo, através da névoa e a toda velocidade, de três Redcaps selvagens, seus peitos nus manchados de sangue.

Minhas sobrancelhas se ergueram com a surpresa.

— Era você?

Ela assentiu.

— Então eu soube que deveria me casar com você. Porque você era alguém capaz de me manter segura.

Meu sangue gelou.

Ah, não, Sydoc. Esse alguém não sou eu.

— E você sabe como as coisas são no reino Redcap — continuou ela. — Quando minha irmã mais velha, Igraine, mostrou que não tinha sede de sangue o suficiente, meu pai a afogou no lago, e seu corpo foi pendurado nas muralhas do nosso castelo.

Senti o sangue ser drenado de minha cabeça quando comecei a me perguntar se havia dado liberdade demais aos pequenos reinos na elaboração de suas próprias leis.

— Mas a cultura aqui é tão adorável! — disse ela. — Há arte, música e livros. Não se trata apenas de quem você pode abater.

Inclinei a cabeça.

— Somente durante os duelos.

Ela tocou meu braço, seus olhos brilhando.

— Eu amei você desde o instante em que vi seu retrato pendurado em nosso castelo. E quando você me salvou na floresta de Karnon, não restaram dúvidas. Estamos destinados a ficar juntos. Nunca em minha vida eu me senti tão protegida. E você os abateu com tanta rapidez, tanta maestria!

Fiz sinal para o criado trazer de volta o vinho que Moria havia trazido, e ele me serviu mais uma taça cheia.

— Bem, vamos esperar que os torneios me ajudem a decidir quem seria a melhor rainha para todos os Seelie. Porque ela não será apenas minha esposa, mas rainha dos seis clãs.

Ela tamborilou na mesa com suas unhas compridas.

— Mas com certeza você percebe que há algo de errado com Ava, não é?

Agora *isso sim* me surpreendeu.

— Ava?

— Mais do que apenas ter vivido entre os humanos. É o jeito como ela se move... como Redcaps, somos caçadores. Estamos em sintonia com o movimento. E ela não se move como os humanos, nem como nós. Às vezes ela fica imóvel. Como uma estátua. É *inquietante*.

Minha criança trocada...

Eu me perguntei se aquelas eram apenas as palavras desesperadas de uma princesa que ansiava por nada mais do que escapar de seu mundo triste.

Eu amei você desde o instante em que vi seu retrato.

Mas eu sabia que não era verdade. Ela me via como sua chance para escapar de uma fortaleza sombria onde o cadáver de sua irmã pendia das paredes.

No momento em que Eliza, princesa dos Selkies, entrou no salão, eu já havia bebido mais da metade da garrafa de vinho de Moria e estava correndo o risco de desafiar a previsão de Moria de que ela nunca testemunharia qualquer demonstração de embriaguez grotesca ou pública de mim.

Eliza usava um vestido de baile azul-esverdeado, excessivamente ornamentado, que se arrastava pelo chão enquanto andava. Seu cabelo verde estava preso em um penteado no topo da cabeça, decorado com pérolas e conchas, e a luz da fogueira tremulava sobre sua pele escura. Ela caminhava com uma expressão determinada, os lábios pressionados em uma linha firme. Ela não parecia mais entusiasmada do que eu por estar ali, carregando uma torta com uma determinação sombria.

Puxei a cadeira para ela, que se sentou ao meu lado. Sem fazer contato visual, ela começou a cortar a torta.

— Ouvi dizer que você tem um paladar exemplar. E, da minha parte, faz muitos anos que não provo frutas vermelhas tão excelentes quanto estas, sem a vulgaridade de uma doçura em excesso.

Um criado deixou rapidamente dois pratos de porcelana sobre a mesa e desapareceu de vista. Eliza usou a faca para colocar um pedaço de torta no meu prato e franziu a testa quando ele se desfez.

— Parece incrível.

Por fim, ela olhou para mim.

— Eu estudei seus interesses, Vossa Majestade. Estive trabalhando em uma lista de seus livros favoritos e, apesar de poesia ser algo que eu não entendo, me esforçarei para apreciá-la.

Eu me servi de outra taça de vinho, deixando minha mente vagar. Onde será que alguém poderia encontrar uma lista sobre meus interesses?

— Percebo que seus olhos vagam enquanto falo — disse ela apressadamente. — Mas também sou da opinião de que um rei não pode parecer ansioso demais, por receio de demonstrar fraqueza. Eu o congratulo por sua força e sábia tomada de decisão.

Nunca na minha vida me senti tão aliviado como quando o sino tocou mais uma vez e Ava entrou no cômodo. Ela estava usando um vestido delicado cor-de-estanho. O material era transparente, mas tinha camadas suficientes para que eu ficasse desesperado para ver por baixo dele. Na verdade, o que eu queria era ordenar que todos saíssem da sala, rasgar aquele tecido delicado, abrir bem as pernas dela e explorar cada centímetro de seu lindo corpo. De algum jeito, pensei que eu sabia do que ela gostaria. E eu queria ensiná-la o que significava ser feérico, a submeter-se ao poder de um rei e se perder em êxtase...

Não, se eu não fosse amaldiçoado, a faria esquecer quem quer que tenha lhe ensinado que havia algo de errado em ser feérico. Ava tinha um ar de coração partido, e eu poderia fazer seu corpo pulsar de excitação até ela esquecer completamente o humano idiota que fora responsável por isso e meu nome ser o único a preencher seus pensamentos. Se eu não fosse amaldiçoado, iria fodê-la até ela esquecer o nome dele...

Ah, *pelos deuses*! Eu preciso parar. *Foco, porra!* Eu estava perdendo o controle. Porque eu era amaldiçoado, isso era um fato.

Mas certamente era apenas a luxúria saindo do controle. E o impulso de um rei para conquistar, domar e fazer com que seus súditos o adorem de corpo e alma.

Não era?

Ava

Entrei em um grande salão, com paredes esculpidas em carvalho e uma enorme mesa em formato de U. Meu olhar caiu sobre uma tapeçaria macabra, com a imagem de uma criatura demoníaca decapitada na floresta.

A equipe de filmagem estava no centro, suas luzes e câmera apontadas para o rei Torin. Ele se levantou quando entrei e acenou levemente com a cabeça, seus olhos claros demorando-se em mim.

Ouvi vagamente o apresentador da TV me apresentar, e, para meu horror absoluto, ele começou a lembrar aos espectadores sobre meu surto embriagado.

Eu me sentei na cadeira vaga, desejando poder desaparecer.

— E certamente nenhum de nós esperava ver Ava aqui. Afinal, ela se declarou uma feérica que jogava pelas regras dos humanos, além de ter considerado as provações embaraçosas. Se tem alguém que conhece o significado da palavra embaraçoso, esse alguém é Ava Jones. Seu surto mal articulado viralizou, e ela conseguiu conquistar o desprezo e a zombaria dos quatro cantos do mundo.

Deixei a cabeça cair em minhas mãos, com vontade de sumir.

— Nas palavras exatas dela — continuou o apresentador —, a vida do rei Torin é o nadir da civilização humana. Não me perguntem o que isso significa, mas acho que não é um elogio. Particularmente, quando ela disse que ele era um... — O apresentou se virou para Torin com um sorriso e depois olhou novamente para a câmera. — Bem, eu adoraria finalizar a linha de raciocínio dela, mas acho que não seria permitido na televisão em plena luz do dia. O verdadeiro questionamento é: será que Ava vai beber todo aquele uísque e nos vangloriar com mais um...

— Já é o suficiente, obrigado — a voz imperiosa de Torin à minha direita me surpreendeu.

Dei uma olhada para ele. A irritação estava estampada em suas feições, e seus olhos claros estavam fixos no apresentador.

— Parece que nosso solteirão real está ansioso para experimentar sua bebida — disse o anfitrião com um sorriso afetado.

— Longe de mim contradizer um rei.

Ele saiu do campo de visão das câmeras, seu sorriso desaparecendo instantaneamente.

Fiquei paralisada por um momento, minha mente ainda girando com a imagem que o apresentador havia descrito. É claro que, para aquele reduzido espaço de tempo, era uma imagem totalmente precisa transmitida para o mundo inteiro.

Mas uma única noite não é *tudo* o que eu sou.

Eu não podia nem por um minuto pensar no que Andrew havia achado daquela apresentação, ou isso me desestabilizaria completamente.

Eu me forcei a sair daquela espiral de pensamentos e dei de cara com Torin olhando para mim com uma expressão que poderia ser entendida como preocupação, suas sobrancelhas arqueadas.

— Estou ansioso para ver o que você tem pra mim, Ava — disse ele baixinho.

Respirei fundo. Forçando meu olhar para os ingredientes de coquetel disponibilizados para mim, entrei no modo *bartender*.

Diante de mim, havia uma garrafa grande de uísque de centeio, um recipiente menor de vermute, uma garrafa de Angostura bitter, um recipiente de isopor com o que eu esperava que fossem cubos de gelo, uma coqueteleira de aço inoxidável, um coador Hawrthorne, um copo medidor, uma faca de descascar, uma tigela de limões, uma taça Coupé e, para meu alívio, conforme as instruções, um pequeno recipiente de cerejas Maraschino.

— Você já bebeu um Manhattan? — Limpei a garganta. — Vossa Majestade?

— Não. — Torin ergueu as sobrancelhas. — Nomeado em homenagem à cidade dos humanos, presumo?

Eu sorri de volta para ele.

— Onde foi criado, há muito tempo. Nos velhos tempos vitorianos. E sei que você gosta de uísque porque foi o que pediu no Trevo Dourado.

— Não percebi que você estava prestando atenção.

— Ah, você tinha toda a minha atenção. — Eu sorri para ele, começando a esquecer o horror daquela apresentação. — Eu estava muito curiosa para ver o que você ia pedir.

— Uísque é um dos favoritos.

Balancei a cabeça, e me ocorreu que ele cheirava levemente a um uísque turfoso.

— Este é de centeio, mas acho que você vai gostar. E eu sou a *bartender* livre de responsabilidades e com um emprego medíocre perfeita para fazer o seu primeiro drinque.

Por incrível que pareça, ele me dirigiu um sorriso genuíno.

Abri a garrafa de centeio e coloquei duas doses de uísque na coqueteleira.

— Isso é o que os humanos chamam de coqueteleira. Uma de suas maiores invenções.

— Temos um tipo de coquetel aqui. Mas nós os fazemos com magia.

— Não temos magia no mundo humano, e é aí que os utensílios entram. — Adicionei uma dose de vermute na coqueteleira. — Isto é um vinho fortificado.

Torin observou em silêncio enquanto eu adicionava duas doses de Angostura bitter e pegava cinco cubos de gelo.

— Mexer é a maneira tradicional — falei. — Mas, assim como o grande James Bond, eu prefiro sacudir o meu.

— Interessante — disse o rei Torin, observando-me com atenção. Estava claro para mim que ele nunca havia visto ninguém preparar um coquetel da forma adequada.

Coloquei uma tampa de vidro transparente na coqueteleira e comecei a sacudi-la. O barulho parecia estranhamente alto, cubos de gelo batendo contra o metal, mas pelo menos eu me sentia confortável de novo. Shalini havia sido realmente inteligente me colocando para fazer algo que ela sabia que eu dominava.

Depois de agitar o coquetel, tirei a tampa e despejei o conteúdo na taça usando o coador Hawthorne.

— Você não vai preparar um coquetel para si mesma? — perguntou ele.

Sacudi a cabeça.

— O mundo inteiro já pensa que sou alcoólatra. Um coquetel às dez da manhã não ajudaria.

Torin riu.

— Considerando todo o vinho que já bebi esta manhã, eu é que deveria estar sendo julgado.

Quem ele estava tentando enganar? Um homem rico e bonito poderia evitar as consequências da opinião pública com muito mais facilidade do que eu.

Ele aproximou a mão do copo, mas eu a afastei. Estranhamente, quando nossos dedos se tocaram, uma pequena corrente elétrica percorreu meu braço.

— Preciso guarnecê-lo. — Peguei uma das cerejas e, usando a faca na travessa, cortei uma fina fatia de limão. Dei-lhe uma torcida sobre o copo e, então, deixei-o cair dentro.

— Eles são importantes? — perguntou Torin.

— Melhoram o aroma.

— Fascinante. — Ele ergueu a taça até o nariz e inspirou, mantendo os olhos em mim. — Eu realmente aprecio um bom aroma.

O tom aveludado de sua voz fez o desejo arder em minha pele, e senti meu rosto corar.

Ele fechou os olhos e deu um gole, deixando a bebida percorrer sua língua por um momento, realmente sentindo o sabor. Por fim, seus olhos surpreendentemente claros se abriram novamente.

— Delicioso, Ava. — Ele respirou fundo. — Agora, por que você não me conta exatamente o que aconteceu no Trevo Dourado?

Olhei para ele com um horror crescente. Se ele realmente queria fazer essa pergunta, por que tocaria no assunto logo agora, na frente das câmeras? Ele não sabia que eu estava tentando seguir em frente?

Dei uma olhada para a câmera e engoli em seco.

— Eu gostaria de ouvir o seu lado da história — disse ele. — Porque você está aqui há mais de uma semana, e vi um lado seu muito diferente da pessoa que conheci na primeira noite.

Ah! Sustentei seu olhar novamente e me ocorreu que ele estava tentando me dar uma chance de me redimir diante do mundo. Por mais que eu quisesse que todos se esquecessem daquele vídeo, isso era impossível.

Respirei fundo e peguei o coquetel dele.

— No final das contas, vou precisar de um gole disso, se quiser entrar nesse assunto.

Fechei os olhos enquanto bebia, saboreando a leve queimação na garganta.

Quando abri os olhos, dei de cara com Torin me observando com curiosidade.

Por onde começar?

— Eu te conheci na noite do meu aniversário, Torin. Ou pelo menos no dia em que minha mãe, Chloe, decidiu que era meu aniversário quando me adotou. Nunca soubemos a verdadeira data porque fui encontrada do lado de fora de um hospital humano quando tinha 6 meses. E como minha mãe sempre foi muito determinada a fazer com que eu me sentisse normal, como se eu pertencesse àquele lugar, ela costumava exagerar nas festas de aniversário. Bolos enormes, mágicos, mais de vinte crianças... Acho que ela pensava que isso me ajudaria a fazer amigos. Os aniversários continuaram extravagantes no ensino médio, com viagens para o Caribe ou para Paris. É claro que ela não precisava fazer tudo isso, mas rendeu ótimas lembranças.

Olhei para o Manhattan, percebendo que eu havia começado essa história muito mais antigamente do que pretendia, e agora meu coração doía.

— De qualquer forma, minha mãe morreu quando eu estava na faculdade. Foi muito repentino e... — Dei mais um gole no Manhattan. — Mas eu tinha um namorado naquela época, e ele assumiu a tarefa de tornar meus aniversários especiais para que eu não ficasse tão triste com a falta da minha mãe. Ele me fazia jantares e bolos. Com o passar dos anos, os aniversários não eram mais tão importantes, mas é o que acontece quando você fica mais velha. Então, eu só comprava comida fora, e assistíamos a um filme. Por mim, tudo bem. O que realmente importava era que formaríamos nossa própria família. Minha mãe não estava mais por perto, mas formaríamos uma nova família com crianças que eu poderia mimar em seus *próprios* aniversários.

O salão parecia estranhamente silencioso, e eu não conseguia acreditar que estava dizendo tudo aquilo na frente das câmeras. Mas eu não sentia que estava contando ao mundo. Sentia que estava contando a Torin, que ouvia tão atentamente a ponto de, de alguma forma, ser o público perfeito.

— Ele dizia que éramos almas gêmeas, e tínhamos todo tipo de plano juntos — acrescentei. — Eu estava trabalhando em um bar para que ele pudesse fazer a faculdade de administração. Eu estava pagando a hipoteca dele. Então, depois, ele iria me ajudar a investir no meu bar, que eu nomearia em homenagem à minha mãe. "Chloe's". — Eu sorri. — Esse era o meu plano.

Um vinco se formou entre as sobrancelhas de Torin.

— E o que aconteceu no seu aniversário? Na noite em que nos conhecemos?

Peguei o Manhattan novamente e drenei metade dele, sem me importar mais com o que o resto do mundo pensaria.

— No meu aniversário, Torin, cheguei em casa e encontrei meu namorado na cama, sem roupa, com uma loira que ele tinha conhecido quando saiu de férias há dois anos. Aparentemente, eles são almas gêmeas agora, e todos os meus planos se foram. A família, as crianças com seus aniversários elaborados, os churrascos no quintal e o bar nomeado em homenagem à minha mãe. Então eu fui para o Trevo Dourado para ficar bêbada o suficiente para esquecer de tudo. Ou pelo menos tentar.

O rei Torin estava me encarando, sua mandíbula tensa.

— Mas você pagou a hipoteca desse canalha.

— Ah, eu sei. — Bufei. — Ele disse que eu deveria estar feliz por ele, por ele ter encontrado o amor verdadeiro.

— Ele quebrou um contrato. — Havia uma fúria silenciosa em sua voz que me deixou um pouco nervosa.

— Na verdade, não tínhamos um contrato oficial.

Ele arqueou uma sobrancelha.

— Mas ele deu a palavra de que investiria no bar. E ele mentiu para você por dois anos. Que tipo de canalha miserável faz isso? Diga-me o nome dele e eu cuidarei disso.

Meus olhos se arregalaram com um pânico crescente.

— Não, obrigada. Vamos ver pelo lado bom, certo? No final das contas, estou aqui em Feéria. Acabou sendo o melhor resultado.

Ele fez uma pausa, como se estivesse pensando nas minhas palavras.

— Você gosta daqui?

Minha própria resposta me surpreendeu.

— Gosto, de verdade. Quando cheguei aqui, tive a sensação de que não era bem-vinda. Como se as próprias paredes do castelo se opusessem à minha presença. Mas estou começando a gostar de estar perto de outros feéricos.

Levou um momento, mas, por fim, um sorriso curvou seus lábios.

— Somos criaturas selvagens, e é exatamente por isso que aqui é o seu lugar — murmurou ele.

Ele estendeu a mão para tocar meu pulso, mas quando o fez, foi como se gelo puro tivesse sido injetado diretamente em meu braço.

— Ai! — exclamei, puxando o braço.

Os olhos do rei Torin se arregalaram, mas eu vi aquele brilho mortalmente frio reluzir dentro deles. Uma espécie de arrepio se espalhou pela sala, e não entendi muito bem o que havia acabado de acontecer.

Mas antes que eu pudesse dizer mais uma palavra, o sino tocou, sinalizando o fim de nosso encontro.

21
Ava

Naquela noite, pela primeira vez em onze dias, Torin não apareceu no meu quarto para treinarmos. Para minha surpresa, percebi que me senti decepcionada.

Eu não sabia por que sentia falta dele. Ele já havia me dito bem claramente que não tinha interesse no amor verdadeiro, e que não era nem mesmo capaz disso. Que ele havia me escolhido simplesmente porque não gostava de mim. Nas palavras de Shalini, ele era o tipo feérico de um homem galinha.

Talvez eu apenas tenha gostado da emoção da luta.

Naquela noite, o castelo parecia vazio.

O ar frio arrepiou minha pele, e puxei os cobertores sobre o queixo, deixando apenas meu nariz de fora. Passei a maior parte do dia lendo livros com Shalini, e Torin não foi me procurar para treinar.

Shalini estava vasculhando as redes sociais e os sites de notícias para ver o que estavam dizendo sobre mim. Embora eu realmente não quisesse saber, depois do encontro televisionado daquele dia, eu havia me tornado uma das favoritas dos telespectadores. Pelo visto, um ato de traição era desprezado por eles, e a opinião pública sobre meu surto se suavizou.

Olhei através das janelas brilhantes para o céu preto como carvão. Naquela noite, as nuvens haviam escondido a Lua e obscurecido as estrelas.

O fogo havia diminuído, restando apenas algumas brasas. Sinceramente, eu adorava aquele quartinho. O aconchego, a vista pela pequena janela. Era um recanto seguro — um contraste marcante com todas as salas gigantescas e longos corredores do castelo. Eu realmente estava começando a sentir que pertencia àquele lugar.

Meu olhar retornou à janela, onde flocos de neve pousavam e derretiam em pequenas gotas.

Aconcheguei-me sob os lençóis, feliz por estar aquecida, e meus olhos se fecharam.

NÃO SEI AO CERTO o que me acordou. Não foi uma corrente de ar — o quarto estava tão frio quanto aquele momento em que caí no sono, e eu gostava de dormir em um quarto fresco. Nem foi uma mudança na luz. Um som, talvez? O rangido das tábuas do piso ou da dobradiça de uma porta...

Mas não foi simplesmente um barulho. Algo parecia fundamentalmente errado.

Examinei o quarto, mas não conseguia ver quase nada. Lá fora, o céu permanecia nublado, e a luz, fraca.

Silenciosamente, abri a porta do quarto maior e o observei da porta. Um fogo fraco ainda ardia na lareira, e tudo parecia estar em seu devido lugar: o peito de Shalini subindo e descendo enquanto ela dormia, sombras concentradas em cantos silenciosos.

A porta do corredor se abriu lentamente e sem fazer barulho, e voltei para a escuridão de meu quarto para observar. Uma silhueta estava parada na porta. Mas que porra...?

O intruso me analisou por um longo momento, e recuei um pouco, ficando completamente parada. Ele avançou em direção à cama de Shalini, alto e envolto em sombras.

Minha respiração ficou presa em meus pulmões quando vi a adaga reluzindo em sua mão.

Porra! Eu não tinha nenhuma arma.

Eu poderia gritar, mas então ele poderia entrar em pânico e atacar Shalini. Eu não queria alarmá-lo. A silhueta alcançou o pé da cama, sua sombra negra rastejando sobre os lençóis como fumaça.

Peguei o pequeno frasco de névoa da mesa de cabeceira e corri para o outro quarto.

— Shalini, acorde!

A silhueta se virou para me encarar, e eu joguei a poção na cara dela. Instantaneamente, uma névoa espessa tomou conta do quarto, escondendo Shalini e a mim de nosso invasor. Shalini gritou — o que fazia sentido, levando em consideração que ela havia acordado em meio a um completo caos —, mas eu não conseguia mais vê-la através da névoa fria e úmida.

— Shalini! — gritei de volta. — Você está bem?

Passos ecoaram no chão de pedra, e uma porta bateu.

— O que está acontecendo? — gritou Shalini.

Cambaleei pela espessa nuvem de neblina até meus dedos roçarem uma das colunas da cama.

— Alguém invadiu o quarto.

A porta se abriu, e a voz de Aeron perfurou a névoa.

— Que porra está acontecendo aí?

Um vento gelado varreu o ambiente, dissipando um pouco da neblina. Arrepios percorreram minha pele, e eu me virei, dando de cara com Torin parado à porta, envolto em uma magia prateada. Ele carregava uma espada. E, com um choque, percebi que ele estava usando apenas uma cueca preta.

A visão de seu peito esculpido e musculoso, assim como as tatuagens escuras que serpenteavam sobre seus ombros e bíceps, entrelaçando-se acima de sua clavícula, me deixou sem palavras. Os desenhos eram abstratos e lembravam as curvas sinuosas e ásperas dos galhos do carvalho.

— O que aconteceu? — perguntou Torin. E enquanto seu olhar percorria meu corpo, percebi que eu estava quase tão nua quanto ele — apenas uma calcinha preta e uma camisola fina.

Acho que estávamos todos realmente nos tornando mais íntimos agora.

— Alguém estava aqui com uma adaga. — Respirei fundo, esperando não ter sonhado com tudo aquilo. — Não consegui encontrar nenhuma arma além da névoa mágica, mas tenho certeza de que vi o invasor de pé ao lado da cama de Shalini. Tenho quase certeza de que o ouvi fugir depois que a neblina tomou conta do quarto.

Aeron já havia começado a procurar, olhando debaixo dos móveis e atrás das cortinas. Assim como Torin, ele estava só de cueca e segurava uma espada na mão direita. Seu braço direito tinha uma tatuagem de um bando de corvos voando.

Torin caminhou até mim sobre o chão de pedras. A luz fraca da lareira de Shalini vinha de baixo, iluminando seu peito nu, e as sombras beijavam os contornos de seus músculos.

— Vou colocar uma sentinela na porta — disse ele. — Você e Shalini não devem deixar seus aposentos sem escolta. Aeron ficará de guarda do lado de fora esta noite, e mandarei revistar o castelo. Há mais alguma coisa que você possa me dizer sobre a aparência dele?

— Acho que ele estava usando uma capa. — Esfreguei os olhos. — Eu pensei que a porta estivesse trancada.

Torin respirou fundo.

— Talvez ele seja habilidoso em arrombar fechaduras, mas não será capaz de passar pela minha magia. — E se virou para a porta e pressionou a palma da mão contra a madeira. Ele começou a falar na língua mágica dos feéricos, e o ar ao redor de sua mão passou a brilhar com uma luz fria. O brilho aumentou, e gavinhas de gelo se espalharam pela madeira. O rei Torin falou mais rápido, e o gelo começou a se contorcer e formar padrões estranhos. Quando parou, a geada emitiu um brilho ofuscante. Assim que meus olhos se reajustaram, percebi que a geada brilhante havia desaparecido.

Ele deu um passo para trás e se virou para olhar para mim.

— Agora só nós quatro poderemos entrar. Vou organizar patrulhas por todo o castelo para procurar por ele. Aeron é o feérico em quem eu mais confio.

Peguei Shalini encarando Aeron, e a expressão em seu rosto era como a de uma mulher faminta vendo comida pela primeira vez em meses. Eu esperava não estar com a mesma cara.

Torin apoiou a espada perto da porta, a lâmina contra a parede.

— Vou deixar isso aqui. Aeron, você consegue ficar de guarda a noite toda ou devo enviar outros para revezar turnos?

Shalini levantou a mão.

— E se ele ficar dentro do nosso quarto? Quer dizer, aqui dentro é mais confortável.

— Não — disse o rei Torin. — Para começar, preciso que ele procure pelo intruso antes que ele chegue à porta. E também não gostaríamos que ninguém tivesse a impressão errada de que ele abandonou seu voto de castidade.

— Seu *o quê*? — O rosto de Shalini se contorceu em uma expressão horrorizada que me lembrou da vez em que eu disse a ela que minha senha do wi-fi era "senha".

O olhar de Torin encontrou o meu — mas, por apenas um momento, ele percorreu meu corpo, e eu captei a leve curvatura de seus lábios sensuais.

— Espero que você durma bem. Voltarei pela manhã para checar.

Ava

A luz perolada da manhã, com tons de âmbar, invadiu meu quarto. Esfreguei os olhos, ainda sentindo como se os acontecimentos da noite anterior tivessem sido um sonho. Quem diabos esteve ali com uma adaga? O pensamento me fez estremecer, e abri uma gaveta da cômoda.

Para as mulheres em Feéria, havia basicamente duas opções: vestidos deslumbrantes ou calças de couro com blusas soltas e coletes de couro. Optei por uma calça de couro marrom e uma camisa branca de seda com mangas esvoaçantes. Depois de me vestir, prendi meu cabelo em um rabo de cavalo.

Quando entrei no quarto de Shalini, ela já estava vestida e tomando café na cama. Estava sentada com o celular no colo. O vapor subia de sua xícara, e seus cobertores formavam um ninho retorcido em torno de sua *legging* marrom.

Ela olhou para mim enquanto dava um gole no café.

— Um voto de castidade? *Quem* faz isso? Supostamente é para mantê-lo focado em proteger o rei. Sinceramente, essa é a pior coisa que aprendi sobre a cultura feérica até agora.

Fui até a mesinha ao lado da cama dela e me servi de uma xícara de café com creme.

— Sabe, existem muitos outros feéricos.

— Eu sei. Mas eu gostei dele. Conversamos através da porta ontem à noite. Ele tem um gato chamado Caitsith e assa pães. E ele leu tanta poesia, Ava! Ele lê livros de poesia debaixo de um sicômoro à beira do rio. Disse que vai me mostrar o lugar.

— E o voto? — Sentei-me na beira da cama dela, tomando meu café.

Ela estava sentada de pernas cruzadas, seus longos cabelos escuros caindo sobre uma camisa azul de seda.

— Votos podem ser quebrados, e você sabe que eu gosto de desafios. Ele é tipo... um padre gostoso. — Ela sorriu para mim, e estava tão deslumbrante que eu não tive dúvidas de que ela conseguiria vencer o desafio. Mas seu sorriso desapareceu, e ela pegou o celular. — Eu não tinha certeza se deveria te contar isso, mas Andrew está me mandando mensagens em caixa alta.

Eu a encarei.

— Por quê?

— Desde que seus fãs no Reddit divulgaram os dados pessoais dele, ele tem sofrido assédio na rua, e acho que talvez até algumas ameaças de morte.

Soltei um som de surpresa.

— Porra! Quer dizer... estou brava com ele, mas não queria que ele recebesse ameaças de morte. Eu não sabia que descobririam quem ele era.

— Não é culpa sua, Ava. Ele é um idiota e está colhendo o que plantou.

Uma batida soou na porta, e eu a abri. O rei estava parado lá, desta vez totalmente vestido com uma camisa cinza, calças pretas e botas de cano alto. Uma coroa reluzia em sua cabeça, feita de fios de prata entrelaçados como galhos espinhosos de árvores. Aeron estava ao seu lado, parecendo exausto.

— Bom dia, Ava — disse Torin. — Tentei dispensar Aeron para que ele dormisse um pouco, mas ele parece muito comprometido.

Os olhos de Aeron estavam fixos em Shalini.

— Não me importo se você me quer aqui ou não. Hoje eu mantarei você segura.

Shalini deu de ombros.

— Muito bem. Que tal um passeio pelo castelo, então? — Ela se levantou da cama com uma elegância felina, lançando a Aeron o mesmo sorriso deslumbrante que havia me dirigido antes.

Aeron sacudiu a cabeça.

— Não tenho certeza se é seguro andar por aí assim.

— Viemos aqui em busca de aventura — disse Shalini.

— Vou com vocês — disse Torin. — Ninguém ousaria atacar na minha presença.

Peguei minha capa branca e a coloquei sobre os ombros.

Aeron abriu a porta.

— O que vocês gostariam de ver?

Entrei no corredor arejado.

— Podemos ver os tronos mágicos de perto?

— O que você quiser, criança trocada. — Torin começou a nos conduzir pelo corredor, passando por enormes janelas gradeadas que davam para o pátio coberto de neve.

Ele fez uma curva que deu em uma escada estreita.

— O rei Finvarra construiu este castelo há três mil anos, depois de unir os clãs e reivindicar as terras dos monstros. Não sei se já o explorei por inteiro. Suspeito que morrerei antes de descobrir todas as passagens deste lugar. E é exatamente por isso que ainda não encontramos o assassino.

— Existem lendas... — a voz de Aeron veio de trás de mim, e o som ecoou na pedra — Que dizem que outrora uma longa primavera abençoou o solo, e o castelo cresceu a partir da própria terra, entoado pela deusa vernal Ostara.

Torin deu uma olhada para mim enquanto nos conduzia até um corredor no nível inferior.

— Se você acredita nos deuses.

Dei de ombros.

— Por que não? Já vi tanta coisa estranha por aqui que poderíamos muito bem adicionar deuses à mistura.

— Se você acredita nos deuses — acrescentou Aeron —, então acredita que eles designaram Torin como governante.

— Será que Ostara vai designar que a rainha dos *reality shows* também governe? — perguntei.

Aeron bufou.

— Pessoalmente, acho que o festival anual de primavera dela foi só uma desculpa para os feéricos foderem na floresta...

— Aeron — disse Torin, interrompendo-o.

— Desculpe — disse Aeron. — Para *fornicarem* na floresta.

Torin dirigiu a ele um olhar penetrante.

— Talvez tenhamos que repensar seu voto de castidade. Tenho a sensação de que ele está fazendo o oposto de manter você focado.

Torin nos conduziu até o cintilante pátio branco. Meu olhar percorreu as paredes de pedra escura do castelo adornadas com estalactites e esculpidas com imagens de cervos e serpentes.

— Realmente, não parece ter três mil anos.

— Porque é abençoado pelos deuses. — Quando Torin se virou para olhar para mim, a luz do fim da manhã banhou sua pele, concedendo-lhe um brilho sobrenatural.

No ar gelado, apertei mais minha capa ao meu redor.

Aeron entrelaçou seu braço no de Shalini e começou a conduzi-la pelo pátio, explicando os significados místicos por trás de cada uma das esculturas nas paredes. Tal como eu esperava, as equipes de filmagem haviam posicionado câmeras em algumas das torres, e captei o brilho de suas lentes sob o sol de inverno.

— Normalmente, não é assim que esses programas funcionam — falei. — As câmeras estão muito distantes.

— Eu sou o rei de Feéria. Não permitirei que minha privacidade seja invadida mais do que já foi. Eu me recusei a usar um microfone ou a permitir que me seguissem o dia inteiro.

Podem me filmar a distância e proporcionarem entretenimento. Conseguirei o dinheiro de que preciso. E tudo acabará em breve.

Balancei meus cílios para ele.

— Você é tão romântico. Parece o casamento dos sonhos de qualquer garota.

Ele me dirigiu um sorriso malicioso.

— Você não é exatamente qualquer garota, não é? Você renunciou ao amor, assim como eu. Ambos sabemos que o amor não vai te alimentar durante o inverno, quando o gelo envolver as colheitas, e não vai encher a barriga de suas crianças quando elas estiverem morrendo de fome.

— Concordo plenamente. O amor é para idiotas. Mas sabe, se você quiser mais crianças, sempre pode começar a roubar humanos de novo.

Ele se aproximou de mim.

— Ah, criança trocada. Mas já decidimos há muito tempo que qualquer coisa do reino humano não vale o esforço. Caos demais.

Olhei para as câmeras novamente.

— Deve ser chato precisar deles.

Ele segurou meu queixo e passou o polegar sobre meu lábio inferior. A sensação fez com que um arrepio de prazer proibido percorresse meu corpo.

— Assim que isto terminar, não precisaremos de mais uma única coisa dos humanos. — Ele se inclinou mais perto, sussurrando em meu ouvido. — Três semanas no trono serão o suficiente, criança trocada. Nossas terras serão restauradas e nossos mundos seguirão caminhos separados. Do jeito que sempre deveria ter sido.

Havia uma pitada de pesar em sua voz ou eu estava imaginando?

Ele afastou o rosto do meu, enfiando a mão em um dos bolsos. E quando recuou, senti a perda de seu calor.

O ar cortante do inverno me lembrou da magia de Torin, e eu me virei para ele.

— Tenho uma pergunta, Vossa Majestade. Depois que fiz o Manhattan para você, sua magia causou algo em mim. — Ergui meu pulso e puxei minha manga, apontando para uma marca na minha pele. Mais ou menos do tamanho de uma impressão digital, de um tom rosa pálido com uma borda branca, como uma queimadura de frio. — O que é isso? E por que não sai?

Sombras deslizaram por seus olhos enquanto ele analisava a marca. E embora não parecesse possível, senti o ar ficar ainda mais frio.

— Às vezes, quando estou muito cansado, perco o controle de minha magia. — Ele encontrou meu olhar, seus olhos sobrenaturalmente azuis parecendo me absorver por completo. — Não vai acontecer de novo, Ava.

Senti como se espinhos estivessem crescendo no silêncio entre nós. Ele não estava me contando algo.

Mas, antes que eu pudesse pedir mais detalhes, ele se virou e se afastou de mim.

— Você queria ver os tronos. Vamos ver os tronos.

Claramente, eu o havia irritado, mas não tinha ideia do motivo.

Ele foi até uma enorme porta de carvalho cravejada de metal preto e a abriu. Aeron e Shalini o seguiram, e eu me apressei para alcançá-lo.

Torin nos conduziu por uma série de corredores até chegarmos ao salão, onde dois tronos se projetavam do centro do chão de pedra. Um maior que o outro, eles pareciam ter sido esculpidos em um único bloco de mármore branco com listras escuras.

Apontei para o maior dos dois.

— Este é o do rei?

— É o da rainha. — Torin se virou para mim, arqueando uma sobrancelha. — A magia de uma rainha é mais poderosa que a de um rei, e é ela quem trará vida a esta terra mais uma vez.

Senti como se o trono estivesse me afastando — uma estranha sensação de pavor alertando para que eu não me aproximasse. E, ainda assim, eu não conseguia tirar os olhos deles.

— Fascinante — falei, e andei ao redor dos tronos.

— Há quanto tempo eles estão no castelo? — perguntou Shalini, seus passos ecoando no chão.

— Os tronos estão aqui desde antes da fundação do Reino dos Seelie, e o castelo foi construído em torno deles. Acreditamos que eles são feitos da rocha abaixo de nós. Alguns dos entalhes ao redor do castelo sugerem que nossos primeiros antepassados consideravam as pedras como representantes dos deuses. Como anjos imóveis. Ao longo dos milênios, elas foram cinzeladas e esculpidas para ficarem ainda mais refinadas.

Shalini estendeu a mão para tocar em um deles, e Aeron gentilmente segurou a mão dela.

— Você não deve tocá-los. A magia dos tronos é muito poderosa, e se um humano os tocar, não há como prever o que a magia poderá fazer.

Andei ao redor das pedras, fascinada pela energia que elas emitiam. Mesmo dali, eu conseguia sentir a vibração de seu poder. A magia tornou o ar brilhante, e minha pele, fria. Quando entrei no castelo pela primeira vez, tive a sensação incômoda de que a pedra em si não me queria. E ali, perto dos tronos, os sinos de alarme soavam ainda mais altos no fundo de meu cérebro.

Afastei-me deles e cruzei os braços sobre o peito, tremendo.

Do outro lado do trono, encontrei o olhar de Torin. Não pude deixar de me perguntar o que eu era e por que a magia ali me repelia. Será que meus pais biológicos me amavam e morreram em circunstâncias trágicas? Será que eles me expulsaram porque eu não parava de gritar? Será que eu era realmente algo como uma criança trocada — indisciplinada demais para ser mantida por perto?

Aquela era minha chance de finalmente descobrir a resposta. Respirei fundo.

— Torin? Como posso descobrir quem eram meus pais feéricos?

Ele arqueou uma de suas sobrancelhas escuras.

— Encontrando os registros de nascimento. Ava Jones, finalmente saberemos quem você é.

Ava

Shalini queria ver a armaria — ou, mais provavelmente, ir a algum lugar sozinha com Aeron.

Torin me conduziu por um longo corredor com arcos góticos e estátuas escuras de reis e rainhas feéricos. Enquanto caminhávamos, um arrepio percorreu meu couro cabeludo. Eu precisava descobrir a verdade, mas poderia realmente odiar a resposta assim que a conhecesse.

Quanto mais nos afastávamos da sala dos tronos, mais aliviada minha respiração se tornava.

— Será que realmente sou uma criança trocada? — perguntei baixinho. — Será que eu era um bebê apavorante demais para meus pais ficarem comigo? Será que eu gritava sem parar?

Torin se virou, olhando para mim com um olhar perplexo.

— Acho que todos os bebês gritam e mantêm os pais acordados, Ava. Você não nasceu com nada de errado. Eu juro. O apelido é só uma provocação de minha parte. Você sabe disso, não é?

Eu não esperava que a resposta dele fosse tão gentil.

— O que aconteceu com seus pais, Torin? — Eu sabia que eles haviam morrido jovens, especialmente para feéricos.

Ele respirou fundo e olhou para mim.

— Monstros os abateram. Lentamente.

Eu o encarei.

— O que você quer dizer com *monstros*? Tipo, um dragão?

— Pior. — Ele me lançou um olhar penetrante, seus olhos claros brilhando com um aviso. — Os humanos poderiam chamá-los de demônios. Mas não posso falar mais nada. Até mesmo falar deles poderia chamar a perversa atenção deles.

A curiosidade tomou conta de mim, mas ele claramente não queria falar sobre a morte de seus pais, e eu realmente não deveria ter perguntado.

— Claro. Eu não deveria ser tão intrometida.

— Está tudo bem. — Mas o ar parecia rarefeito, até que finalmente Torin quebrou o silêncio espinhoso. — Eu me lembro da minha mãe. Dizem que não lembramos das coisas antes dos 3 anos de vida, mas eu me lembro dela. Eu me lembro de me sentar no colo da minha mãe e de ouvi-la cantando para mim. Ela tinha um colar com o qual eu brincava, um pequeno relicário com uma fotografia minha. Eu adorava brincar com ele. Quando se é tão pequeno, você não diferencia entre você e sua mãe, e eu me lembro de engatinhar por cima dela. De tentar mastigar seu cabelo ou de dormir em seu ombro. Eu me lembro de como sempre queria desesperadamente dormir na cama dela...

Ele parou, e sua tristeza causou um aperto no meu coração.

— Eu conheço bem esse sentimento. Sentir falta da única pessoa que sempre fez você se sentir seguro.

Ele olhou para mim com um sorriso triste — um inédito e fraco lampejo de vulnerabilidade — antes de recompor as feições novamente. Uma máscara de compostura.

— Não sei por que estou lhe contando tudo isso.

Pela primeira vez me ocorreu que, além de Aeron, Torin parecia profundamente isolado. Mas era por vontade própria, não? Ele construiu uma muralha em volta de si mesmo, mantendo todos os outros afastados.

Minha garganta se fechou quando percebi a verdade.

— Você está me dizendo isso pelo mesmo motivo que já me escolheu para vencer. Sou eu quem não corre nenhum risco, a pessoa por quem você não precisa se preocupar em se apaixonar. Porque você não gosta de mim, e isso me torna uma pessoa segura para seus segredos. Nenhum sentimento confuso envolvido.

Ele parou diante de uma grande entrada de biblioteca com imponentes colunas de pedra.

— E você também não gosta de mim. — Ele arqueou uma sobrancelha. — Não é?

Uma lâmina afiada percorreu meus pensamentos. Eu já sabia qual resposta ele queria.

— É.

Ele respirou fundo e desviou o olhar. Quando olhou de volta para mim, seus olhos ardiam com intensidade.

— Ótimo. E é isso que faz de você a minha noiva perfeita. O que me faz lembrar desta noite. Você sabe dançar como os feéricos? Em nossa corte, é uma espécie de estilo de dança de salão.

— Realmente não faço ideia. Só sei dançar de dois jeitos: aquele balanço básico e descomplicado do quadril e tango.

— Tango?

— Inscrevi Andrew e eu para aulas de tango porque pensei que seria divertido para... — Fechei os olhos, sentindo um calor surgir por minhas bochechas quando percebi quão patética eu era imaginando nossa dança dos noivos, quando ele nunca havia me pedido em noivado. — Só pensei que seria divertido. Fizemos dois anos de aulas de tango.

— Ótimo. Acho que o tango deve ajudar. Basta seguir o que eu fizer, Ava, e pareceremos bem românticos para as câmeras.

— Claro.

Ele me conduziu por entre as colunas altas até uma magnífica biblioteca repleta de livros, com dois andares conectados por escadas em espiral. O teto acima das estantes de mogno era arqueado, com imagens pintadas de feéricos dançando em campos gramados, com flores silvestres entrelaçadas em seus cabelos coloridos. Olhando para eles, senti uma forte nostalgia relativa a um passado que nunca conheci.

No centro da sala, luminárias verdes estavam enfileiradas nas mesas. Cadeiras de couro aguardavam para ser usadas. Círculos simples de madeira pendiam do teto, iluminados por velas tremeluzentes, o que, provavelmente, era o pior risco de incêndio do mundo.

Torin se virou para mim.

— Espere aqui um momento. Voltarei com alguns dos registros de nascimento do seu ano. Você tem a mesma idade que eu, certo?

Assenti.

— Vinte e seis. — Descobrir a idade de um bebê feérico que foi deixado na porta de um hospital não era uma ciência exata, mas eu tinha bastante certeza do ano e do mês.

Quando Torin me deixou sozinha, andei por entre as estantes, encantada. Havia milhares e milhares de volumes com desenhos dourados serpenteantes nas lombadas, todos escritos em uma língua que eu não conseguia ler. Outros volumes, com capas de couro reluzentes, estavam em línguas humanas modernas.

Perambulei pela biblioteca até finalmente avistar uma feérica esguia e de cabelos grisalhos sentada atrás de uma mesa de mogno.

— Posso ajudar? — perguntou ela, em uma voz fina e esganiçada.

— As pessoas podem pegar livros emprestados aqui?

— Se você tiver um cartão da biblioteca. — Seus olhos eram de um tom de verde extraordinariamente brilhante e me analisavam com uma expressão que não era totalmente amigável.

— Receio que eu não tenha um.

Ela tamborilou as unhas na mesa.

— Ninguém pode pegar os livros da Biblioteca Real emprestados sem um cartão da biblioteca. — Ela posicionou um pequeno pedaço de papel em cima da mesa diante de mim e lançou uma caneta-tinteiro na minha direção. — Assine aqui.

Assinei e datei o contrato. Assim que terminei, o papel reluziu com uma luz brilhante e desapareceu.

— Posso pegar qualquer coisa? — perguntei.

— Limite de dez por vez — disse a bibliotecária. — Se não os devolver em até quatorze dias, sua marca será ativada.

— Minha... marca?

— Bem, tecnicamente, é uma vinculação real — disse a bibliotecária. — Se você não devolver os livros a tempo, uma letra B brilhante aparecerá no meio da sua testa. Sua pele irá queimar até que os livros sejam devolvidos.

Eu a encarei.

— Isso poderia ter sido explicado com antecedência.

— Desde que você devolva os livros, não haverá problema. — Ela me entregou um pequeno cartão dourado com meu nome inscrito. — Que tipo de livro você está procurando?

— O que você recomenda sobre a história dos feéricos? — Embora eu não tivesse mais certeza se ainda queria pegar um livro emprestado.

Ela se virou na cadeira, murmurando em uma língua feérica, e um livro vermelho voou e pousou em sua mão. Ela o colocou em seu colo. O livro vermelho foi seguido por um marrom e por outro, encadernado em um tecido azul desbotado. Ela girou a cadeira e deslizou os três livros sobre a mesa.

— Temos *Uma Breve História dos Feéricos*, de Oberon. *Uma História Um Pouco Mais Longa dos Feéricos*, da Senhora Titania, e, claro, o clássico *A História Completa dos Feéricos*, de R. Goodfellow.

Olhei para os títulos, mas eles eram ilegíveis para mim.

— Sabe de uma coisa? Eu não vou conseguir ler mesmo, então vou só...

A bibliotecária fechou os olhos e começou a entoar um feitiço, seus dedos fazendo movimentos espasmódicos, como os de um inseto.

Um clarão explodiu diante de meus olhos, e senti como se um prego tivesse sido cravado em meu crânio. Agarrei minha cabeça, cambaleando de dor.

— Fique parada — sibilou a bibliotecária —, a não ser que queira acabar com mingau entre as orelhas. Estou ajudando você.

Prendendo a respiração, eu me forcei a ficar imóvel, mesmo com vozes estranhas zumbindo em meus ouvidos. Minha visão rodopiou com imagens da língua feérica. Soltei um som de surpresa quando uma enorme quantidade de informações se entrelaçou em meus pensamentos: cada uma das 42 letras do alfabeto, a importância do P silencioso e as cinco palavras para magia.

Então, tão repentinamente quanto começou, o fluxo de informações diminuiu, até se tornar um pequeno gotejamento. Tonta, pressionei as mãos contra a mesa, tentando não desmaiar.

A bibliotecária empurrou um livro para mim sobre a mesa.

— Bem, consegue ler agora?

Meu olhar percorreu o texto, e o título entrou em foco.

— *Uma Breve História dos Feéricos.*

Ai, meus deuses! Eu conseguia ler feérico agora?

— Ava? — Torin estava contornando uma estante de livros, carregando uma grande caixa de madeira. — Estes são todos os registros de nascimento em Feéria de 26 anos atrás... — Ele ficou em silêncio e olhou para mim. — Madame Peasbottom — disse ele, com uma voz mortalmente calma —, o que você fez com ela?

O rosto da bibliotecária empalideceu.

— Apenas o protocolo de segurança usual. Não podemos permitir que livros sejam roubados — gaguejou ela.

— Assumirei responsabilidade pessoal por quaisquer livros danificados ou perdidos. Mas *não* haverá nenhuma marca em minhas convidadas. — Um ar gelado percorreu minha pele.

— Sinto muito, Vossa Majestade — disse ela, tropeçando nas palavras.

A atenção de Torin estava em mim. Ele entoou outro feitiço rapidamente, e um momento depois, a pele de minha testa brilhou com uma onda de calor, depois esfriou.

— Pronto. Eu removi a marca. — Ele respirou fundo. — Tenho todos os registros do ano em que você nasceu, mas você tem alguma ideia de qual era seu nome feérico, Ava?

Sacudi a cabeça.

— Não faço ideia. Mas provavelmente nasci em maio, se serve de ajuda.

A bibliotecária puxou a caixa para ela.

— Se me permite, Vossa Alteza. Esta *é* minha área de especialização. Uma garota nascida em maio... — acrescentou ela baixinho.

Ela parecia ansiosa por compensar pelo incidente da marca. Depois de um minuto mexendo nos papéis, puxou duas pastas repletas de pequenos cartões prateados e os folheou em uma velocidade impressionante.

— Bem, vamos ver — murmurou ela, e então fez uma pausa. — Aqui estão alguns. — Ela entregou uma seleção de cartões para Torin. — Mas, é claro, esse foi o ano do massacre... — Sua voz foi sumindo aos poucos.

Torin se virou para olhar para mim, sua expressão repentinamente devastada.

— Ava, em que mês exatamente você foi encontrada?

— Agosto. Por quê?

Torin e a bibliotecária se entreolharam, algo não dito fluindo entre eles, uma tensão preenchendo o silêncio.

A bibliotecária pigarreou.

— O mês do massacre.

O pavor floresceu nos espaços vazios da minha mente.

— Que massacre?

Ela pigarreou novamente.

— Não deveríamos falar seus nomes — disse ela.

— Isso é sobre os monstros que você mencionou, Torin? — Seus pais haviam morrido quando ele tinha 3 anos pelas mãos desses monstros, mas ele sugeriu que tinha sido uma morte longa e lenta, que ocorreu aos poucos. Aquele massacre tinha sido o início de tudo?

A expressão de Torin estava sombria.

— Sim. Talvez nossos pais tenham sido mortos pelas mesmas feras.

— Muitos nobres morreram naquela noite — disse a bibliotecária. — Mas eles não teriam entregado uma criança para adoção. E muitos servos também morreram. Eu poderia procurar nascimentos de mulheres alguns meses antes, nos registros das vítimas, mas os nascimentos em famílias de servos não estão muito bem registrados.

Claro que não! Não neste mundo.

Um aperto tomou conta de meu peito. Provavelmente, foi isso que aconteceu com meus pais, mas eu estava ficando cada vez mais frustrada com a falta de informações.

Torin assentiu, e ela começou a folhear outro conjunto de cartões prateados, balançando a cabeça e murmurando para si mesma.

— Humm. Não. Nenhuma garota nascida em maio com pais massacrados. — Ela olhou para o rei e encolheu os ombros. — Mas... claro, foi uma época muito caótica. Mesmo que tivéssemos registros dos servos, alguns teriam sido perdidos.

Um buraco se abriu em meu estômago, mas agora eu tinha certeza de que meus pais haviam sido mortos por aquelas feras terríveis.

— Sinto muito, Ava — disse Torin. — Vamos continuar procurando.

Mas meus pensamentos já estavam espiralando com visões dignas de pesadelos, de monstros que ninguém ousava nomear.

24

Ava

Eu estava de pé em meu quarto, olhando para a tapeçaria na parede — aquela com feéricos estranhos e monstruosos, com asas de inseto e manchas verdes cobrindo seus membros. Feéricos com garras, antenas e chifres, presas e roupas que se misturavam com musgo. Árvores irregulares e ameaçadoras pairavam retorcidas sobre eles. Quando olhei bem de perto, vi os horrores que alguns deles estavam cometendo — decepando cabeças com suas garras, arrancando as entranhas de seus inimigos.

Eu ainda queria saber o que havia acontecido com meus pais biológicos, mas não sentia o luto de forma visceral. Quando Chloe morreu, a tristeza me partiu ao meio. Essa tristeza, eu sentia a distância. Eu não tinha uma única lembrança deles.

Shalini abriu a porta, com o rosto vermelho e brilhante.

— Ava, acabei de ter o melhor... — Ela se calou. — Está tudo bem?

Meus membros estavam pesados.

— Estou bem. Mas Torin acha que meus pais biológicos podem ter sido mortos por monstros. Os mesmos que mataram os pais dele. Não conseguiram encontrar nenhum registro preciso, mas... — Fiz uma pausa. — Houve algum tipo de massacre no mesmo mês em que fui encontrada no mundo humano. Então isso significa que existe a possibilidade de eles terem sido mortos.

— O que você quer dizer? Que tipo de monstros? — perguntou ela.

Uma sensação gélida tomou conta de meu peito.

— Ninguém vai falar sobre isso. É como uma superstição ou algo do tipo. — Apontei para a tapeçaria. — Você sabe alguma coisa sobre essas criaturas?

Ela sacudiu a cabeça.

— Não. Será que não é só licença poética?

Eu me voltei para a cama, onde havia três livros sobre os cobertores.

— Quer aprender sobre a história dos feéricos comigo?

Eu me sentei nos cobertores e posicionei o livro vermelho brilhante em meu colo.

— *Uma Breve História dos Feéricos*, de Oberon — li. — Eu consigo traduzir.

— Como você aprendeu feérico? — perguntou Shalini.

Eu sorri para ela.

— Magia. — Abri o livro na primeira página e comecei a ler. — "Neste volume, fiz o possível para resumir a longa e complexa história dos feéricos. Não se sabe quem foram os primeiros a chegar em Feéria. Durante muito tempo, os ancestrais dos seis clãs viveram uma existência incivilizada, da qual não existem registros escritos. Foi somente quando o primeiro grande rei dos feéricos uniu os clãs que nossa história escrita teve início..."

Comecei a folhear o livro, passando as páginas.

— Aguenta aí. Isso é superinteressante, mas quero saber sobre o massacre. — Pulei capítulos sobre os seis clãs: os Kelpies, os Banshees, os Selkies, os Dearg-Due, os Redcaps e os Leannán Sídhe. Respirei fundo quando cheguei ao último capítulo. — "O rei Mael esteve à frente do que talvez tenha sido o reinado mais controverso de qualquer rei feérico."

— O pai de Torin — disse Shalini, inclinando-se sobre o livro.

Continuei a leitura.

— "Nascido em segundo lugar na linha de sucessão ao trono, Mael foi treinado para ser um soldado, o líder do exército. Seu irmão mais velho, Gram, deveria suceder ao trono. Mas, aos 16 anos, o príncipe Gram foi morto pelo Erlking enquanto caçava um cervo. Depois disso, Mael foi nomeado herdeiro aparente."

— Uau! — Os olhos de Shalini se arregalaram. — Era aquela cabeça grotesca que vimos na parede. Aeron disse que o rei Mael o matou.

— Esse só pode ser o monstro, não é?

Eu voltei para o livro.

— "O rei Mael passou os primeiros anos de seu reinado na floresta, rastreando o feérico amaldiçoado. Depois de quase cinco anos, ele encontrou o covil do Erlking e o matou, finalmente vingando a morte de seu irmão. Quase imediatamente depois disso, os torneios para a escolha de sua rainha começaram, e a escolhida foi a princesa Sofie. O casal logo teve dois filhos: um menino (Torin) e uma menina (Orla). No entanto, o reinado de Mael foi interrompido quando..."

Virei a página e dei de cara com uma imagem do Erlking ocupando a página seguinte, e depois, várias folhas haviam sido arrancadas.

— Que diabos! — disse Shalini. — Estava começando a ficar bom...

Balancei a cabeça, engolindo em seco.

— O que quer que tenha acontecido há 26 anos, não querem que ninguém saiba. — Olhei para as folhas arrancadas. Do outro lado, havia um texto sobre o início do reinado de Torin, mas havia sido escrito em estilo de propaganda, já que ele já era rei na época em que o livro foi lançado.

Uma batida soou na porta, e me assustei e ergui a cabeça rapidamente.

— Eu atendo. — Shalini se levantou e abriu a porta.

Lá estava Aeron, com seu cabelo loiro caindo sobre os olhos, idêntico a um daqueles caras do TikTok que seria capaz de conquistar um milhão de seguidores por cortar lenha sem camisa. Ele corou enquanto olhava para ela.

— Olá.

— Quer entrar? — perguntou ela.

Ele sorriu, mas sacudiu a cabeça e ergueu uma grande caixa branca.

— Só vim deixar uma coisa. O vestido de Ava para o baile desta noite. Ela deverá chegar ao salão de baile Caer Ibormeith dentro de uma hora. — Ele olhou por cima do ombro dela. — Enviarei alguém para acompanhá-la.

— Ah, tudo bem. — Pude ouvir a decepção em sua voz enquanto ela pegava a caixa das mãos dele.

— Eu mesmo não estarei no baile. Talvez... se você não tiver outro compromisso... possamos jantar juntos.

Ela sorriu para ele.

— Vou estar aqui. E estou em busca de um pouco de aventura, Aeron, porque até agora, é Ava quem está conseguindo tudo.

Ele sorriu para ela.

— Mostrarei a você meu bosque favorito em Feéria. Vista roupas de frio. — Com uma pequena reverência, ele se virou e foi embora, e Shalini fechou a porta atrás dele.

Ela se virou para mim com um sorriso radiante no rosto.

— Eu tenho um encontro com o virgem mais gostoso do mundo. Não apenas o virgem mais gostoso. Talvez o *homem* mais gostoso. — Ela foi até a cama e colocou a caixa sobre o colchão.

— Estou feliz que tenha vindo comigo para Feéria, Shalini. — Deslizei a tampa da caixa e tirei de dentro um vestido longo de seda, de um violeta profundo, alguns tons mais escuros que meu cabelo. — Isso não vai me render um romance, mas parece que para você, vai.

Ela deu de ombros.

— Você não precisa de um romance agora. Precisa de um caso passageiro. E como Torin é um tipo feérico de homem galinha, ele parece ser a pessoa certa para fazer você esquecer... você sabe... o monstro que não deve ser mencionado.

— Andrew?

— Não diga o nome dele. Vai que ele acaba sendo invocado.

Fui até o banheiro e enchi a banheira, observando enquanto o vapor subia no ar.

O problema era que algo me dizia que Torin poderia ser a coisa mais perigosa por ali.

Ava

Adentrei o salão de baile Caer Ibormeith alguns minutos depois das oito horas da noite, e todas as princesas já estavam presentes, assim como as equipes de filmagem.

Mas meus olhos estavam voltados para o salão em si. Arcos suspensos pareciam desafiar as leis da física. Vinhas floridas cresciam sobre a pedra, subindo por ela até alcançar a luz prateada de um céu salpicado de estrelas. Como uma bela ruína medieval, o salão de baile era parcialmente aberto à noite. Mas tochas pendiam das colunas e dos arcos de pedra, e plantas se enroscavam em volta delas.

Antes de sair do quarto, eu havia encontrado o nome "Caer Ibormeith" em um dos livros de história. Os feéricos acreditavam que ela era a deusa dos sonhos, responsável por governar o sono. E aquele lugar parecia um templo saído diretamente de um sonho.

Mas dado o frio que estava fazendo ali, as plantas só poderiam estar vivas devido a algum encantamento. De um lado do salão, o fogo ardia em uma grande lareira de pedra — a única fonte de calor —, e o ar gelado da noite acariciava meu rosto.

Eu me mantive nas extremidades no salão, e arrepios percorreram meus braços despidos. Criados feéricos, talvez como meus pais foram um dia, perambulavam com bandejas repletas de taças de champanhe. Quando uma mulher de cabelo cor-de-rosa me ofereceu uma taça, eu aceitei. Quando dei um gole, um calor desceu pela minha garganta e se espalhou pelo meu peito. O vinho parecia um rosé, mas com notas de mel e laranja e uma leve efervescência — diferente de tudo que eu já havia provado e com um encantamento que dissipava o frio.

Eu me aventurei mais para dentro do salão e senti todos os olhares sobre mim. Pelo visto, o breve passeio que havíamos feito antes pelo castelo não tinha passado despercebido.

E, no entanto, com o calor do vinho me aquecendo, os olhares não me importavam tanto. Na verdade, acho que nunca me senti tão bonita, com meu cabelo trançado com campânulas. Se eu me posicionasse do jeito certo, a fenda em meu vestido mostraria até o topo de minha coxa direita.

Musicistas profissionais tocavam em um dos cantos do salão — todas usando vestidos brancos. Uma bela melodia flutuava no ar: harpa, violino e instrumentos de sopro etéreos que eu não reconheci muito bem. As princesas perambulavam enquanto bebiam champanhe em suas pequenas taças.

Apenas um dos rostos por ali parecia amigável. Alice, a Kelpie de cabelos brancos e pele iridescente, estava sorrindo para mim e ergueu sua taça de champanhe. Ergui a minha em resposta, sorrindo de volta, e ela se aproximou com uma expressão de alívio no rosto.

Seus olhos castanhos estavam grandes quando ela se inclinou para perto de mim.

— O vinho de Feéria está me ajudando a relaxar. Eu estava tão nervosa!

— Tenho certeza de que você não tem nada com que se preocupar. Isso aqui não vai ficar violento, não é?

Ela sacudiu a cabeça.

— Não, mas a última vez que vi Torin, foi um desastre. Fiquei tagarelando sobre leite rançoso o tempo todo. Não foi nada romântico.

Dei de ombros.

— Bem, ele parecia interessado no assunto. — Ergui meu copo, olhando para o líquido rosa-claro borbulhante. — Então, o que exatamente é o vinho de Feéria?

Ela mordeu o lábio.

— Tem propriedades mágicas. Pode fazer você se sentir incrível. Até mesmo apaixonada. Acho que esta noite vai ser interessante.

Meu coração acelerou com a ideia e, naquele exato momento, senti uma magia gélida e poderosa tomar conta do salão. O ar pareceu se tornar mais rarefeito, e as princesas pararam de falar no momento em que se viraram para a entrada.

O rei Torin entrou, usando um terno azul-escuro de material aveludado. Uma coroa prateada repousava sobre seu cabelo escuro, e ele percorreu o salão com seu olhar gélido e um leve sorriso nos lábios. Eu conseguia sentir o cheiro de sua magia terrosa e deliciosa, e ela me envolveu como uma carícia.

Um criado se apressou para lhe oferecer uma bebida, e ele pegou uma taça da bandeja, bebericando.

Cleena foi a primeira princesa a ir até ele, com movimentos lânguidos e fascinantes. Ela usava um vestido longo de seda, cor- -de-âmbar, adornado com contas, e sua própria coroa de rosas entrelaçada por samambaias. Uma maquiagem dourada brilhante reluzia sobre suas salientes maçãs do rosto, e cristais âmbar cintilavam em seu cabelo. Ela deu um pequeno aceno para as câmeras antes de se voltar para o rei.

Em poucos instantes, eu o vi jogar a cabeça para trás, rindo, e senti uma pontada de ciúmes.

Dei mais um gole no vinho, forçando-me a desviar os olhos de Torin e Cleena. O que eu *realmente* não precisava logo depois do meu término horrível era de mais uma rodada de ciúmes, então simplesmente me recusaria a me importar com mais um destruidor de corações bonitão.

Alice olhou para mim.

— Como você sempre parece tão confiante?

— *Eu?*

— Sim. Quer dizer, você não teve medo de dizer ao rei exatamente o que estava pensando. E parecia tão calma e natural no seu encontro!

Porque eu já sei o resultado. Torin e eu não temos nenhuma chance de nos apaixonarmos de verdade.

Dei de ombros.

— É só uma coisa que você aprende no mundo humano. — Era uma mentira descarada, mas pelo menos eu não havia sido criada com todas as inseguranças sobre minha posição na rígida hierarquia dos feéricos. — Acho que você deveria simplesmente relaxar, Alice. Você é linda e doce, e mesmo que não seja o Torin, vai encontrar a pessoa certa.

Ela sorriu para mim com alívio.

Dei mais uma olhada no rei, apenas para encontrá-lo dançando com a Redcap de cabelos pretos, que estava vestida toda de preto com uma coroa de flores vermelhas. Eu não reconhecia aquela dança — era algo inteiramente do mundo feérico. Eles mal se tocavam, simplesmente circulavam um ao outro com apenas as mãos fazendo contato, até que giraram e mudaram de direção. Os movimentos de Torin me lembraram de sua agilidade e elegância durante nossos treinos, e, sinceramente, era difícil tirar os olhos dele. Eu ainda olhava enquanto uma de suas mãos descia ao redor da cintura dela.

— Como é o mundo humano? — perguntou Alice.

Fiquei aliviada com a distração.

— Bem, não é tão luxuoso como aqui, e não temos magia. Mas algumas pessoas podem ser muito calorosas. — Senti uma pontada de culpa por Alice. Ela parecia muito doce e não tinha ideia de que nada daquilo era real.

Fiquei olhando enquanto Moria atravessava o salão e interrompia a dança de Torin com a Redcap. Moria estava usando um vestido branco sem alças, seus longos cabelos cor-de-vinho caindo sobre os ombros nus. Uma coroa de cicuta venenosa com delicadas flores brancas repousava em sua cabeça.

Ela dançava bem próxima dele, apoiando a cabeça em seu ombro, seus olhos escuros deslizando em minha direção enquanto o abraçava. Após me dirigir um sorriso presunçoso, ela desviou o olhar de mim e sussurrou algo no ouvido dele. A mão dela deslizou lentamente pelas costas dele até a nuca...

Meu estômago deu um nó. Aquilo era um trabalho. Só um trabalho.

Eles pareciam o casal perfeito, dois lindos feéricos da realeza. Claramente, Torin tinha medo de se apaixonar.

Será que era de Moria que ele tinha mais medo?

Ava

Peguei mais uma taça do vinho de Feéria da bandeja de um criado que estava passando e perambulei pelas extremidades do salão de baile. Provavelmente foi uma daquelas princesas que enviou o assassino atrás de mim, não é? As pessoas pareciam sentir que eu era a favorita e fariam qualquer coisa para vencer.

Moria era minha principal suspeita, mas talvez só porque ela fosse uma idiota completa. Enquanto eu bebericava o vinho, as musicistas começaram a tocar uma nova melodia. Não era um tango, mas tinha a mesma métrica, e a canção sedutora flutuou no ar.

Dei uma olhada para Torin, e desta vez encontrei seus olhos claros fixos em mim, sua boca curvando-se em um sorriso travesso. Do centro do salão de baile, ele estendeu a mão para mim.

A esta altura, o vinho já tinha me aquecido, fazendo meus músculos parecerem flexíveis e ágeis. Abandonei minha taça de champanhe em uma mesinha de mármore.

Ignorando o resto do mundo, fui até Torin. Normalmente, eu odiava ser o centro das atenções, mas o vinho tinha me relaxado, e eu estava focada apenas nele. E talvez eu odiasse um pouco menos estar sob os holofotes quando me sentia sexy pra caramba naquele vestido que ele havia escolhido para mim. O vestido violeta tinha um decote profundo e uma fenda dramática, sedutor e perfeito para uma dança no estilo tango. O rei também havia me dado um colar de prata que parecia folhas de abrunheiro e frutas vermelhas em volta de meu pescoço.

Peguei sua mão, meu olhar fixo no dele. No ritmo da música, circulamos um ao outro por alguns passos. Seu olhar estava me perscrutando. Ele segurou minha cintura e me puxou para mais perto — um movimento brusco e possessivo. Meus quadris estavam apertados contra os dele, e ele não havia dançado assim com as outras... mas eu não estava exatamente reclamando. Mesmo que eu nunca pudesse me apaixonar por ele, não fazia sentido fingir que não gostava de estar perto dele.

Nossas mãos direitas se entrelaçaram, e a mão esquerda dele deslizou pela parte inferior de minhas costas, segurando-me com força. Minha mão esquerda pousou em seu ombro, e eu me deliciei com a sensação de seus bíceps e músculos dos ombros rígidos sob o terno de veludo.

Apesar do azul gélido de seus olhos, ele me dirigia um olhar ardente, acendendo uma chama proibida em meu corpo.

Conduzindo-me com habilidade, ele deslizou a mão um pouco mais para baixo, até a parte inferior de minhas costas, e me guiou em um movimento giratório. Minha perna direita deslizou para trás quando ele me inclinou suavemente em um mergulho, e senti o ar frio beijar minha coxa nua enquanto meu pé se movia para a frente pelo chão de pedra.

Quando ele me puxou de volta, soltou minha mão direita, apertando a parte inferior de minhas costas. Com um sorriso sensual, ele me segurou contra si de uma forma um pouco mais indecente do que o tango que aprendi em aula...

Todos os olhares estavam em nós, mas eu não me importava mais.

Torin me inclinou para trás novamente, arqueando minhas costas, e seu corpo se curvou sobre o meu, seus lábios pairando sobre meu pescoço. No bosque de carvalhos, bastou um roçar de sua boca na minha para me atiçar totalmente. Apenas a memória disso foi o suficiente para fazer meu pulso acelerar, para me deixar consciente de cada ponto onde nossos corpos se encontravam e da sensação de seu coração batendo sob suas roupas. Se estivéssemos sozinhos ali — se tudo aquilo fosse real —, acho que eu não teria mais nem um pingo de autocontrole.

Ele começou a me guiar novamente, e eu me entreguei totalmente a ele enquanto Torin assumia o controle total.

Enquanto minhas costas arqueavam em outro mergulho, inclinei a cabeça para trás e fechei os olhos. Ele abaixou a cabeça, e senti sua respiração aquecendo a parte superior de meus seios. Quando Torin me puxou de volta, meu rosto roçou levemente o dele, e me vi envolvendo seus ombros com os braços, aninhando minha cabeça na curva de seu pescoço. A música se intensificou, e a batida de um tambor ecoou pelo salão.

O rei se inclinou, acariciando meu pescoço com seus lábios. Eu o ouvi suspirar e depois inspirar, inalando meu cheiro. Em uma carícia lenta, os nós de seus dedos roçaram minhas costelas, o afago despreocupado de um homem que tinha tudo o que queria em suas mãos. Seu toque fez com que um calor percorresse meu corpo, e eu sabia que ele podia ouvir meu coração disparando, minha respiração acelerando...

Ele sabia que eu estava excitada. Aquilo ainda era uma dança?

Com um suspiro, ele percorreu meus braços com as mãos, apertando minhas palmas nas dele novamente. Ele as ergueu acima de nossas cabeças, e nossos corpos se pressionaram. Atordoada, inclinei a cabeça para trás e encontrei seu olhar.

Revivi a mesma adrenalina alucinante que senti ao lutar com Torin na floresta, mas com um toque inebriante e sensual em cada movimento. Nunca estive tão desesperada para beijar alguém. Ele parecia ser capaz de se comunicar e me guiar por meio de seus movimentos, como se entendesse como cada músculo de meu corpo funcionava e como conseguir exatamente o que desejava...

Ele poderia me fazer implorar, se quisesse.

Agora eu estava certa de que tinha a resposta para a pergunta de Shalini. Sim, os homens feéricos eram, sem dúvida, melhores na cama que seus homólogos humanos. Pelo menos, eu tinha quase certeza de que *aquele* era. E é claro que ele era, porque não estava nem perto de ser o tipo de homem que mantém relacionamentos.

Com um grunhido quase imperceptível, suas mãos se moveram para meus quadris. Ele se agachou ligeiramente e depois me ergueu acima de sua cabeça. *Puta merda!*

Quando Torin me abaixou, eu estava bem próxima dele mais uma vez, deslizando lentamente por seu corpo. Quando meu pé esquerdo atingiu o chão, percebi que minha perna direita estava enroscada em sua coxa. Ele se inclinou para mim, arqueando minha coluna para trás enquanto pressionava seu corpo sobre o meu, apertando com firmeza a parte inferior de minhas costas. O desejo turvou seus olhos, e seus lábios se separaram.

Talvez fosse tudo parte de uma performance, mas eu não tinha mais tanta certeza. As câmeras não conseguiam captar a expressão em seus olhos, mas eu conseguia. E seu olhar dizia que ele me queria tanto quanto eu o queria. Seus dedos me apertavam possessivamente.

Com o que pareceu um ato de extrema força de vontade, Torin se endireitou, e eu desenrosquei minha perna da dele, afastando-me. Torin soltou minha mão, embora seus olhos ainda se demorassem em mim.

Dei um passo para trás — afinal, ele tinha outras danças naquela noite. Mas meu coração batia forte em meu peito, como se eu tivesse acabado de voltar de uma batalha.

Eu fiquei pelo salão, bebericando mais um pouco do vinho de Feéria, observando enquanto ele dançava com Alice não uma, mas duas vezes. Apesar das preocupações dela, sua dança foi graciosa, e o rei estava sorrindo genuinamente para ela.

Será que eu tinha de continuar ali e vê-lo dançar com uma mulher após a outra? Eu já tinha feito a performance exigida de mim. Tudo já havia sido filmado.

Então, enquanto Moria o agarrava para mais uma dança, saí pela escuridão e voltei ao meu quarto.

O CASTELO ERA ENORME. Vinte minutos depois, enquanto eu caminhava pelo corredor vazio, tive consciência de uma dolorosa solidão. Será que ele estava dançando do mesmo jeito com outra pessoa agora? Era difícil não me fazer essa pergunta.

Mas eu tinha renunciado aos homens, não é? É por isso que eu era "a escolhida" ali.

O som de passos atrás de mim fez meu coração disparar, e me ocorreu que voltar sozinha para meu quarto podia não ter sido a melhor ideia do mundo com um assassino à solta. Ouvi o ritmo da outra pessoa aumentar e me virei, pronta para lutar.

Mas quando olhei para trás, encontrei Torin em meu encalço, com as mãos nos bolsos. Ele não estava mais sorrindo.

— Você não deveria andar sozinha por aqui, Ava. Não quando alguém tentou matá-la.

Eu respirei fundo.

— Desculpe. Eu estava tentando sair de fininho.

Um sorriso surgiu no canto de seus lábios.

— Por quê?

Ele queria que eu admitisse que senti uma pontada de ciúme? Porque eu não estava disposta a fazer isso. Dei de ombros.

— Eu estava entediada.

Ele me pressionou contra a parede, colocando as mãos em cada lado de minha cabeça. Com o olhar que ele me lançava, senti como se estivesse me perscrutando, examinando cada centímetro da minha alma.

— Você não é nada do que eu esperava.

Lambi meus lábios, e seus olhos captaram o movimento, demorando-se em minha boca.

— Isso é bom ou ruim?

— Ambos.

— Estou confusa.

Ele ergueu a mão e, suavemente, passou as pontas dos dedos sobre minha clavícula. Meu corpo ardeu com o leve contato.

— Diga-me novamente o quanto você me odeia.

Meu pulso acelerou.

— Então esse é o seu fetiche?

— Algo do tipo.

Na penumbra da luz das tochas, pude ver claramente o quão acentuadas suas maçãs do rosto eram, o quão perfeitos eram seus lábios...

Então, por que não entrar na brincadeira? O caso passageiro perfeito.

— Você é arrogante e desesperado para passar a impressão de estar no controle, tudo isso para encobrir a verdade.

Ele arqueou uma sobrancelha, sua mão deslizando pela minha nuca. Seu polegar roçou a pele de meu pescoço, seus olhos ardendo.

— E que verdade seria essa? — sussurrou ele.

— Que você tem medo demais de suas próprias emoções, então não permite que ninguém se aproxime.

Um sorriso lento e sedutor curvou seus lábios.

— Parece algo que você entende bem. Um idiota partiu seu coração, e você renunciou ao amor para sempre.

— Você é um esnobe irremediável que acredita que merece poder por causa de um acaso em seu nascimento.

Passei minhas mãos sobre seu peitoral glorioso enquanto falava, deleitando-me com a sensação de seus músculos firmes, fazendo-o grunhir baixinho.

— Seríamos o pior casal do mundo — ronronou ele, olhando para meus lábios. — Sua família carece de uma linhagem nobre, uma verdade que sua falta de modos deixa evidente em qualquer oportunidade.

Estendi a mão e toquei seu rosto.

— E você é estúpido o suficiente para achar que isso tem alguma relevância, não é mesmo, Vossa Majestade?

Seu joelho se aninhou entre minhas coxas, prendendo-me no lugar.

— Não sou alguém por quem qualquer pessoa deveria se apaixonar, entendeu?

Meu pescoço arqueou e meu corpo enrijeceu, pronto para ceder a ele.

— Alto e claro.

— Mas não consigo parar de pensar em você e na sensação do seu corpo contra o meu — murmurou ele. — Só um beijo, Ava. É claro que eu queria mais. Queria muito mais tempo com você, explorá-la por inteira. Mas não posso me permitir isso, porque nada disso pode ser real. Então, só um beijo.

Era quase uma pergunta, e eu balancei a cabeça, abrindo levemente a boca.

Por fim, ele alcançou minha boca com a dele, e senti o sabor doce e frutado do vinho de Feéria em seus lábios. Foi um beijo gentil de início, até que ele inclinou a cabeça, e sua língua invadiu minha boca. Um calor percorreu meu corpo enquanto o beijo se tornava mais intenso, sua língua se entrelaçando na minha em uma carícia sensual.

Meu corpo se incendiou e meu interior ficou tenso e relaxado ao mesmo tempo. Latejando de desejo por ele.

Uma de suas mãos acariciou meu corpo — meu ombro, a curva de meus seios, minha cintura. Eu estava tão desesperada para que ele me acariciasse por inteira que soltei um gemido suave. Suas mãos desceram pelo meu quadril e encontraram a fenda de meu vestido. Ele alcançou a dobra de meu joelho e, levantando minha perna em torno dele, pressionou seu corpo entre minhas coxas. Então, me segurou com força e moveu seus quadris contra mim, e eu me arqueei em direção a ele.

Torin parou o beijo, soltando um suspiro. Mas ele ainda estava pressionado contra mim — uma das mãos na parede, e a outra, no meu corpo.

— Eu já disse o quanto eu amo o seu cheiro, Ava?

Entrelacei meus dedos em seu cabelo escuro.

— Shh. Elogios não valem.

Ele havia dito que seria apenas um beijo, mas foi uma mentira. O rei de Feéria reivindicou minha boca novamente. Meus quadris se moveram contra ele, e o barulho baixinho que se formou em seu peito fez meus seios enrijecerem.

Eu conseguia sentir sua rigidez pressionando-se contra mim, e seu beijo se tornou frenético, desesperado.

Estávamos saboreando um ao outro, e o prazer daquele beijo varreu qualquer pensamento racional de minha mente como um sopro de inverno. Mas não era o suficiente. A sensação latejante entre minhas coxas exigia mais.

Ele capturou meu lábio inferior entre os seus enquanto se afastava, terminando o beijo. Seus dedos estavam entrelaçados em meu cabelo, e ele parecia relutante em me soltar. Recuperando o fôlego, encostou a testa na minha. Meus lábios pareciam estar deliciosamente inchados.

— Somos o pior casal do mundo, mas eu nunca quis ninguém mais do que quero você, Ava Jones — disse Torin, com uma voz rouca. Encontrando meu olhar uma última vez, ele deu um passo para trás. — Enviarei guardas para seu quarto imediatamente. Não permitirei que nada aconteça com você.

Ele se virou e caminhou pelo corredor sombrio, sua coroa brilhando como fogo sob a luz bruxuleante das tochas.

Ava

Acordei com uma dor de cabeça latejante e um braço dobrado cobrindo os olhos. Será que um trovão havia me acordado? Eu não sabia se havia ouvido um estrondo através das paredes ou se eram só vestígios de um pesadelo.

Não era uma tempestade. A luz da Lua invadia o quarto, e eu sentia como se alguém estivesse gritando dentro de minha cabeça.

Eu não havia me sentido bêbada na noite passada — só incrivelmente bem. Acho que tomei duas taças e meia de vinho de Feéria, o que não pareceu muito. Mas, aparentemente, o vinho dos feéricos acaba mesmo com você. E, como sempre acontece quando eu bebo demais, despertei de madrugada.

Imediatamente, minha mente divagou para o beijo com Torin, e meu pulso acelerou só de lembrar.

A voz gritou em minha cabeça novamente, e fechei os olhos com força.

Mas o som não estava só em minha cabeça. Quem diabos estava gritando?

Eu me forcei a sair da cama e fui até o quarto de Shalini. À luz da Lua, pude vê-la sentada na cama, esfregando os olhos.

— O que está acontecendo? — murmurou ela. — Que horas são?

Fui até a porta e abri uma fresta. Gritos ecoavam nas paredes do castelo, e vi guardas correndo pelo corredor sombrio em direção à fonte do barulho.

Fechei a porta e me virei para Shalini.

— Acho que alguém está ferido. Mas tem muitos guardas lá fora, se houver um intruso.

Com o coração disparado, peguei minha espada, que havia sido deixada perto da porta.

Com cuidado, abri a porta um único centímetro e espiei novamente. Os guardas haviam entrado em um quarto, desaparecendo de vista. Sombras ondulavam sobre o chão de pedra. Os gritos cessaram.

Silhuetas se moviam pelo corredor, e, à luz das tochas, identifiquei as princesas, que foram arrancadas de seu sono assim como eu, com os cabelos emaranhados caindo sobre suas camisolas. Reconheci a Redcap de cabelos escuros, que se movia lentamente com seus olhos arregalados, e também distingui os cachos cor-de- -laranja e violeta de Etain.

— O que diabos está acontecendo? — perguntou ela, em um sussurro alto.

Entrei no corredor na ponta dos pés, e um pavor frio tomou conta de mim.

— O que está acontecendo? — Segui silenciosamente até a porta por onde os guardas haviam entrado e espiei por cima do ombro de alguém para ver o que havia se passado.

Além da multidão que se formava na porta, vislumbrei o corpo de uma mulher. Ela estava deitada de bruços, seus cabelos brancos espalhados como as pétalas de uma flor despedaçada, sua camisola branca tingida de vermelho por causa do sangue. O cabo ornamentado de uma faca se projetava no meio de suas costas.

— É a princesa Alice — sussurrei. Seu corpo não se movia.

Fragmentos de nossa conversa de mais cedo passaram pela minha cabeça, e a tristeza tomou conta de mim. Alice parecia uma pessoa amável, nada parecida com o resto das feéricas implacáveis.

Aeron estava agachado ao lado dela, com as mãos estendidas.

— Ninguém se aproxima! — gritou ele. Então, olhou para os outros guardas. — Como isso aconteceu mesmo havendo um guarda na porta? Com todos nós no corredor?

Um soldado de cabelos escuros sacudiu a cabeça.

— Ninguém entrou no quarto dela.

— E nenhum de vocês viu alguém passar? — Uma magia gélida percorreu minha pele, e meus dentes começaram a bater. Eu me virei e dei de cara com Torin vindo pelo corredor. — Todos devem voltar para seus quartos imediatamente — disse ele, com a mão no punho de sua espada.

Respirei fundo e me afastei. Torin tinha razão — não precisávamos de dezenas de pessoas pisoteando a cena do crime. Eu me virei e, olhando para trás, vislumbrei a equipe de TV. Eles estavam arrastando uma câmera o mais rápido que podiam pelo chão de pedra. Eu não queria estar presente quando eles começassem a discutir com Torin sobre a transmissão daquilo tudo.

Eu me apressei para meu quarto, pensando no que Torin havia dito sobre o castelo — nem mesmo ele conhecia todas as passagens daquele labirinto. Tranquei a porta assim que Shalini e eu estávamos seguras.

— Precisamos verificar se aqui não tem nenhum tipo de passagem secreta — falei. Com o coração disparado, afastei as tapeçarias das paredes e procurei por alçapões debaixo das camas.

Shalini estava passando os dedos pelas paredes.

— Por que a Alice? — perguntou ela. — Você e Moria pareciam estar na liderança.

— Provavelmente é obra de Moria — murmurei. — E talvez ela não tenha conseguido entrar aqui. Alice dançou duas vezes com o rei hoje. Talvez mais. Ela ainda estava dançando com ele quando saí.

Depois de vinte minutos de busca, Shalini e eu não encontramos nada — exceto um bilhete do rei, que havia sido passado sob nossa porta:

Verifique cada centímetro do quarto. Aeron irá protegê-la até eu retornar.

Você não deve deixar o quarto sob nenhuma circunstância.

SHALINI E EU PASSAMOS O DIA praticamente como prisioneiras em nosso quarto — apesar de sermos prisioneiras com toneladas de livros, uma banheira luxuosa, muitas entregas de comida e uma breve visita de Aeron, que nos ajudou a inspecionar o quarto mais uma vez. Mas agora éramos só nós duas e os livros. Enquanto passávamos o tempo em nosso quarto, os criados fizeram entregas de ensopados, asas de frango, queijos finos, frutas e vinho tinto.

Além da ameaça de assassinato, eu não tinha nenhuma queixa.

Por volta das oito da noite, eu estava debruçada sobre as asas de frango, que estavam fumegantes e saborosas, a carne praticamente se desprendendo do osso. Eu estava com um livro no colo enquanto comia, *O Castelo de Ontranto*, um romance gótico secular que havia me fisgado completamente.

Quando fiz uma pausa para tomar um gole do vinho francês Beaujolais, ouvi uma batida na porta.

Shalini chegou à porta primeiro e encostou a orelha na madeira.

— Quem é? Mais comida?

— É o rei. — Sua voz grave ecoou através da porta. — E Aeron.

Shalini destrancou a porta e a abriu, deixando-os entrar.

Quando Torin entrou no quarto, pude ver sua exaustão. Seu rosto estava tenso, e havia manchas escuras sob seus belos olhos.

Aeron ergueu a adaga preta que eu havia visto se projetando do corpo de Alice. Ele olhou para Shalini e para mim.

— Vocês duas são as únicas que tiveram um vislumbre do assassino em ação. Esta é a mesma adaga que vocês viram no seu quarto aquela noite?

Cheguei mais perto, olhando para o cabo.

— Acho que sim. Quer dizer, estava escuro. Mas eu lembro que o cabo era preto. Um tom tipo ônix.

— Encontraram uma passagem secreta no quarto de Alice? — perguntou Shalini.

Torin passou a mão pelos cabelos.

— Havia uma pintura de Finvarra que ninguém suspeitava que, na verdade, fosse uma porta. Dava para o quarto dela, e o assassino deve ter entrado por lá enquanto ela dormia. A passagem leva até as masmorras. Soldados já estão vasculhando tudo em busca de pistas e interrogando as outras princesas.

Senti uma pontada de curiosidade.

— Por que vocês não suspeitam de nós?

Aeron inclinou a cabeça.

— Vocês não teriam passado por mim, não é? Várias das outras princesas têm passagens escondidas em seus quartos, que permitiriam que elas saíssem. O de vocês não tem.

Respirei fundo.

— Deixa eu adivinhar. Moria é uma delas?

— Não posso acusar ninguém sem provas. Isso destruiria o reino.

Aeron mexeu na gola de sua camisa.

— E claro, também tem toda a história entre o rei e a família de Moria.

Não era como se ele tivesse me contado alguma coisa sobre isso.

Torin deu uma olhada para Aeron um momento antes de encontrar meu olhar.

— Tenho guardas o suficiente coletando pistas agora, Ava. Mas só temos mais alguns dias, e preciso ter certeza de que você será capaz de se defender no torneio de esgrima.

Apesar de tudo o que havia acontecido, e apesar de meu bom senso, senti um arrepio de entusiasmo com a ideia de ficar sozinha com ele novamente.

Ava

Envolta em minha capa branca, segui Torin até a floresta. Mas ele não estava me levando para o cemitério de peculiaridades, como sempre. Em vez disso, percorremos um caminho sinuoso por entre carvalhos escuros cobertos de neve.

— Você realmente acha que eu preciso praticar mais? — O ar frio castigava meus pulmões. — Com tudo o que está acontecendo?

— O torneio de esgrima é depois de amanhã. Sim, eu ainda estou preocupado. — Ele olhou para mim, seus olhos brilhando na escuridão. — Não sei se eu deveria ter trazido você para Feéria.

— Por quê?

— Porque você estava segura no mundo humano, mas não está aqui. E agora é minha responsabilidade garantir que nada aconteça com você, mas não me sinto mais no controle. As forças sombrias estão se espalhando, junto com a geada. Tudo começou com os bichos-papões estragando o leite. Então eu ouço relatos de dragões e demônios Sluagh... A magia sombria que preenche o vazio está assumindo o controle, e suspeito que as princesas consigam sentir essa influência maligna tornando-as mais sedentas por sangue.

— Não é por isso que eu estou aqui? Para consertar tudo?

— Se você sobreviver. Depois do assassinato, não tenho dúvidas de que as princesas tentarão fazer picadinho de você no torneio.

Um pavor gélido subiu pela minha espinha, mas tentei ignorá-lo.

— Mas você precisa de uma rainha que você não seja capaz de amar, ou o reino não irá sobreviver. Então, aqui estou eu. Torin, para onde estamos indo?

O rei parecia envolto em sombras naquela noite, e tive a sensação de que algo afligia sua mente.

— Para o antigo templo de Ostara. Vamos praticar lá.

— Por quê?

— Não é da sua conta, criança trocada — disse ele secamente. — Apenas foque em tentar permanecer viva. Hoje, enquanto praticarmos, usarei magia. As princesas farão o mesmo, e você precisa estar preparada.

Aparentemente, Torin não estava a fim de conversar aquela noite.

Mas à medida que ele me conduzia até um imponente templo de pedra, com arcos que se elevavam em direção às estrelas, as palavras me escaparam, de qualquer forma. O frio nem passava pela minha cabeça enquanto eu contemplava a beleza melancólica daquele lugar. Entramos no antigo templo por um arco aberto.

A neve cobria o chão e salpicava as pedras. Se as catedrais medievais tivessem o dobro de seu tamanho e fossem abandonadas em terras congeladas durantes séculos, elas seriam assim. A luz da Lua entrava pelas altas janelas abertas, e o teto deteriorado se estendia acima de nós como a caixa torácica quebrada de um dragão de pedra. Estátuas adornavam algumas das alcovas, muitas delas de animais como lebres e raposas. Senti uma onda de magia pulsando nas pedras, vibrando sobre minha pele. Pingentes de gelo estavam pendurados por toda parte, cristais que brilhavam em um tom prateado. Espinheiros subiam pelas paredes. As plantas não floresciam mais no frio, mas o efeito era ameaçador e impressionante ao mesmo tempo.

Eu não tinha ideia do porquê de termos ido até ali, mas não estava reclamando. Era um privilégio poder conhecer aquele lugar mágico.

— Está pronta? — Torin já estava desembainhando a espada, sem perder tempo.

Suspirando, tirei minha capa e a coloquei sobre uma estátua de uma lebre parcialmente destroçada. Peguei minha espada, firmando os pés no chão gelado.

Quando ergui minha arma, nossos olhares se encontraram. Às vezes, quando ele olhava para mim, a intensidade de seu olhar causava arrepios em minha pele. Aquele era um homem com tanto poder que eu quase sentia como se estivesse vendo algo proibido quando olhava diretamente para ele.

— Só um momento. — Ele enfiou a mão no bolso e pegou um cristal claro que reluzia como gelo. — Mantenha isso perto de você. A ajudará a se mover rapidamente quando as outras princesas estiverem usando magia. Tome cuidado para não ser dominada pelo seu poder.

Ele jogou o cristal no ar, e eu o peguei na palma da mão. Eu não tinha bolsos em minhas calças de couro, então o enfiei no sutiã.

Quando o objeto tocou minha pele, uma escuridão começou a se espalhar em meu peito — uma sede de sangue. Senti meus lábios se curvarem, revelando meus dentes, e passei a língua pelos caninos. Deve ter sido culpa da magia selvagem daquele lugar ou do próprio cristal, mas eu juro que eles pareciam afiados como os de um lobo. À minha volta, o luar parecia mais brilhante, e as sombras, mais espessas.

Talvez eu não tivesse sido feita para o mundo humano. O mundo selvagem era meu lar.

— Não sei se você está preparado para mim, Torin.

— Farei o meu melhor, criança trocada — ronronou ele.

Seus olhos eram dois pontos de gelo na escuridão. Tentei antecipar onde ele atacaria primeiro, e minhas pernas começaram a formigar com a fúria da batalha.

Torin avançou em minha direção pelo chão coberto de neve do templo. Ele atacou, mirando meu ombro, e defendi com facilidade. Eu me movia tão rapidamente quanto o vento enquanto revoávamos em meio a uma agitação de lâminas que se chocavam no ar. Eu já estava acompanhando o ritmo dele, meu coração batendo forte com a adrenalina.

Será que eu estava empolgada por Torin ou desesperada pela adrenalina da batalha? Será que esse era um lado que eu reprimia e nunca cheguei a conhecer no mundo humano?

A essa altura, já havíamos aprendido os movimentos e ritmos um do outro, o que significava que eu precisava fazer algo diferente para vencer. Bloqueei seu ataque com mais força do que o normal e, então, me afastei dele. Troquei de posição na escuridão tão rapidamente quanto o bater de asas de um beija-flor. Torin já estava atacando novamente e tentou me acertar, mas, desta vez, desviei por baixo.

Não há regras em Feéria...

Do chão, fiz um movimento para atacar suas pernas, e ele saltou sobre minha lâmina. Antes que eu pudesse me levantar, ele atacou novamente, agora com uma ferocidade renovada. Bloqueei o ataque, e a lâmina dele pressionou contra a minha.

Presa no chão, chutei seu joelho. Ele soltou a espada, que caiu com um estrondo. Quando comecei a tentar me levantar novamente, o corpo do rei me atingiu com a força de uma locomotiva a vapor. Caí mais uma vez na terra rochosa, minha cabeça chocando-se contra o chão de pedra. Fui tomada por uma tontura e deixei minha espada cair.

A magia fluiu do cristal para meu peito, e meu corpo rugiu com violência. Mas Torin já estava em cima de mim, prendendo-me na terra coberta de neve. Levantei meu quadril e agarrei seu cabelo, forçando-o a sair de cima de mim.

Ele rolou de costas, e montei nele, socando-o com força na mandíbula. Sua cabeça foi jogada para trás, mas, no meu próximo golpe, ele segurou meu punho com força. Com um rosnado, torceu meu braço para longe. Fui forçada a sair de cima dele e caí de bruços na neve. O vento parou de tocar meu corpo.

O rei estava em cima de mim agora, prendendo minhas mãos no chão. Movi meus quadris em direção a ele, mas não estava tentando afastá-lo.

Ele se inclinou, sussurrando em meu ouvido:

— Vejo que você tem seu lado selvagem, mas claramente ainda temos trabalho a fazer.

Ele soltou meus pulsos, mudando um pouco a postura. Recuperando o fôlego, troquei de posição para olhar para ele. Mas o rei não se moveu. Ele prendeu meus pulsos novamente, desta vez de frente para mim.

— Você está bastante agressiva esta noite, não acha? — Uma selvageria brilhou em seus olhos claros. — Ótimo, mas precisa ser ainda mais agressiva, Ava. Não quero ser responsável pela sua morte.

Minha respiração formou uma nuvem de fumaça ao redor dele.

— Porque, por baixo desse seu exterior mal-humorado, na verdade, você gosta de mim.

Ele exalou bruscamente e soltou minhas mãos, mas não saiu de cima de mim.

— Ava — sussurrou ele, olhando para mim.

Seus cílios eram longos e escuros, seu rosto era um conjunto de contrastes: pele clara, sobrancelhas pretas como carvão e olhos de um azul muito claro.

A neve do chão de pedra começou a penetrar em minhas roupas, congelando minha pele.

Ele colocou a mão na minha bochecha, roçando o polegar no meu rosto, e pressionou a testa contra a minha.

Perto assim, o poder primitivo de sua magia pulsou sobre mim, fazendo minha pele vibrar. Eu respirei seu cheiro. Estar perto dele era como extrair o poder de um deus. O desejo tomou conta de mim, e minhas coxas apertaram as dele.

— Isso é apenas físico — sussurrei, lembrando a mim mesma em voz alta.

— Ótimo. — Ele rolou para o lado, mas enfiou a mão em meu cabelo, puxando-me para perto. A outra mão deslizou até minha bunda, fazendo com que eu me aconchegasse ao seu lado.

Torin virou a cabeça para mim, roçando os lábios nos meus, provocando. E quando sua boca pressionou a minha, nossas línguas se entrelaçando, ele me beijou com o desespero de um homem que pensava que o mundo estava acabando e que só nosso desejo seria capaz de salvá-lo.

Ele deslizou a mão pela parte de trás de minha calcinha, apertando minha bunda. Torin gemeu, seus dedos firmes em meu cabelo. Pela tensão de seus músculos, eu sabia que ele estava usando todo seu autocontrole para se conter.

Aquele era um jogo perigoso, já que ele não conseguia nem ao menos admitir que gostava de mim.

Passei meus dedos por baixo de sua camisa, sentindo o contorno de seu abdômen, depois desci um pouco a mão...

Sua restrição se desfez.

Agora não havia nada no mundo além de nossos corpos emaranhados, de nossos lábios movendo-se um contra o outro e de nossos corações batendo forte. Nosso beijo era como a primeira estrela no céu noturno — uma centelha de luz cercada pela escuridão. O tipo de beijo que desejei durante toda minha vida e nunca pude ter. Todo o resto desapareceu nas sombras.

Ele se afastou, tomando meu lábio inferior entre os dentes por um momento, então recuperamos o fôlego. Gentilmente, ele deu beijos em meu queixo, mantendo-me perto dele. Pela primeira vez desde que o conheci, o corpo de Torin irradiava calor.

Ele encontrou meu olhar mais uma vez e parecia estar analisando meus olhos.

— Ava — disse ele com uma voz rouca.

Então, tão rapidamente quanto o beijo começou, ele se afastou de mim. Torin se sentou, virando-se de lado, e passou a mão pelos cabelos.

Eu me sentei também, franzindo a testa para ele. Meu corpo sentia falta do calor dele, da sensação de seu corpo em volta do meu.

Ele olhou para mim, sua expressão fria como gelo.

— Você sabe que é apenas luxúria, Ava. Isso não é real. Eu não posso... *não* gosto de você.

Suas palavras me atingiram como um pingente de gelo no peito, e eu olhei para ele atordoada. Quando ele se levantou, precisei de um momento para me lembrar de como falar. Mas, claro... eu já esperava por isso, não?

Engoli em seco, ignorando a dormência que crescia nos dedos das mãos e dos pés por causa do frio.

— Você não gosta de mim porque sou uma feérica comum.

Claro, Torin também tinha algum tipo de história com Moria, uma Feérica Superior de sangue azul.

— Não — murmurou ele. — Não é por isso. Eu trouxe você aqui por um motivo.

Minha mandíbula enrijeceu.

— E esse motivo é...

— Eu precisava lembrar a mim mesmo... — Ele parou. — Olha, não tem importância. Isso nunca foi destinado a ser real. Você sabia disso.

Fiquei de pé, tirando a neve de minhas roupas.

— Está tudo bem. — Falei baixinho, tentando manter minha voz firme, para que ele não a ouvisse falhar. — Eu sempre soube que você era só mais um bonitão idiota, e isso não mudou. Então, nenhuma surpresa da minha parte. — Eu tinha certeza de que estava fazendo um ótimo trabalho encobrindo o fato de que ele tinha me deixado sem chão.

Estranhamente, apesar de ter sido ele quem me rejeitou, uma expressão de dor perpassou suas feições por um momento.

Então ele se virou e saiu andando em direção às sombras. Olhei enquanto ele se afastava. Ele nem se preocupou em pegar a espada.

Eu sempre soube o que era aquilo. Ele nunca quis se casar. Nem se apaixonar ou ter filhos. E eu também não, porque estava farta do amor.

Mesmo assim, era como se meu coração estivesse se partindo.

Ava

Quando finalmente voltei para meu quarto, furiosa, meus dedos das mãos e dos pés estavam completamente dormentes e meus dentes não paravam de ranger.

Apesar de Torin ter desaparecido sem deixar rastros, ele havia enviado guardas para me escoltar de volta ao meu quarto, o que de alguma forma me irritou ainda mais.

Encontrei Shalini sentada na cama com as pernas cruzadas, debruçada sobre um livro. Na mesa ao lado dela, havia uma garrafa de vinho e duas taças vazias. Encharcada por causa da neve, senti uma pontada de inveja de sua noite tranquila e quente.

Ela olhou para cima quando entrei.

— Você parece estar congelando. Como foi o treino?

— Torin é um idiota.

Ela imediatamente pegou a taça vazia de vinho e começou a servir.

— É mesmo? O que aconteceu?

— Bem, nós treinamos. — Tirei minha capa úmida e a coloquei sobre uma cadeira. — Então nos beijamos. E aí ele me disse que, na verdade, não gosta de mim.

Ela olhou para mim, quase derramando o vinho.

— Que merda é essa, Torin? Quer dizer, mesmo pra alguém galinha, será que não dava pra ele guardar essa informação pra si mesmo?

Peguei o vinho da mesa e fui até a lareira para me aquecer.

— Acho que ele está horrorizado por sentir tesão por uma feérica comum.

Ela sacudiu a cabeça.

— Ele não pode ser tão superficial assim, pode?

Dei de ombros.

— Bem, não consigo pensar em mais nada. — Sorri para ela de forma irônica. — Levando em consideração a frequência com que acabamos nos beijando, acho que ele gosta da minha aparência. E com certeza minha personalidade encantadora não é o problema. Mas realmente não tem importância, Shalini. Vim até aqui sabendo que essa história de amor era uma mentira, então não sinto nada. Torin não é nada diferente de Andrew, não é? Estou aqui pelo dinheiro. Só isso.

Um pensamento afiado atingiu minha mente... *Mentirosa*. Porque aquele beijo havia sido alucinante o suficiente para me fazer esquecer totalmente de Andrew e de meu juramento de nunca mais amar. Até mesmo dos cinquenta milhões...

Mas será que eu realmente precisava admitir isso em voz alta? Meu ego já havia sofrido danos o suficiente ultimamente.

— Você é genuinamente encantadora para qualquer pessoa com bom senso. — Ela inclinou a cabeça. — Inclusive, Aeron não é mais tão casto quanto deveria.

— Tá de brincadeira. — O calor da lareira me envolveu, secando um pouco minhas roupas, e o fogo crepitou atrás de mim. Eu sorri de volta para ela. — Bem, pelo menos uma de nós arrumou um cara legal.

Ela deslizou sua taça de vinho vazia sobre a mesa.

— Essa não foi a única coisa que eu descobri.

Esfreguei as mãos, sentindo meu sangue correr novamente.

— O que mais?

— Lembra que procuramos passagens secretas no quarto e não encontramos nenhuma? — Ela saiu da cama e foi até uma das estantes. — Bem, nós *temos* uma passagem secreta. E é clássica pra caralho.

— Como assim clássica?

— Veja bem. — Ela puxou uma gárgula de pedra de uma prateleira, e ela emitiu um estalo. A estante se abriu para dentro, com um rangido, derrubando alguns livros no chão.

Certo. A passagem da estante era *realmente* clássica, e eu não sei por que não tentamos aquilo antes.

— Onde você acha que isso vai dar? — perguntei em um sussurro.

Ela olhou da porta para o corredor.

— O assassino entrou pela porta principal, não foi?

— Talvez ele não soubesse sobre a passagem secreta. — Eu me aproximei e pude ver os contornos de antigas dobradiças de ferro fundido. — Como você achou isso? — sussurrei.

— Estava procurando outro romance gótico. Já terminei *Os Mistérios de Udolfo*. — Ela deu um passo hesitante para dentro, depois fez uma pausa para olhar para mim, os olhos arregalados. — Será que devemos chamar o Aeron?

Eu hesitei.

— Não queria que nós duas fôssemos adicionadas à lista de suspeitos. Não suspeitam de nós até agora. Talvez a gente devesse só... fechar isso.

— Você sabe que vamos entrar aí, Ava. Nem finja discutir. — Ela acendeu a lanterna do celular e entrou mais fundo no túnel.

— Só um segundo, Shalini. — Corri de volta para o quarto e peguei minha espada.

Dentro da passagem, a luz da lanterna iluminava o teto baixo e as paredes escuras de pedra. Agarrei o cabo de minha arma e farejei o ar. Senti o cheiro de pedra úmida, um pouco de musgo, o aroma do sabonete de rosas que eu e Shalini estávamos usando...

No mundo humano, eu não usava essa habilidade primordial, caçar pelo cheiro. Mas ali ela surgia naturalmente, como um sentido esquecido.

Shalini iluminou as pedras com sua lanterna.

— Ava, você queria informações sobre monstros, não é? Sobre os que você acha que podem ter matado seus pais.

— Você encontrou alguma coisa? — Estávamos ambas sussurrando, mas, de alguma forma, nossas vozes pareciam altas, ecoando na pedra. — Torin tem falado sobre monstros ultimamente. Sobre dragões e algo chamado Sluagh.

— Mas as pessoas falam sobre esses monstros, não é? Em um dos livros de história dos feéricos, havia criaturas com chifres e asas. Metade feéricos, metade bestas, como aquela tapeçaria. O livro diz que eles poderiam ser só uma lenda. Mas, ao que parece, Torin os viu, não é? Supostamente, são criaturas malignas e sanguinárias. O lado antigo e sombrio dos feéricos, antes de se tornarem mais civilizados.

— Ele parece ter certeza de que essas criaturas mataram os pais dele. E acho que Torin disse uma vez que eles já haviam governado esta terra, antes dos Seelie assumirem o controle e construírem este castelo. — Meu coração acelerou, e minha boca ficou seca. — Como eles se chamam?

Ela se virou, seus olhos brilhando na escuridão.

— Os Unseelie.

O nome fez com que um pavor gélido percorresse minha pele.

— Já ouvi falar deles. Não sabia que eram reais.

Ela deu de ombros.

— Ao que parece, monstros são reais em Feéria.

Suspirei.

— Com certeza é verdade. Torin diz que, à medida que a magia deixa o reino, a magia das trevas preenche o vazio.

— Estou preocupada com o torneio de esgrima. Você está mesmo pronta para isso, Ava? Porque essas princesas *não* estão de brincadeira. — Ela se virou para mim. — E se Moria for secretamente uma Unseelie e fizer picadinho de você?

— Vou ficar bem — falei da forma mais tranquilizadora que pude. — Eu treinei muito com Torin. — Mas, na verdade, quem poderia saber se havia sido o suficiente?

À medida que avançávamos pelo túnel, comecei a pensar na nossa primeira noite no quarto. Aeron deu a entender que ele não era usado havia anos e não queria ser questionado sobre isso. Por que será?

Tive a impressão, e uma sensação, de que aquela passagem era importante. De quem era aquele quarto antes?

Tive de me abaixar para que minha cabeça não batesse no teto e passei na frente de Shalini, segurando a espada à minha frente. Shalini seguia logo atrás de mim, sua respiração meio ofegante de empolgação.

Depois de mais uns seis metros, a passagem se abriu um pouco. Shalini usou a luz da lanterna para olhar ao redor, revelando duas escadarias diante de nós — uma que subia e outra que descia.

— Vamos subir — disse Shalini.

— Por quê?

— Sei lá. Se a gente descer, vamos encontrar uma masmorra abandonada ou algo do tipo, e eu não quero achar nenhum cadáver.

Ela me deu uma cutucada de leve, e avancei com minha espada a postos.

Subimos as escadas até que elas acabaram em uma parede de pedra sólida.

— Por que uma escadaria levaria a lugar nenhum? — perguntei.

— Deve ter outra porta. — Shalini iluminou a pedra com sua lanterna. — Aqui! — Ela apontou para uma pequena protuberância. — Parece um botão. Viu? Agora eu sou boa em encontrar essas coisas.

Com cuidado, eu o pressionei, e ele fez um som de clique. O que parecia ser uma parede de pedra começou a se abrir para fora.

— Cuidado — sussurrou ela.

— Eu sei. — Deixei a porta abrir só um pouco e espiei pela fresta. — Um corredor. — Lentamente, empurrei mais. Ali, o chão estava empoeirado, e teias de aranha pendiam de uma pintura com moldura dourada à nossa frente, um retrato de uma feérica de cabelos pretos que reluziam com joias.

A passagem de pedra era grosseira e mais estreita que o restante, como se tivesse sido construída em uma época em que os feéricos eram menores. O corredor levava a mais uma escadaria apertada e que conduzia cada vez mais para cima. Lentamente, me aventurei a subir as escadas com Shalini em meu encalço. A luz da lanterna mal iluminava os degraus à minha frente. Eles subiram e subiram em espiral, até eu começar a me sentir meio tonta e claustrofóbica, e as paredes escuras pareciam se fechar sobre mim.

Continuamos subindo, e os músculos de minhas coxas já estavam começando a queimar com o esforço.

Justamente quando eu estava tentada a fazer uma pausa para descansar, chegamos a outra porta. Esta era feita de madeira, já empenada pela ação do tempo. Torci a maçaneta empoeirada, esperando que fosse estar trancada, mas ela girou facilmente, e a porta se abriu com um rangido lento.

Olhei para um quarto escondido em uma torre e para a luz da Lua que se derramava sobre uma cama.

30

Ava

A luz entrava pelas janelas vitorianas que nos rodeavam. Shalini olhou por cima de meu ombro e suspirou.

— Que lugar incrível!

Assenti, olhando para o reino congelado lá embaixo através das enormes janelas. Depois da escadaria apertada, era um alívio estar naquele lugar. Dali, eu conseguia ver o templo em ruínas onde Torin havia confessado que não gostava nem um pouco de mim — uma mancha minúscula e escura ao longe, com torres projetando-se da floresta como lâminas pretas. Um mar prateado se espalhava diante de nós, e a luz do luar reluzia nas árvores cobertas de neve, nos campos e nos telhados invernais do reino.

Uma escuridão está se espalhando em nosso reino.

Eu me virei para examinar o cômodo. Acima de nós, o teto se elevava como uma casquinha de sorvete invertida. No quarto, havia uma cama de solteiro, uma escrivaninha e uma cadeira. Durante o dia, a vista da mesa seria magnífica, mas a luz do Sol acordaria qualquer um ao amanhecer.

Um livro empoeirado estava sobre a cama, e eu o peguei. Na capa, havia uma coroa prateada, e a frase *Reivindicado pelos Feéricos da Montanha* estava escrita em língua humana. Quando abri na folha de rosto, descobri que fora publicado há apenas cinco anos.

— Shalini, alguém aqui estava lendo um romance erótico. Recentemente.

Ela estendeu a mão.

— Me dê isso. Preciso de algo mais picante do que a ficção gótica do século XVIII em nosso quarto.

Entreguei o livro a ela.

— Este lugar não está totalmente abandonado. O livro tem apenas cinco anos.

— Certo. Então provavelmente estamos no quarto do assassino. Talvez a gente devesse dar o fora daqui.

— Calma aí.

Fui até a escrivaninha, e meu olhar percorreu um protetor de mesa de couro na superfície. Ao lado, havia uma antiga luminária com uma cúpula de vidro manchada, junto de um pequeno porta-lápis de estanho que continha algumas canetas de aparência antiga. Tudo estava coberto de poeira.

— Parece que ninguém esteve aqui recentemente — falei. — Tem anos de poeira por cima de tudo.

Abri a gaveta da escrivaninha e encontrei um único livro com capa de couro. O couro era velho e ligeiramente desgastado, sem nome, etiqueta ou qualquer outra coisa na superfície.

Eu o abri, e Shalini iluminou as páginas com a lanterna do celular. Eu esperava ver mais da escrita feérica, mas quando o folheei, era apenas papel velino bege sem nada escrito.

— Decepcionante.

— Patético.

Mas quando ela afastou a lanterna, as páginas em branco cintilaram com a luz. Ali, sob o fraco brilho da Lua, uma escrita fina e elegante surgiu nas páginas em um prateado brilhante.

— Olha — falei a Shalini —, consegue ver isso?

Ela apontou o celular para o livro novamente, e a lanterna apagou a escrita ao iluminá-la.

— É a luz da Lua que faz o texto aparecer — falei.
— Puta merda! Você consegue ler, Ava?
Graças ao feitiço da bibliotecária, eu conseguia.
— Parece uma data — falei. — Dia cinco de maio de três anos atrás. — Passei para a próxima página. — Sete de maio.
— Humm — disse Shalini. — É um diário?
— Estou sentada na torre mais maravilhosa de todas, que imagino que só eu conheça — li em voz alta. A primeira linha fez com que um arrepio percorresse meu corpo.
— Como você é intrometida, Ava! Isso não é da nossa conta. Leia mais, por favor.
Baixei os olhos para a página e comecei a ler.

MESMO AQUI, NESTE LUGAR *tranquilo, não consigo parar de pensar nele, na beleza cruel de seus olhos claros. Ele me diz que é incapaz de amar, mas não por quê. Ele me diz que existem segredos que somente ele e Orla sabem.*

Mas eu sei que é mentira. Consigo sentir seu amor sobre mim como uma brisa quente de primavera e, quando nos casarmos, restaurarei a vida deste reino.

Eu me lembro de quando nos conhecemos, quando ele me salvou de um espectro nas charnecas congeladas. É claro que eu sabia quem ele era. O único homem no mundo possuidor de uma beleza capaz de partir um coração num piscar de olhos.

Eu nunca me esquecerei de quando nossos olhares se encontraram — foi como se meu coração se partisse em dois naquele exato momento. O que até então estava inteiro, foi partido em dois pedaços, e um pedaço pertencia a ele.

E mesmo que ele se recuse a admitir para si mesmo, eu sei que ele me ama.

— M

Nesse momento, Shalini interrompeu a leitura.
— Quem é? Quem escreveu isso?
Fiquei encarando as palavras, sentindo como se dedos com garras afiadas apertassem meu coração.
— Não sei — falei. — Aqui só diz "M". Mas é sobre Torin. Ele adora dizer que não é capaz de amar.
— A gente não deveria estar lendo isso — sussurrou ela.
— Continue.

Querido diário, não parece possível, mas aconteceu de verdade. Eu me mudei para o castelo — para o meu próprio quarto, que é decorado com tapeçarias e repleto de livros. Suponho que não seja tão imponente quanto o da minha casa, mas aqui estou perto dele, e essa é a única coisa que me faz feliz. Acho que Torin planeja se casar comigo, mas ele continua me alertando sobre o perigo...
— M

Meu coração batia forte contra minhas costelas, e senti as vinhas espinhosas do ciúme envolvendo meu coração.
Será que "M" era de Moria? Era uma letra bastante comum, mas ainda assim...
Quem tinha escrito aquilo? E por que ele não se casava com ela agora?
A caligrafia prateada era difícil de ler e parecia ficar cada vez mais clara à medida que eu a encarava, então virei a página e li em voz alta o mais rápido que pude.

8º DIA DA COLHEITA,
Querido diário, passamos um longo dia juntos, só eu e ele. Ele parecia indisposto, como se algo o preocupasse. Tentei falar com ele

sobre isso, mas insistiu que não era nada. Ele começou a dizer que não deveríamos nos tocar, e eu não compreendo por quê.

Virei a página, e ali a caligrafia estava mais irregular, como se tivesse sido escrita de modo mais rápido que o normal.

Dia do jejum,
Querido diário, hoje foi horrível. A coisa mais terrível de todas aconteceu. Fomos dar um passeio na floresta, só nós dois. Deveria ter sido maravilhoso, mas ele ficava tentando me dizer que algo terrível poderia acontecer. Que eu estava condenada, mas sem explicar por quê. Por fim, tive uma chance de ficar sozinha com ele, mas quando tentei segurar sua mão, ele me congelou. Foi a coisa mais dolorosa que já senti e tive que correr até minha querida irmã para consertar.
Ela me disse que Torin causaria a minha morte.
Que Torin ERA a própria morte.
Na premonição dela, ele enterraria meu corpo congelado sob a terra no templo de Ostara, e nunca contaria a ninguém que me matou. Ele engole o segredo, as cinzas dentro dele...
Isso me assusta. Minha irmã nunca errou uma premonição. E, ainda assim, acho que não consigo ficar longe do rei...

— Não estou conseguindo ler direito — falei.
Enquanto eu falava, o texto desaparecia completamente, e fiquei encarando uma página em branco.
Senti minha respiração presa na garganta.
— Puta merda! — disse Shalini. — Quem você acha que era? Você acha que Torin pode ser perigoso?
— Somos feéricos. Somos todos perigosos.

— Talvez o assassino tenha matado ela também. — Shalini tocou meu braço. — Ava, sei que fui eu quem disse pra você vir pra cá. E você me disse que os feéricos eram aterrorizantes, mas eu não escutei. Estou começando a pensar que... sabe, talvez não valha a pena arriscar sua vida por causa disso.

— Por cinquenta milhões?

— O que você vai fazer com cinquenta milhões se estiver morta? — retrucou ela.

Respirei fundo.

— Você só precisa ter fé que eu não vou morrer.

Porque não era só sobre o dinheiro.

Eu não queria ir embora dali.

Ava

Era a última noite antes do torneio, e todas nós deveríamos nos encontrar para um jantar agradável e civilizado antes de estraçalharmos o corpo uma das outras com espadas. Com Shalini ao meu lado e Aeron à nossa frente, percorri os corredores do castelo com um vestido em um tom claro de prata. Meu cabelo estava trançado com violetas, e Shalini usava uma roupa branca e elegante.

Meu vestido cintilava conforme eu andava, e eu não conseguia parar de pensar na luz do luar e naquela caligrafia estranha e elegante. O diário me manteve desperta durante toda a noite, mesmo não conseguindo lê-lo. Fiquei acordada, examinando-o obsessivamente, como se as páginas em branco pudessem relevar os segredos de Torin.

Pisquei, tentando me forçar a voltar ao presente. Quando chegasse a hora da luta, na manhã do dia seguinte, eu não poderia ficar sonhando acordada com os mistérios sombrios da vida amorosa de Torin ou com o que havia acontecido com "M".

— Para de remoer o assunto — murmurou Shalini. — Você está em um lindo castelo a caminho de um banquete.

Lancei um olhar zangado para ela.

— Não é isso. Só estou nervosa por amanhã.

Ela franziu a testa para mim.

— Nós duas estamos. Não é tarde demais pra... sabe...

— Fugir?

— Tenho receio de que amanhã vai ser um banho de sangue — sussurrou ela meio alto.

— E vai. É assim que os feéricos são. Só tenha fé nas minhas habilidades de sobrevivência, porque eu sou um deles.

Percebi, com um pequeno choque, que eu estava começando a me considerar feérica, não uma aspirante a humana.

Eu era feérica.

Depois de semanas no castelo, eu estava me familiarizando com o lugar. Passamos pela coleção habitual de retratos dourados, armaduras e tochas bruxuleantes, e eu sabia que estávamos nos aproximando da sala dos tronos.

Passamos pelas portas e encontramos mesas dispostas em um semicírculo ao redor dos antigos tronos. Aeron conduziu Shalini e eu até nossos assentos, e dei uma olhada para o lugar que Alice teria ocupado se não tivesse sido assassinada. Senti um nó na garganta.

Um criado nos serviu vinho tinto. Enquanto eu bebia, as outras princesas começaram a chegar em fila, ocupando seus lugares com graciosidade.

Torin entrou na sala, vestido em couro preto — mais como um guerreiro do que como um rei aquela noite.

— Amanhã realizaremos o evento final de nosso torneio — disse ele. — Será aço contra aço, lâmina contra lâmina. Amanhã vocês deverão me provar que possuem o nobre espírito guerreiro exigido de uma rainha Seelie. Aquelas que tiverem sucesso no primeiro duelo, continuarão a lutar contra as outras vencedoras.

Moria se virou para mim com um sorriso agradável.

— E se o infortúnio de uma morte violenta se abater contra alguém, essa pessoa também estará fora do torneio.

Torin lançou a ela um olhar penetrante.

— O primeiro duelo será entre a princesa Moria, dos Dearg-Due, e a princesa Cleena, dos Banshees. — Ele olhou para mim, e senti meu coração palpitar por um momento. — O segundo será entre a princesa Etain, dos Leannán Sídhe, e Sydoc, dos Redcaps. O terceiro será entre a princesa Eliza, dos Selkies, e Ava Jones, da casa de Chloe.

Senti um aperto no coração devido ao fato de ele ter pensado em mencionar o nome de minha mãe. Ele poderia ter omitido essa parte. Ava Jones... de *lugar nenhum*. Ava Jones, dos pais servos mortos e da humilhação da embriaguez pública. Mas ele sabia o que Chloe significava para mim, que ela era o meu lar. Que outrora eu pertencia a algum lugar.

Olhei para Eliza — uma mulher de pele bronzeada e cabelos verde-claros e brilhantes. Seus olhos eram de um castanho esverdeado profundo. Ela os semicerrou para mim enquanto falava.

— Tenho estudado com os melhores professores desde que nasci. Minha educação na área da esgrima é incomparável. No nosso reino à beira-mar, nossos melhores tesouros são as nossas habilidades. Um feérico poderia passar muito tempo sem encontrar tão exemplar...

— Estou ansiosa por amanhã. — Sydoc ergueu uma taça, interrompendo Eliza. — Quando mergulharei minha espada no sangue dos meus inimigos.

Etain franziu a testa para ela.

— Que diabos, Sydoc? Você está ciente de que eu serei sua oponente no duelo. Não vai mergulhar sua espada no meu sangue. Será que não podemos simplesmente... utilizar o sistema de pontos?

Os olhos de Sydoc se fixaram nela.

— Uma rainha deve demonstrar sua habilidade no campo de batalha. É assim que os Redcaps fazem. E, sim, eu honrarei a tradição do meu clã.

Uma expressão de horror tomou conta do rosto de Etain.

— Esquisita do caralho!

Um murmúrio começou a percorrer a sala, e a inquietação fez os pelos de minha nuca se arrepiarem. Olhei para Moria, e ela estava passando seu celular para Sydoc, rindo.

— Princesa Moria. — A voz grave de Torin preencheu o ambiente. — Estou sendo entediante para você?

— Oh, céus! — Ela se virou para ele de olhos arregalados. — Me perdoe, Vossa Majestade, mas achei que você deveria saber que uma das mulheres aqui se desonrou. — Seu olhar frio deslizou para mim, e sua expressão enrijeceu. — Mais uma vez. — Ela encontrou o olhar de Torin. — Eu sei que você abomina espetáculos grotescos, assim como eu. E tenho certeza de que você não toleraria uma noiva de tão baixa moral, alguém cujo corpo nu o mundo inteiro já viu. Uma rainha feérica deve ser casta e pura, não ser uma vadia qualquer.

A náusea subiu pela minha garganta enquanto eu a observava passar o celular de uma princesa para a outra, cada uma delas emitindo um som de surpresa, suas bochechas enrubescendo.

Meu coração estava agitado como uma fera selvagem. O que diabos tinha acontecido?

— Princesa Moria — rosnou Torin, sua voz baixa. — Do que diabos você está falando?

Eu nunca o tinha visto tão próximo de perder o controle, e sombras pareciam emanar de seu corpo.

Com sua taça de vinho na mão, Moria se levantou e pegou o celular das mãos de Sydoc.

— Está tudo no *Daily Mail*, Vossa Majestade. A foto está ligeiramente pixelizada nas principais áreas. Mas imagino que você também achará o texto bastante interessante. Talvez isso lhe dê uma ideia de quão adequada pode ser *Ava Jones, da casa de Chloe*. Dê uma olhada, porque os deuses sabem que o resto do mundo já viu.

Meus pensamentos eram como *flashes* de câmera na minha cabeça. Fotos nua? Eu não me lembrava de ter tirado nenhuma... a não ser daquela vez com Andrew na Costa Rica...

Mas ele não faria isso. Ele não *poderia* ter feito isso. Andrew odiava os holofotes tanto quanto eu.

Senti o sangue sumir de meu rosto quando me virei para Shalini e ela estava boquiaberta encarando o celular. Com as mãos trêmulas, peguei o celular dela e olhei para a imagem pixelizada. Eu havia economizado por um ano para levar nós dois à Costa Rica. Lá, ficamos em um pequeno bangalô à beira-mar, com uma praia privativa. Por alguns dias, antes de ele conhecer Ashley e eu começar a me sentir mal, as férias foram incríveis.

Sem ninguém por perto, eu nem sempre usava um biquíni, e Andrew havia tirado algumas fotos, mas e daí? Nós iríamos nos casar. Nunca passou pela minha cabeça que ele iria *mostrá-las* para alguém, muito menos vendê-las para a porra do *Daily Mail*.

Agarrei o celular de Shalini e fiquei de pé, quase derrubando minha cadeira, e marchei para fora da sala dos tronos. Passei os olhos pela matéria, tentando ler alguns trechos através do borrão que surgia em minha visão.

...*obcecada por dinheiro...*
...*alcoólatra...*
...*ela tinha esses ataques de raiva...*
...*certeza de que ela estava me traindo...*

Minha mente girava com pensamentos confusos demais para serem compreendidos. Por que ele faria isso?

Vingança.

Shalini disse que ele ficou furioso por eu tê-lo mencionado durante meu encontro, mesmo que eu não tivesse dito o nome dele. De qualquer forma, as pessoas haviam descoberto, e agora ele estava limpando o próprio nome — e se vingando de mim ao mesmo tempo.

Nesse momento, eu estava me sentindo uma feérica típica, porque queria arrancar a cabeça dele.

— Ava. — O murmúrio suave e aveludado de Torin veio de trás de mim, e eu me virei para ele.

— Tudo o que ele disse é mentira.

— Eu sei disso. E vou arrancar as costelas dele e deixar a carcaça destroçada para os abutres como um aviso para os outros.

Passei a mão no rosto.

— Isso é... hum... muito amável, mas não é assim que as coisas funcionam no mundo humano. — Eu não estava disposta a admitir que naquele mesmo momento eu estava fantasiando com algo semelhante.

Ele ergueu uma sobrancelha escura.

— Não é assim que as coisas funcionam no mundo humano? E por que eu deveria me importar?

— Parece que você precisa dos humanos agora, mesmo como rei dos Seelie. — Eu olhei para ele. — Mas, de verdade, por que *você* deveria se importar? Nós não gostamos nem um pouco um do outro. Lembra daquela discussão? Não faz tanto tempo.

Ele desviou o olhar e respirou fundo.

— O problema é que, quando eu gosto de alguém...

— Não dá certo? Bem-vindo à vida, colega.

Eu me virei para voltar à sala dos tronos.

— Espere. — Sua voz autoritária não admitia protestos, e eu me virei para ele novamente.

— O que foi? — falei.

Ele fez um movimento como se fosse me tocar, e então retraiu a mão como se estivesse com medo de se queimar. A expressão em seus olhos era intensa, e senti como se ele estivesse tentando comunicar algo que não conseguia expressar em palavras.

— Você é a pessoa errada, Ava. Eu não deveria ter escolhido você.

— Por causa de um tabloide? Achei que toda a questão girava em torno do fato de eu ser inadequada. — A raiva fez meu rosto arder. — Acho que você fez uma ótima escolha, querido, porque eu sou a mais inadequada possível. E que pena se isso te envergonha, mas temos um contrato que um rei feérico não pode quebrar. — Sorri para ele, sentindo-me melhor de repente. — Nós vamos em frente com esse casamento, e eu vou receber meu dinheiro. E sabe de uma coisa? — Eu me inclinei para sussurrar para ele. — Mal posso esperar pelo dia do nosso casamento. Seu constrangimento só vai tornar tudo mais divertido para mim.

— Você não deve me tocar, Ava. Nunca. — Suas palavras eram brutais, mas seu tom era aveludado. Quase um convite. — Estamos entendidos?

— Acredite, não tenho nenhuma vontade de fazer isso. — Era um mito que os feéricos não podiam mentir, porque eu estava fazendo isso agora mesmo. O problema era que mentir era considerado um pecado terrível pelos feéricos. Mas e daí? Eu havia sido criada entre os humanos.

Mantive minha cabeça erguida enquanto voltava para a sala dos tronos. Cleena se recostou na cadeira e sorriu para mim.

— Ava Jones, você deveria estar orgulhosa. Está linda nessa foto. E seu ex parece só um idiota com o orgulho ferido.

— Bem — disse Moria amargamente —, não me importa quantas vezes essa aí se humilhou. De qualquer forma, amanhã de manhã minha lâmina vai atravessar o corpo dela. Amanhã Ava não será nada além de pedacinhos destroçados de carne.

Ela me dirigiu um sorriso selvagem que fez meu sangue gelar.

Ava

Aeron me conduzia através da neve enquanto eu mantinha minha capa bem apertada em volta do corpo. Shalini andava silenciosamente ao meu lado. Ela parecia furiosa comigo, sem vontade de pronunciar uma única palavra. Ou talvez fosse simplesmente o nervosismo que a mantinha em silêncio, mas um mau pressentimento pairava sobre nós duas. Em apenas algumas horas, eu estaria lutando contra as princesas.

Mais à frente, um anfiteatro de pedra acinzentada assomava no horizonte — metade em ruínas, como o Coliseu. Com o dobro do tamanho da arena romana, a pedra era escura e brilhante sob o sol forte. Pingentes de gelo pediam de sua estrutura rochosa.

Naquele dia, lutaríamos como gladiadoras em uma paisagem congelada.

A princesa Eliza, dos Selkies, caminhava mais à frente, com seu cabelo verde ondulando sobre a armadura prateada. Ela deu uma ou duas olhadas para mim, parecendo um pouco enjoada.

Soltei um suspiro longo e lento. Em breve, Moria e Cleena batalhariam no anfiteatro, e elas já haviam chegado. Acho que eu já sabia o resultado. Cleena se renderia rapidamente. Moria? Ela lutaria até a morte, se fosse preciso.

O vento gelado açoitava meu rosto, e meus pés afundavam na neve.

Eu não tinha visto Torin nenhuma vez naquela manhã, mas estava evitando pensar nele. O objetivo daquele dia era permanecer viva e ganhar o prêmio pelo qual eu havia ido até ali.

Quando chegamos às ruínas congeladas, segui o guarda até um túnel escuro.

— Não é tarde demais — sussurrou Shalini.

— Tenha um pouco de fé — retruquei.

O guarda pegou uma tocha da parede para nos guiar. A luz do fogo tremeluzia sobre os entalhes na pedra — os nomes dos feéricos que lutaram ali antes, suas vitórias sobre os Unseelie, seus monstruosos inimigos. Também havia a representação de cenas — um rei apontando sua espada para um feérico com enormes chifres curvados como os de um carneiro, a cabeça baixa em submissão.

Senti um aperto no peito quando ouvi o rugido distante da multidão. O túnel serpenteava sob o solo, e o rugido ficava cada vez mais alto, até que finalmente o caminho se abriu no próprio anfiteatro, e a forte luz do sol de inverno quase me cegou.

Quando saímos do túnel, fomos recebidos por um rugido ensurdecedor, o som dos aplausos de cinquenta mil feéricos.

Shalini agarrou meu cotovelo, e, juntas, olhamos ao redor, boquiabertas. O estádio estava lotado, cada um dos assentos ocupados, e todos gritavam meu nome.

— Ava! Ava! Ava!

Engoli em seco, chocada por ter me tornado uma das favoritas até mesmo entre os feéricos. Nunca pensei que poderia ser perdoada por ter insultado o rei na cara dele enquanto estava bêbada, mas talvez os feéricos gostassem dos incompreendidos.

— Puta merda! — gritou Shalini no meu ouvido. *Exatamente o que eu estava pensando.*

Eliza se virou e olhou para mim, sua mandíbula tensa.

— Parece que eles gostam de você. Mesmo que você não seja daqui. Mesmo que você não seja realmente uma de nós. Há algo de errado com você, Ava, e acho que é mais do que ter crescido entre os humanos.

Pude ouvir o ressentimento em sua voz e não respondi.

Enquanto olhávamos ao redor a partir do túnel, uma anciã entrou na arena, usando uma roupa vermelha que parecia ser de um tecido fino demais para o clima. Ela usava uma coroa prateada sobre o cabelo, que era um tom rosado de dourado.

A equipe de TV se aproximou dela, o que pareceu assustá-la. Então ela ergueu os braços.

— Bem-vindos à disputa final pela mão do rei! — Sua voz era profunda, retumbante. Mesmo sem um microfone, ecoou na pedra. — Esta noite, algumas das princesas podem morrer. Mas elas morrerão pelo reino Seelie, para que ele possa respirar novamente. E pelo monarca Seelie, Torin, Rei Superior de Feéria, governante dos seis clãs unidos.

Ela se virou, apontando para ele. O rei Torin estava sentado em um trono de pedra preta, como um imperador romano sinistro e invernal, sob os olhos do mundo inteiro.

Sem mais palavras, a anciã subiu os degraus escuros e se posicionou atrás de Torin.

Do meu lugar no túnel, observei Moria e Cleena entrarem na arena. Assim como eu, Moria estava vestida em couro escuro, enquanto Cleena usava um traje fino de platina. Pela postura de Moria, pude perceber que ela era uma espadachim habilidosa. Ela segurava a espada frouxamente, mas sem deixá-la cair. Cleena, por sua vez, parecia estar tremendo. Percebi que eu nunca a tinha visto nervosa, mas ela parecia completamente deslocada.

Da plataforma de pedra, a anciã gritou:

— Que comece a luta!

Enquanto a multidão aplaudia, as princesas começaram a circular uma à outra, as lâminas brilhando à luz do Sol. Moria desferiu o primeiro ataque, e a lâmina de Cleena reluziu com o movimento. Foi uma boa defesa, mas ela desviou do ataque de Moria com dificuldade.

Ela deu um passo para trás, segurando a espada em posição. Moria atacou novamente, e Cleena mal conseguiu desviar. Moria, claramente sentindo que tinha a vantagem, começou a rodear a princesa dos Banshees. A cada poucos segundos, ela avançava e desferia um golpe.

Cleena continuou se defendendo, mas seus contra-ataques eram lentos demais, e ela só conseguia desviar a lâmina de Moria. O cabelo cor-de-vinho de Moria reluzia à luz do Sol enquanto ela dominava a arena. Ela ergueu sua espada bem alto, mirando o coração de Cleena.

Moria avançou, utilizando todo o peso de seu corpo no golpe. Cleena tentou desviar, mas Moria conduziu a espada e conseguiu perfurar o ombro de Cleena, que caiu de joelhos, gritando de dor. O grito de uma Banshee ecoou pela paisagem gelada, e eu tapei meus ouvidos.

Mas a luta ainda não havia terminado, e Cleena ficou de pé. Ela se afastou de Moria com sangue escorrendo de seu ombro.

— Moria — disse ela, de uma forma quase suplicante.

Moria a ignorou e atacou novamente, desta vez golpeando na parte inferior. Sua lâmina perfurou a coxa direita de Cleena.

A princesa dos Banshees gritou enquanto o sangue jorrava no chão gelado.

— Dois a zero — gritou a anciã, com os olhos brilhando de entusiasmo. Ela soltou uma risada que parecia meio desequilibrada.

Moria andava em círculos como um abutre ao redor de uma gazela ferida. Eu percebia, por sua linguagem corporal, que ela já sabia que havia vencido. Tudo o que Cleena conseguia fazer era mancar para longe, tentando ficar fora do alcance da espada de Moria. A dor estava estampada em seu rosto, e ela sussurrava algo que eu não conseguia escutar. Provavelmente tentando desistir.

Moria a perseguia lentamente, seu corpo tenso de empolgação. A perna machucada de Cleena cedeu, e ela tropeçou, caindo sobre um dos joelhos. Moria ficou de pé ao lado dela, vitoriosa, mas não atacou. Em vez disso, olhou para mim. Nossos olhares se encontraram. Um leve sorriso surgiu em seus lábios, e ela piscou lentamente para mim.

Ela ergueu a espada, pronta para desferir um golpe na cabeça de Moria...

— Já chega! — A voz de Torin preencheu a arena, e Moria ficou imóvel.

Torin se levantou de seu trono, erguendo uma das mãos.

— Você venceu, princesa Moria. Não há necessidade de executá-la. Você venceu.

Soltei um suspiro longo e lento. Se não fosse por aquela piscadela, ele poderia não ter sido capaz de impedir. Pensei sombriamente que, da próxima vez, Moria desferirá o golpe antes que ele possa interceder.

Eu só precisava garantir que ela não tivesse a oportunidade.

ETAIN ENTROU NA ARENA usando uma armadura clara e o cabelo trançado na cabeça. Ela estava frente a frente com Sydoc, que usava botas metálicas e um chapéu vermelho sobre o cabelo preto. Com uma onda de náusea, percebi que Sydoc já havia encharcado o chapéu no sangue de alguém. De onde *diabos* saiu aquilo?

Quando Sydoc sorriu, vislumbrei um par de presas em sua boca.

Mas Etain não parecia assustada. Na verdade, o sorriso dela era igualmente assustador, e ela parecia pronta para um derramamento de sangue.

Etain atacou primeiro, imediatamente atingindo Sydoc no ombro. A Redcap soltou um rugido e assumiu o ataque. Ela era brutal, feroz, e seu cabelo preto voava atrás dela enquanto assumia o controle. Etain era rápida, mas Sydoc era mais. Ela encurralou a bela Etain contra a parede e atravessou sua lâmina no pescoço da oponente, atingindo sua jugular.

Sangue jorrou da garganta de Etain, seus olhos arregalados de horror. Mesmo de onde eu estava, consegui ver o brilho deixar os olhos de Etain. Sydoc puxou a espada de volta, e o corpo sem vida caiu no chão, uma poça de sangue se formando sobre o gelo.

Mas não era o suficiente para Sydoc. Com sua bota de metal, ela chutou com força as costelas de Etain.

Ela não estava mais viva. Aquilo era simplesmente algum tipo desenfreado de sede de sangue.

A multidão gritou em aprovação.

Puta merda! Qual era o problema deles?

Por fim, recuperando o fôlego, Sydoc se inclinou e mergulhou o chapéu no sangue de Etain, absorvendo-o. Ela colocou o chapéu sobre seu cabelo preto, a felicidade estampada em seu rosto.

E ergueu a espada, vitoriosa diante da multidão, com o sangue de Etain escorrendo pelo rosto.

No túnel, Eliza e eu trocamos olhares nervosos. Sua confiança anterior havia desaparecido. Agora ela apenas parecia aterrorizada. E eu não a culpava.

Torin estava de cabeça baixa, e sua expressão era solene. Observei enquanto alguém carregava o corpo de Etain para um dos túneis.

A anciã desceu os degraus mais uma vez, o vento agitando seus cabelos. Ela exibia um sorriso que me causou arrepios.

— O próximo duelo será entre a princesa Eliza e Ava Jones.

Meu coração disparou, e entrei lentamente na arena com Eliza ao meu lado.

Os ventos de inverno brincavam com seu cabelo verde, e suas mechas reluziam sob a fraca luz do Sol. Ela se posicionou à minha frente, segurando frouxamente uma espada fina, com os ombros curvados.

Talvez aquela não fosse ser uma luta difícil.

A anciã subiu no estrado e depois se virou para nos encarar. Seus dentes brancos e estranhamente alongados brilharam quando ela sorriu.

— Que comece a luta! — gritou ela aos quatro cantos.

Apontei minha espada para a Selkie, e ela lentamente ergueu a dela em resposta. Eu a ataquei, e ela realizou uma defesa fraca. Fiz mais uma tentativa. Mais uma vez, ela desviou minha lâmina sem entusiasmo.

— O que você está fazendo? — perguntei em voz baixa.

— Só me vença — sibilou ela baixinho. — Não quero mais fazer isso. Só quero ir pra casa.

Eu a circulei.

— Então por que está se dando ao trabalho? Por que você parecia incomodada quando a multidão estava gritando meu nome?

— Não tem a ver com o rei. Eu nem gosto de homens. Mas nossos clãs exigem sucesso. — Ela se afastou de mim. — É uma questão de honra. Toda essa situação tem a ver com isso. Você entenderia se fosse daqui.

Circulamos uma à outra lentamente.

— Muito bem. Se sua honra está em jogo, vou deixar que você finja desferir um bom ataque.

Suas feições relaxaram imediatamente.

— Sério?

— Vá em frente. Só não me machuque.

Ela me atacou. Eu desviei sua lâmina com facilidade, mas fingi que foi mais difícil.

— Boa — sussurrei. — Agora mais um.

Mais uma vez, ela me atacou, e novamente desviei a lâmina. Depois de mais algumas idas e vindas suaves, senti que a multidão estava ficando entediada. Alguns deles começaram a nos instigar para lutar.

Nossa luta não tinha o drama visceral de Moria e Cleena, e eu nem sabia se nossa encenação estava sendo convincente.

— Pronta? — perguntei. — Preciso derramar um pouco de sangue.

— Sim — sussurrou ela.

Cortei sua coxa onde a armadura não protegia, um corte superficial, mas suficiente para fazer o sangue escorrer na neve.

— Ai!

— Desculpe — sussurrei de volta.

A essa altura, não era mais necessário sussurrar. A visão do sangue fez a multidão gritar de empolgação, abafando qualquer coisa que pudéssemos dizer.

— Um golpe para Ava Jones! — gritou a anciã.

— Você está bem? — perguntei.

— Sim — disse ela. — Não foi tão ruim. Só acabe com isso, certo?

Ataquei novamente. Desta vez, cortei seu pulso direito com a ponta da minha lâmina. A multidão rugiu.

— Muito bem — falei. — Preparada para o golpe final?

Eliza assentiu, mas parecia que estava prestes a chorar.

— O que foi? — sussurrei.

— Isso vai parecer um fracasso para mim. Vou decepcionar o clã Selkie.

A multidão estava gritando meu nome, mas a ignorei.

— Dê mais um golpe, então.

A Selkie sorriu para mim, seus olhos castanhos brilhando. Eu a circulei e, desta vez, deixei a ponta de sua lâmina cortar meu bíceps esquerdo. Meu sangue escorreu no gelo. Doeu bastante, mas eu conseguiria me recuperar.

Ela sorriu para mim, vitoriosa.

E agora eu queria desesperadamente colocar um ponto final naquela luta. Desferi um terceiro e último golpe, cortando-a na coxa.

Seu sorriso desapareceu, e ela agarrou a perna enquanto a multidão rugia.

A anciã ergueu os braços, com uma expressão exuberante no rosto.

— Três ataques bem-sucedidos para Ava Jones! Ela vence a rodada.

Meio tonta, eu me virei e dei de cara com as câmeras se aproximando. Agarrei meu braço, tentando estancar o sangramento. Eu nem tinha notado as câmeras durante a luta, e agora elas pareciam intrusivas.

Eu queria rastejar para longe e ficar sozinha para deixar meu braço sarar. Mas o torneio ainda não havia acabado. Nem mesmo por hoje.

— O torneio exige que continuemos até termos uma vencedora. Cleena anunciou que desistiu do torneio. — A voz da anciã percorreu o anfiteatro. — Agora a princesa Moria, dos Dearg-Due, lutará contra Sydoc, dos Redcaps.

Fechei os olhos no túnel, aliviada por ter um momento de descanso. Segurei meu braço com força, embora não tivesse mais certeza se ele ainda estava sangrando.

Eu me encostei contra a parede, tentando esquecer o que havia acabado de testemunhar.

Shalini estava me encarando.

— Você viu essa porra?

— Eu te avisei como os feéricos eram, Shalini — sibilei.
— Foi você quem quis que eu viesse pra cá.
— Certo, eu estava errada. Admito isso plenamente. Eu não sabia que seria tão ruim. Os feéricos são muito reservados.
Respirei fundo.
— Torin quer que eu ganhe — sussurrei. — Você viu como ele impediu Moria antes. Ele pode fazer isso de novo.
— Ele não impediu Sydoc.
Atordoada, fiquei olhando enquanto Sydoc enfrentava Moria, o sangue de Etain ainda escorrendo pelo rosto da Redcap. Mas Moria não era tão fácil de derrotar quanto Etain, e o som de suas espadas chocando-se sob o sol intenso ecoava pelo anfiteatro.
Ouvi o som de passos suaves atrás de mim e, quando me virei, vi que Orla estava se aproximando.
— Você está ferida — disse ela baixinho. Seus olhos pálidos e leitosos estavam parcialmente fechados.
— Pelo menos estou viva.
— Não por muito tempo, Ava — disse Orla. — Consigo ouvir as lâminas. Você precisa saber que a espada da princesa Moria está glamourizada. É por isso que ela está ganhando com tanta facilidade.
— Está? Como você poderia saber disso?
— A espada dela está encantada. Meu melhor palpite diria que a lâmina termina cerca de sete centímetros à frente de onde seus oponentes a enxergam.
Eu a encarei.
— Isso não é trapaça?
Ela deu de ombros.
— Magia é permitida. Mas gostaria que você tomasse cuidado com isso.
— Como você sabe disso? — perguntei.
— Porque eu consigo ouvir as lâminas. E há um atraso sempre que alguém defende a lâmina de Moria.

— Como você sabe que são sete centímetros?

Orla suspirou.

— Todo Feérico Superior tem uma força mágica. Você vai precisar confiar em mim.

— Certo.

— Você precisa estar em plena forma para lutar contra Moria. — Ela estendeu a mão para tocar meu rosto, e uma magia calmante escorreu de sua palma como uma chuva morna.

Ela afastou a mão.

— Seu braço está curado. Mas eu gostaria de lhe dar algo para manter você segura durante a próxima luta.

Inspirei, observando enquanto ela tirava uma corrente de prata do bolso. Na parte inferior da corrente, pendia um amuleto, uma cabeça de cervo com esmeraldas no lugar dos olhos.

— Pertence à família real desde os tempos do rei Finvarra — disse ela. — E sempre teve o poder de nos proteger dos inimigos do rei. Quando os monstros estavam prestes a cortar a cabeça do rei, eles caíam mortos. Sempre lamentei que meus pais não o estivessem usando quando os monstros os pegaram.

Eu encarei o objeto, em transe. Mas quando estendi a mão para pegá-lo, me sobressaltei e puxei minha mão de volta. Olhei para meus dedos. Eles estavam com bolhas, como se tivessem sido queimados. Soltei um xingamento baixinho.

— Isso é porque Torin não gosta de mim?

Ela sacudiu a cabeça e franziu a testa.

— Não entendo. Torin queria que eu o entregasse a você. Ele quer que você vença.

Pressionei minha mão queimada contra a parede de pedra gelada para esfriá-la.

— Acho que entendo.

Ele queria que eu vencesse *porque* não gostava de mim. Eu era inimiga do rei, e ele havia deixado bem claro que me queria longe dele.

— Ava! — gritou Shalini ao meu lado, e voltei minha atenção para a arena.

Sydoc havia perdido sua espada e estava lutando para recuperá-la sobre o chão de pedra congelada. Ela deslizava sobre o gelo apoiada nas mãos e nos joelhos, mas Moria desferiu um golpe rápido na nuca de Sydoc e separou a cabeça da Redcap de seu corpo.

O ar deixou meus pulmões.

Eu era a próxima.

Ava

Observei enquanto o corpo de Sydoc era retirado da arena, deixando um pequeno rastro vermelho para trás.

Será que valia a pena? Por cinquenta milhões — será que valia a pena o risco de morte?

Voltei para a arena, minha respiração formando nuvens de fumaça ao deixar meus lábios.

A verdade era que isso não era apenas sobre o dinheiro. Eu não tinha nada para o que voltar, não é? Apenas humilhação, solidão e uma conta bancária vazia.

E quando eu praticava com Torin, sentia que seria capaz de enfrentar qualquer um. Se eu conseguia segurar um ataque do rei, o feérico mais forte de todos...

O mundo pareceu se calar ao meu redor, e fixei o olhar em Moria. Havia respingos de sangue na armadura de couro, e seu cabelo reluzia sob a luz intensa — ambos quase do mesmo tom.

Meu estômago deu um nó.

Moria me observava com olhos semicerrados e um leve sorriso nos lábios. Olhei para o chão, onde o sangue de Sydoc já estava congelando — apenas mais uma camada de gelo.

Olhei para a anciã, que ergueu os braços para o ar, pronta para anunciar o início da luta.

Meu coração era um tambor de guerra quando ergui minha espada. Os intensos olhos cor-de-ameixa de Moria se fixaram em mim.

A anciã anunciou o início da luta, e, de alguma forma, sua voz soou a milhares de quilômetros de distância.

À minha frente, Moria começou a me circular com uma confiança calma. Como um gato andando pela beira de um telhado, ela parecia alheia a qualquer perigo, sua espada relaxada e firme. O sangue da lâmina já havia sido limpo.

O sorrisinho desapareceu de seus lábios, substituído por uma expressão de escárnio. Ela começou a avançar em minha direção, balançando a lâmina lentamente para a frente e para trás em uma espécie de movimento hipnotizante. E era uma espada lindíssima, com uma longa lâmina prateada e um punho incrustado de diamantes. Uma espada digna de uma princesa.

Com um pequeno rosnado, ela avançou. Ergui a ponta da minha espada para desviar a dela, mas assim como Cleena teve dificuldades com os ataques de Moria, minha reação chegou com um pouco de atraso. Em vez de um desvio limpo, eu mal consegui empurrar a lâmina para o lado.

Ela ergueu as sobrancelhas e atacou mais rápido, com uma expressão determinada no rosto. Mantive minha espada erguida na posição de guarda, os olhos fixos na lâmina dela. De repente, ela desferiu um golpe. Mais uma vez, desviei. Mais uma vez, eu estava atrasada. Desta vez, ela não esperou para atacar novamente. Imediatamente aproveitou sua vantagem para desferir uma série de golpes.

Desviei de cada um dos ataques com dificuldade. A sensação que dava era a de que eu era lenta, como se meus reflexos estivessem errados. Orla havia acertado em cheio em sua observação — um glamour estava sendo utilizado. Eu só precisava superar meus próprios sentidos.

— Você é só uma feérica pobretona e nunca lutou com alguém como *eu* — disse ela, em uma voz zombeteira. — Treino com a espada desde que dei meus primeiros passos.

Moria avançou, sua lâmina brilhando sob o Sol.

Ela atacou novamente. Tentei direcionar a lâmina, mas ela torceu o pulso no último segundo, e a ponta de sua espada fez um corte em meu ombro direito.

— Acertei um golpe! — gritou Moria.

Não importava se eu perdesse por pontos. De qualquer forma, Torin ainda poderia me escolher. O que importava era permanecer viva pelos próximos vinte minutos.

A espada de Moria reluziu enquanto ela entrava em posição de ataque. Ela desferiu um golpe, e eu defendi. Mas, como antes, minha espada estava atrasada, e mal consegui direcionar a ponta da lâmina para longe de meu corpo.

Eu não sabia por que não estava conseguindo desviar da lâmina dela, mas sabia que precisava tomar a iniciativa — sair da defesa. Posicionei minha arma e parti para o ataque.

Sua lâmina brilhou, movendo-se mais rápido do que qualquer espada que eu já tinha visto, e ela desferiu um golpe contra a minha lâmina.

Quase perdi o controle de minha arma, e enquanto eu me estabilizava, ela contra-atacou. A ponta de sua lâmina atingiu logo acima de meu quadril esquerdo. Cambaleei para trás, pressionando a lateral de meu corpo enquanto o sangue quente molhava minha mão.

— Segundo golpe! — gritou Moria.

Ela ergueu a espada acima da cabeça enquanto eu observava meu sangue pingar no gelo.

Olhei para Torin, seu cabelo escuro salpicado com a geada. Seu corpo estava rígido, as mãos apertando com força os braços do trono de pedra.

Tentei endireitar a postura, mas a dor era quase insuportável. Cambaleei, mesmo quando foi anunciado que Moria estava com dois pontos de vantagem.

Ela me encarava, sua espada erguida.

Eu me forcei a ficar de pé, ereta, cerrando os dentes. Pelo que parecia, Moria havia perfurado meu abdômen, cerca de quatro centímetros acima de meu quadril esquerdo. Doía mais do que qualquer coisa que já havia sentido na vida.

Se o encantamento tivesse funcionado para mim, seus benefícios já estariam evidentes agora.

Apertei a lateral de meu corpo, mantendo-me ereta, com dificuldade.

Eu ainda nem tinha erguido minha lâmina quando ela avançou, e só por puro instinto consegui bloquear o golpe.

— Por que você simplesmente não desiste? — rosnou ela. — Eu já teria rastejado para a morte depois do primeiro vídeo humilhante, sem falar nas fotos.

Eu não tinha fôlego o suficiente para responder. Todo meu foco estava sendo direcionado para desviar da lâmina dela. Sua espada reluziu novamente, e eu desviei, o choque do golpe fazendo meu braço vibrar. Estremeci quando essas mesmas vibrações percorreram a lateral machucada de meu corpo.

— Não é possível que você acredite que vai se redimir, não é? — disse Moria alegremente.

— Não vou desistir. — Sangue quente preencheu minha boca. *Porra, isso não é nada bom.*

Eu me perguntei se Torin pararia a luta caso parecesse que eu estava prestes a morrer...

Mas ele achava que eu estava usando o amuleto, não é?

Moria continuou avançando, atacando e golpeando com sua arma, mas com pouco entusiasmo. Ela estava brincando comigo agora, como um gato com sua presa.

— Você não deveria ter entrado nesta competição — sibilou ela. — É uma vergonha mesmo para uma feérica pobretona. Uma vadia qualquer.

Não valia a pena gastar meu fôlego com ela. Eu precisava me concentrar em sua espada.

Moria avançou, mirando a espada em minha garganta, e eu ergui minha lâmina. Consegui desviar do ataque dela, mas o movimento me desestabilizou. Eu ainda não tinha conseguido desvendar seu glamour, e isso estava me irritando.

Perdi o equilíbrio e caí com força no chão da arena.

Moria separaria minha cabeça do corpo.

Eu podia ouvir Torin gritando para ela parar, mas sabia que ela não pararia, não até meu sangue estar escorrendo nas pedras.

A raiva tomou conta de meu corpo como um incêndio, dissipando o medo. Eu não precisava do encantamento de Torin porque algo sombrio vivia dentro de mim. E quando era encurralada, eu me tornava monstruosa.

Moria deveria cair de joelhos e implorar pelo meu perdão.

Eu dei um chute baixo, enfiando com força meu pé no joelho dela. Seu grito agudo de dor foi um dos sons mais satisfatórios que ouvi em anos — seguido pelo grito de raiva que irrompeu da garganta de Moria quando eu a atingi na coxa com minha lâmina, cravando-a em seu osso.

Ela encarou a ponta de minha espada, que se projetava de sua perna.

— Você tem razão, Moria — falei rigidamente. — Eu sou uma feérica pobretona. Lutamos sujo e lutamos para vencer. Mas você não é muito diferente de mim, não é mesmo?

Arranquei minha espada de sua coxa, e ela cambaleou para trás com um grunhido de dor. Parecia completamente atordoada.

Mas ela devia ter outro tipo de magia em ação, porque não pareceu sentir dor por muito tempo. Dentro de poucos instantes, sua lâmina se ergueu, brilhando à luz do sol da manhã.

Prateada e brilhante, ela cintilava como uma joia — uma joia que, eu tinha a mais absoluta certeza, atravessaria meu coração se surgisse a oportunidade.

Ergui minha própria espada em resposta. Quando Moria começou a me rodear, analisei a lâmina em sua mão. A luminescência que emanava dela atraiu minha atenção, e me perguntei se aquilo fazia parte dos efeitos do glamour.

Escutei enquanto Moria movia sua lâmina lentamente para a frente e para trás, como uma serpente venenosa preparando-se para atacar. Eu quase podia ouvir o leve silvo do vento.

Se eu me concentrasse o suficiente, conseguiria perceber o que Orla havia dito — o som estava fora de sincronia com o real movimento da lâmina. Moria deu mais uma investida, e tentei prever seu movimento, escutando a lâmina. Pela primeira vez, consegui fazer um desvio limpo do ataque dela.

Moria semicerrou os olhos e atacou mais uma vez. Novamente, prestei atenção ao som da lâmina e fui capaz de antecipá-la. Com um forte contra-ataque, consegui desviar de sua espada.

Moria pareceu perder um pouco da ferocidade de seu ataque.

Eu investi, avançando, em uma tentativa de antecipar a velocidade de sua espada. Ela defendeu, mas continuei atacando e a golpeei na altura do joelho. Rapidamente, estávamos envolvidas em um redemoinho de lâminas e gelo. Meu corpo foi tomado por uma onda de confiança, pois eu sabia exatamente quando me esquivar, quando bloquear.

Nossas lâminas rasparam uma na outra, produzindo um som como o de unhas em um quadro-negro. Moria estava tão perto que nossos rostos quase se tocavam.

Inesperadamente, ela girou, torcendo o corpo, e deu uma cotovelada na lateral de minha cabeça, rosnando. Com um clarão de luz, uma explosão de dor tomou conta de mim, e fui envolvida pela escuridão. Recuei freneticamente, tonta e incapaz de enxergar qualquer coisa.

Porra!

Eu era uma presa agora e, assim como as outras, estava prestes a perder minha cabeça.

Moria começou a rir.

Pressionei minha mão livre contra o rosto. Quando a afastei, minha palma estava quente e úmida. Eu estava cega e sangrando...

O pânico obstruiu minha garganta. Como eu lutaria contra Moria se não conseguia enxergar?

Mas eu já tinha feito aquilo antes, não é? E feras caçam pelo cheiro...

Senti um instinto animal feroz arder dentro de mim e prestei atenção no som de sua lâmina. Quando ela atacou novamente, eu desviei.

O mundo ficou quieto ao meu redor, e tudo o que eu escutava era o som de seu coração batendo, sua respiração ofegante.

Você nasceu para governar, Ava.

As palavras foram pronunciadas por uma voz grave na minha cabeça, mas eu não fazia ideia de onde elas vinham.

Mas agora eu conseguia visualizar Moria claramente na minha mente; o sorriso triunfante, o peito estufado com confiança. Sua lâmina sibilou no ar mais uma vez, e nossas espadas produziram um ruído alto quando se chocaram.

Inspirei profundamente, sentindo seu perfume doce e enjoativo de água de rosas. Então ataquei, cravando minha lâmina diretamente em seu peito.

No momento em que eu o fiz, a escuridão se dissipou de minha visão. À minha frente, Moria cambaleava para trás, apertando o peito. Puxei minha espada de volta, chocada com o quão perto havia chegado de seu coração. Pela primeira vez, quase fui responsável por tirar a vida de alguém, um pensamento que não pareceu tão horrível quanto deveria.

Moria caiu no chão, e em algum lugar sob o som dos gritos da multidão, pude ouvir o silvo de sua respiração. Eu havia perfurado um pulmão dela, e eu conhecia muito bem a sensação. Sua pele ficou pálida como leite, e ela olhou para mim com uma expressão que oscilava entre medo e raiva.

Seu coração ainda batia, bombeando sangue por todo o chão gelado. Mas ela não se levantaria mais. A luta havia terminado.

Passei a mão na lateral de meu rosto e olhei para o sangue que pingava de minha palma para o gelo escurecido.

A anciã entrou na arena, e o vento agitou seus cabelos.

Ela assentiu para mim uma única vez, franzindo a testa, depois jogou a cabeça para trás e bradou:

— Como a pessoa com mais pontos, Ava Jones é a vencedora de nosso torneio final. — Ela ergueu as mãos. — O Rei Torin, Governante dos Seis Clãs, Rei Superior dos Seelie, anunciará a rainha escolhida por ele. Ao pôr do sol, na sala dos tronos, saberemos o nome de nossa próxima rainha superior consorte. Nossa rainha fará com que a vida floresça em nosso reino mais uma vez!

O rugido da multidão vibrou no chão de pedra, e seus gritos exultantes penetraram até minha medula. Vagamente, tive consciência de Orla se apressando até mim, curando minhas feridas com sua magia.

E não me dei ao trabalho de me questionar por que o próprio rei não estava fazendo aquilo.

34
Ava

Imergi lentamente na água quente, inspirando o aroma das ervas que os feéricos usavam para perfumar os banhos. O vapor subia da água, misturando-se ao ar fresco do castelo.

Quando fechei os olhos, minha mente foi tomada por imagens sanguinolentas — os corpos sem vida de Etain e Sydoc.

Mergulhei sob a superfície, esfregando o sangue que havia secado na lateral de meu rosto. Permaneci submersa na água quente o máximo que consegui, na esperança de clarear meus pensamentos. Meus pulmões começaram a queimar, e tomei impulso na lateral da banheira para alcançar a superfície. Ofegante, alisei meu cabelo para trás.

A água ao meu redor estava vermelha de sangue.

De onde havia vindo aquela facilidade com que sobrevivi, mesmo ficando cega na arena? E aquela voz em minha mente declarando que nasci para governar?

Voltei a pensar naquele amuleto de prata e em como ele havia me queimado. Ali em Feéria, havia peças de um quebra-cabeça que eu não conseguia solucionar. Minha compreensão de tudo parecia desconexa, fora de contexto. Uma imagem que não fazia muito sentido.

Torin estava guardando segredos de mim. Ele não havia me contado toda a verdade sobre por que estava tão decidido a não encontrar uma rainha de verdade ou por que precisava de mim.

Quando a água do banho começou a esfriar, saí da banheira e peguei uma toalha em cima da bancada. Sequei rapidamente o cabelo e vesti uma calça de couro com uma camisa cinza escura, de um material macio como caxemira. Em breve, eu usaria algum tipo de vestido para a Declaração do Torneio, quando Torin me anunciaria como a escolhida para ser sua esposa.

Entrei no quarto de Shalini.

Como sempre, ela estava sentada na cama, de pernas cruzadas e com um livro no colo. Ela apontou para uma caixa ao lado dela.

— Alguém trouxe isto para você. Foi enviado pelo próprio rei. — Ela franziu a testa para mim. — Então, o que vai acontecer quando você for a rainha?

— Vou me sentar no trono por alguns meses e voltar ao mundo humano na primavera. Espero que as pessoas me tragam livros e comida, porque parece um pouco entediante.

Abri a tampa da caixa. Dentro, havia um bilhete por cima de um vestido verde, a cor da primavera.

Por favor, destrua esta mensagem depois de lê-la.

Você será nossa próxima rainha.

Eu vi o que você fez hoje. A maioria não teria notado, mas eu notei. Você permitiu que Eliza a atingisse para que ela pudesse deixar o torneio de cabeça erguida. Eu aprecio seu senso de misericórdia.

Mas devo lembrá-la de que manterei distância, Ava. E você não deve chegar muito perto de mim nunca mais.

Torin

— O que diz? — perguntou Shalini.

Senti como se uma estaca de gelo tivesse atravessado meu coração, mas continuei encarando o bilhete.

— É um lembrete de que não devo chegar perto do rei.

Torin me contou como seria desde o início, mas nunca imaginei que nós dois *realmente* nos casaríamos ou teríamos algum tipo de relacionamento um com o outro. Isso nunca foi o que nenhum de nós estava procurando. Não éramos do tipo romântico. Não mais.

Então por que aquela mensagem doía tanto?

Através da porta, ouvi o som de vozes abafadas — um homem e uma mulher discutindo. Franzindo a testa, fui até a porta e ouvi o som inconfundível da voz de Moria insistindo que ela precisava me ver.

Claro que meu primeiro pensamento foi o de que ela tinha vindo para me matar. Aparentemente, também foi o primeiro pensamento de Aeron, porque ele estava gritando para Moria manter distância.

— Eu já aceitei! — gritou ela. — Já desisti. Não tenho intenção de fazer mal a ninguém.

Peguei minha espada e abri a porta lentamente. Moria olhou imediatamente para mim, seu rosto tenso e exausto.

— Preciso falar com você.

— Não acho que seja uma boa ideia, Moria.

Ela cerrou os dentes.

— Muito bem. Então conversaremos através da porta. — Ela olhou para a esquerda, para onde Aeron deveria estar. — Só gostaria que falássemos a sós.

Para minha surpresa, ela não tinha se limpado. Ainda estava usando roupas de couro, e seu cabelo e rosto estavam cobertos de sangue seco. Sua pele parecia manchada por baixo da sujeira, como se ela tivesse chorado. Eu jamais esperaria vê-la tão desarrumada.

— Por que você desistiria do torneio antes de Torin anunciar a escolha? — perguntei em um sussurro, protegendo-me atrás da porta.

— Porque eu sei que não vou vencer.

Um lampejo de dúvida tomou conta de mim. Será que nosso acordo tinha sido revelado?

— O que você quer dizer?

Ela pressionou a palma da mão contra a porta.

— Já fazia muito tempo desde que tive uma premonição, Ava. Mas acabei de ter uma. E minhas premonições nunca estão erradas.

Aquelas palavras *certamente* eram familiares.

Minha boca ficou seca.

— E qual foi sua premonição?

Os cantos de seus lábios se curvaram em um sorriso cruel.

— Você morrerá pelas mãos de Torin.

Minha respiração acelerou.

— Claro que é isso que você gostaria que eu pensasse.

Lágrimas surgiram em seus olhos e começaram a escorrer por seu rosto, esculpindo pequenos rios que corriam através da sujeira e do sangue.

— Não importa o que eu diga agora ou o que eu gostaria que você pensasse. Vai acontecer de qualquer jeito. Minha irmã Milisandia também não acreditou em mim. Mas eu disse a ela que Torin a mataria, e foi isso o que ele fez. Estava tudo na minha visão. Como ele a congelaria até a morte no Templo de Ostara.

Meu coração martelava contra meu peito. *Ela* era a irmã mencionada no diário.

— Onde sua irmã está agora?

Suas lágrimas corriam sem parar, e seu lábio inferior tremia.

— Torin acha que encobriu tudo, que todos nós acreditamos que Milisandia desapareceu. Que talvez ela tenha fugido para viver como uma fera em meio aos monstros. Mas eu sei a verdade. Torin é a própria morte — sibilou ela. — Eu tive a premonição, Ava. Eu vi o que iria acontecer, que ele engoliria seus segredos mais sombrios. E eu desenterrei o corpo dela no templo. Eu sabia onde estaria. O rei a matou porque ele mata tudo o que é belo. É o que ele faz. Ele não é melhor do que um Erlking, e seu toque significa morte.

Agarrei a porta com força.

— Então por que você estava participando deste torneio?

— Eu queria ficar tão perto dele quanto possível. Porque, se eu fosse rainha, eu o lembraria todos os dias, pelo resto de sua vida, do que exatamente ele é. Que ele é a própria morte. E eu teria feito qualquer coisa por isso. Mas agora que vi o futuro, sei que meus planos não saíram como o esperado.

— Quando você diz que teria feito qualquer coisa... Moria. Foi você quem matou Alice?

O canto de sua boca se contraiu levemente.

— Por que eu admitiria isso?

O brilho em seus olhos me disse que eu estava certa.

— Mas escute, Ava. Talvez não importe que eu não seja rainha. Eu vi que ele vai matar você, então acho que ele não precisa de um lembrete, não é? Porque a morte o seguirá para onde quer que ele vá, e todos verão. Todos saberão que o rei que ocupa o trono está podre e corrompido até os ossos. Nada além de um Erlking com um rosto bonito.

— Por que você está me contando isso agora?

Ela passou a mão pelas bochechas, sujando-as de mais sangue.

— Porque eu realmente não gosto de você. Milisandia merecia ser rainha, mas você não. Você é uma alpinista social lasciva e imunda. Uma vadia em busca de uma coroa, que nunca pertenceu a este lugar. E, pior do que isso, posso sentir que há algo muito errado com você. Algo maligno. Você não pertence às terras Seelie, Ava. Então quero me certificar de que você não sinta o gosto da vitória nem por um momento antes de morrer dolorosamente, como Milisandia. Quero que você perceba que está sozinha e que não é amada aqui. Quero que você morra aterrorizada e sabendo que, de uma forma ou de outra, você perdeu para mim, e eu profanarei seu túmulo.

Ela deu meia-volta e marchou a passos largos pelo corredor, e o som ecoou nas pedras. Fechei a porta e me virei para Shalini.

Meu corpo inteiro tremia.

Coloquei o vestido verde, ignorando as exigências de Shalini de que eu contasse a ela cada palavra que ela não tinha conseguido ouvir.

Mas só havia uma pessoa com quem eu precisava falar agora, e esse alguém era o rei dos Seelie.

EU ME APRESSEI ESCADARIA abaixo. Aeron havia dito que Torin estaria na sala dos tronos, já se preparando para seu grande anúncio.

Aquilo poderia ser algum truque de Moria — um golpe pensado em longo prazo. Talvez ela tenha plantado o diário. Talvez ela estivesse tentando me forçar a desistir. Mas eu precisava de algumas respostas.

E o que mais me incomodava era o fato de que ele havia me levado até o Templo de Ostara por um motivo. Ali, uma sombra de culpa parecia pairar sobre ele.

Atrás de mim, ouvi os passos de Aeron enquanto ele me seguia, prometendo me manter segura até o grande anúncio. Até que eu pudesse usar uma coroa na cabeça e restaurar o reino à sua antiga glória.

Quando cheguei à sala dos tronos, algumas pessoas já estavam lá, de pé nas laterais do salão. Torin estava sentado em seu trono, com o rosto escurecido por sombras.

Um longo tapete vermelho estava estendido no centro do salão de pedra, e quando me aproximei do rei, meus olhos percorreram a sala. Eu queria falar com ele a sós, mas, teoricamente, eu deveria ficar longe dele.

Ele sabia que seu toque significava a morte?

No entanto, por alguma razão, apesar de todo seu ar de mistério, apesar do que eu havia lido no diário, eu *confiava* nele. No fundo, eu sabia que Torin era uma boa pessoa.

Meu vestido verde ondulava atrás de mim enquanto eu andava, mas minha aparência não estava muito melhor do que a de Moria, com meu cabelo ainda úmido e minha expressão sombria.

Torin se levantou do trono quando me aproximei, seus olhos fixos em mim. Ele não parecia muito animado ao me ver.

Enquanto eu subia os degraus que levavam ao trono, ele se inclinou e sussurrou:

— O que você está fazendo, Ava?

— Preciso falar com você a sós.

Ele sacudiu a cabeça.

— Não é um bom momento. A não ser que você queira voltar atrás com nosso acordo.

Respirei fundo.

— Moria me contou sobre a irmã dela — sussurrei o mais baixo possível. — Milisandia. Ela disse que você a assassinou. Isso te lembra alguma coisa, Torin?

A expressão devastada em seu rosto foi o suficiente para que eu soubesse que era tudo verdade. Senti um nó no estômago.

— Por que ela disse que seu toque significa morte? — Minha voz era pouco mais que um sussurro.

Mas Torin não me respondeu. Ele apenas olhou para mim, sua expressão suplicante.

Será que aquilo valia cinquenta milhões?

Será que valia a pena não ficar sozinha?

Eu não tinha mais certeza. Eu voltaria para casa pobre, humilhada e completamente sozinha, mas pelo menos ainda estaria viva. Pelo menos eu não ficaria em estado de vigilância constante, com medo de que a morte estivesse próxima.

— Eu me importo com você muito mais do que deveria — murmurou Torin.

— E, ainda assim, você não respondeu minhas perguntas.

A frustração tomou conta de mim, e me virei para sair de perto dele. Nesse momento, ele tocou meu braço.

Olhei para ele, que estava com uma expressão de horror no rosto, suas bochechas pálidas. Sombras cruzaram seus olhos, e minha pele começou a esfriar onde seus dedos a tocaram.

Ele parecia paralisado, olhando horrorizado para sua mão em meu braço — e eu também não conseguia mover um músculo. O ar se tornou insuportavelmente frio, e comecei a sentir o gelo espalhando-se em mim.

Um sentimento de pânico tomou conta de mim enquanto teias de gelo se espalhavam pelo meu braço, colorindo-o de azul e branco. O braço de um cadáver congelado...

As presas do medo agarraram em meu coração. Moria estava dizendo a verdade.

— Pare com isso, Torin! — gritei.

Mas imaginei que ele também não pudesse se mover enquanto o gelo também o envolvia. A geada serpenteou em padrões estranhos sobre suas bochechas e sua testa, até se espalhar também sob seus pés. Seus olhos eram de um índigo profundo, quase completamente pretos, e o pavor estava estampado neles.

Atrás dele, o gelo começou a tomar conta do trono do rei. Com um grande estalo que ecoou por toda a sala, o gelo estilhaçou seu trono como uma geleira atingindo um desfiladeiro.

— Ava — sussurrou ele. — O trono da rainha.

Meu corpo estava rígido como gelo, e eu tentei me afastar dele, correr para longe. A geada estava subindo pelo meu vestido, congelando meus pés e pernas.

A dor percorreu meus membros, e eu puxei com todo o meu vigor, fazendo força para trás.

Por alguns segundos assustadores, senti como se estivesse caindo em um abismo, até que atingi o trono duro de pedra.

35

Ava

O salão era um cenário de completo caos — o trono quebrado atrás do rei, a geada espalhando-se pelo chão e os gritos dos feéricos.

O frio em meu corpo começou a se dissipar, e uma névoa esmeralda tomou conta de minha visão. Quando inspirei, foi como se eu tivesse sido lançada nas profundezas da floresta. O cheiro da terra úmida encheu minhas narinas, senti o calor do Sol na pele, ouvi os ruídos dos insetos e o canto dos pássaros. Vinhas pendiam do teto; musgo cobria os degraus que levavam ao trono.

A cena primaveril desapareceu quando o frio tomou conta de mim mais uma vez.

Eu conseguia sentir o trono de granito gelado através de meu vestido. A geada quase alcançava minhas coxas, minha pele estava congelando.

— Quero ir para casa — sussurrei.

Fechei os olhos.

Uma onda quente de magia fluiu pelo meu peito e meus membros até o chão sob meus pés. Meu corpo começou a descongelar enquanto o trono o curava.

Minhas costas arquearam involuntariamente. Um sol de verão beijou minha pele, e fui envolvida pelo cheiro de musgo úmido, até que o próprio trono começou a se dissolver embaixo de mim, e submergi em uma água clara e morna.

Casa. Leve-me para casa.

O lugar em que nasci ainda vivia nos recônditos mais sombrios de minha mente, gravado em minha alma.

O encantamento da floresta.

Senti como se eu estivesse afundando cada vez mais, meus pulmões ardendo. Vislumbrei raios claros de luz dourada penetrando na superfície da água.

Comecei a bater as pernas, nadando para a luz, para a vida. Cravei minhas unhas na terra e saí pela borda do portal de água, até a terra coberta de musgo. Caí de costas, ofegante. O ar deliciosamente quente encheu meus pulmões, e senti o cheiro de vida. Uma luz âmbar penetrava entre os galhos das árvores acima, salpicando a terra de dourado.

Casa.

Eu me sentei, tentando me orientar. Pedi ao trono para me levar para casa, e ele me levou até ali...

Mas *onde* eu estava?

Vinhas verdes e grossas salpicadas de flores vermelhas se enrolavam em torno das bases das árvores imponentes. O ar estava quente e extremamente úmido, como se eu estivesse entrado em uma sauna. Também estava repleto de perfumes exóticos e aromas florais que eu não reconhecia.

Uma floresta encantada.

O cheiro do lugar desenterrou uma memória das profundezas de minha mente, a sensação de que eu já estive ali antes. Talvez um *déjà vu*.

Meu vestido verde estava encharcado, e a água pingava na terra. Eu deveria estar totalmente apavorada, mas era simplesmente difícil desviar a atenção de toda aquela beleza. Diante de mim, havia a maior quantidade de tons de verde que eu já tinha visto na vida — folhagem esmeralda, lima, jade, sálvia, amarelo-esverdeada e oliva —, tão rica e variada que me deixou sem fôlego.

E quando olhei para meus ombros, descobri que até meu cabelo tinha adquirido um lindo tom de verde-azulado.

Fiquei de pé e olhei em volta lentamente, tentando descobrir onde eu estava, mas o mato bloqueava minha visão em todas as direções.

Acima de mim, a vegetação se estendia por centenas de metros, enrolando-se em enormes troncos de árvores e galhos tão grossos quanto uma coluna dórica. Uma floresta encantada e primordial.

Cruzei os braços enquanto me perguntava como voltaria para Feéria, ou para qualquer lugar familiar.

O ar trouxe um som distante até mim, e vi um lampejo de asas vermelhas e azuis em minha visão periférica. Algo grande, talvez um pássaro, passou voando por entre as árvores, e a floresta ficou em silêncio. Logo em seguida, ouviu-se um grito distante e estridente. O som de um animal morrendo.

Isso não é bom.

Cruzando os braços no peito, me afastei do portal. Avistei um movimento em um galho a uns três metros de mim. Era difícil enxergar através das folhas, mas vislumbrei uma pelagem marrom — uma aranha do tamanho de um cachorro pequeno, com seis brilhantes olhos escuros e um par de presas enormes.

Dei mais um passo para trás. À minha frente, as presas da aranha começaram a se contorcer ansiosamente.

— Porra, porra, porra! — falei baixinho. A aranha imitava meus movimentos.

Dei meia-volta, retornando ao portal. Talvez ele me levasse de volta. Ou pelo menos para algum outro lugar.

Mas enquanto eu pairava sobre a água, tive um vislumbre do meu reflexo, e meu coração quase parou.

Porque ali, emergindo de meu cabelo verde, havia um par de chifres dourados.

Eu não conseguia respirar.

Uma palavra ecoou nas profundezas de minha mente quando percebi por que o amuleto havia me rejeitado.

Unseelie.

Eu pedi para voltar para casa, e a magia me levou até ali.

Minha *verdadeira* casa — o reino das feras selvagens.

Parece que, no final das contas, eu era uma criança trocada.

Agradecimentos

Em primeiro lugar, agradecemos à nossa equipe beta de leitura, que inclui Candice, Delia, Debbie, Crystal e Penny. A leitura de vocês nos ajudou a tornar esta história mais sexy e envolvente.

Agradecemos à nossa maravilhosa equipe de edição e revisão de texto, formada por Ash e Lexi, da *Wicked Pen Editorial*, e a revisão final da Shelby (@Literary Fairy).

Agradecemos aos leitores do *C. N. Crawford's Coven*, que sempre iluminaram nossos dias com seu entusiasmo e suas discussões sobre livros.

E, finalmente, agradecemos às nossas maravilhosas divulgadoras, Lauren Gardner e Rachel Whitehurst, que ajudarão a colocar este livro nas mãos dos leitores.

Será que o amor se quebrará
assim como o trono do rei Seelie?

A geada dominou Feéria...
dominará também o coração
de feéricos de reinos rivais?

A história continua em
Ambrosia.